Celeste Ealain, in Wien geboren und aufgewachsen, studierte Internationale Betriebswirtschaft und ist durch ihre kreative Ader geprägt. Modedesign und Innenraumausstattung zählen zu ihren schöpferischen Berufsfeldern. Die international ausgezeichnete Künstlerin wagt nun auch den Schritt in die Autorenwelt, bei der sie sich in den Genres Science-Fiction und Fantasy zu Hause fühlt. Lassen Sie sich von ihr in ein fernes Universum entführen ...

Mehr Info unter www.celeste-ealain.com.
http://blog.celeste-ealain.com.

www.tredition.de

1. Auflage
Teil 1 ‚Ich bin … das Ende' und Teil 2 ‚Ich bin … das Chaos' der ISAY-Reihe sind ebenfalls über Tredition und in allen Onlineshops erhältlich.

Umschlaggestaltung: © Viktoria Petkau, www.GedankenGruen.de, in der Werbung: © Viktoria Petkau, M. Giuliani, www.jDesign.at,
© yocladesings.com
Korrektorat/Lektorat: Carolin Meyer
Portrait: © Peter Berger, www.peterberger.at

Verlag: tredition GmbH, Hamburg

ISBN: 978-3-7439-7933-8 (Paperback)
Printed in Germany

Celeste Ealain

Ich bin … der Anfang

Roman

Danksagung

Für gewöhnlich bedanke ich mich hier immer bei all
meinen LeserInnen, den BloggerInnen,
den BetaleserInnen, dem Korrektorat,
den TestleserInnen, den Menschen, die mich in
diesem Lebensabschnitt inspiriert und unterstützt haben,
sowie meinen Freunden, aber vor allem meinen Eltern.

Diesmal möchte ich – neben all den Erwähnten – dem
Leben und dem Schicksal selbst danken.
Ich lebe ein Leben voller Abenteuer und Herausforderungen.
Bin mit Gesundheit, einem Dach über dem Kopf,
Hobbys und einem Job gesegnet, die mir Möglichkeiten
eröffnen, die offen gestanden nur wenigen geschenkt werden.
Ich bin privilegiert, zwei gesunde Arme und Beine,
die große Liebe meines Lebens erlebt
und jedem ‚Lass das sein, das kannst du nicht',
das Gegenteil bewiesen zu haben.
Ich habe lernen dürfen, nicht nur über den Tellerrand zu blicken,
sondern auch dort zu leben und daran zu wachsen.
Ich kann Wünsche und Träume sammeln und
sie nach und nach verwirklichen.
Das alles nur, weil das Leben mir die Chance, das kämpfende
Herz, den Dickkopf und eine blühende Fantasie vermacht hat.
Und Menschen zur Seite stellte, die mir Flügel verliehen haben.

DANKE!

Inhaltsverzeichnis

Was bisher geschah

Die Aufgabe der Wächter schien simpel zu sein. Die extraterrestrischen Wesen sammeln auf der Suche nach einer neuen Heimat Spezies von sterbenden Planeten, nur um sie auf geeignetem Grund in den Unweiten des Universums frisch anzusiedeln. Ladungen voll schlafender Kreaturen, Pflanzen, aber auch Ei- und Samenzellen werden im Bauch riesiger Raumschiffe aufgenommen. Alles passiert, um große, durchmischte Kulturen zu gewährleisten und lebensfähige Individuen mit gelöschtem Gedächtnis, passenden Nährstoffen und nötiger Immunisierung nach langer Reise auszusetzen. Für alle beginnt die Jahreszählung bei null, in der Hoffnung, dass das galaktische Aussterben hinausgezögert wird, reine Spezies erhalten bleiben und womöglich auch Fehler bereinigt werden, die diese Rassen beim ersten Anhieb nicht vermeiden konnten …

Doch diese Arche Noah der Wächter schlug aufgrund eines groben technischen Gebrechens auf dem Erdboden von Perlon 2 auf, mit Fracht, die niemals auf diesem Grund hätte gesetzt werden sollen. Vor allem nicht gemeinsam: die Menschheit und die Huraten. Letztere sind nach Auffassung der Menschen eher als Vampire zu betrachten, mit den Ausnahmen, die den Klischees nächteraubender Horrorstorys entsprungen sind. Diese Vampire ernähren sich zwar von Blut und scheuen das Sonnenlicht, jedoch haben sie einen Herzschlag, atmen, leben länger, aber sterben eines Tages. Auch Kruzifixe, Pflöcke ins Herz, abgetrennte Köpfe, Weihwasser und Silber haben in dieser vorliegenden Story keine Bewandtnis.

Doch wie sollte es anders sein, so waren die Grundvoraussetzungen auf diesem Planeten nicht gegeben. Die Immunisierung der Arten – sowohl Tiere als auch Menschen, Vampire und Pflanzen — war nicht vollends durchgeführt worden. Nur rund ein Fünftel der beherbergten Spezies dieser zwei Ursprungsplaneten konnte sich akklimatisieren und auf neuem Grund kultiviert werden, wodurch die Grundversorgung der

Vampire zusammenbrach. In der Not fanden sie jedoch heraus, dass das Blut der Spezies Mensch völlig ausreichend für den Fortbestand war, und die Unterjochung begann.

Nach über dreihundert Jahren mussten sich die letzten überlebenden Wächter im Raumschiff eingestehen, dass dieses feindliche Klima nicht nur für sie selbst, sondern auch für die Menschheit künftig den Tod bedeuten würde. Sie standen nahe vor dem Aussterben und jegliche Bemühungen, die Spezies der Vampire über mentale Einwirkungen zu zügeln, schlugen fehl. Der letzte Versuch brachte einen Hybrid aus Vampir, Mensch und Wächter hervor: Apo.LYps oder von den Vampiren liebevoll Objekt Silena 2 genannt. Von den Menschen großgezogen, verstoßen und ausgesetzt, hätte sie sich niemals zu träumen gewagt, dass ihr einziges gezüchtetes Ziel es war, die Menschheit zu retten und der Herrschaft der Vampire auf drastische Weise Einhalt zu gebieten. In ihrem Blut tickte eine Zeitbombe, von der sie nichts wusste und deren Auswirkungen nur jene Vampire befielen, die von ihr kosteten. Doch durch die zarten Bande und entstehende Liebe zu ausgerechnet Edrian, einem Vampir, ließ sie die Aufgabe als Waffe, die in ihren Genen stand, vergessen und ihre eigenen Ziele verfolgen. Jedoch mit fatalen Konsequenzen: Neben den Vampiren und den Sympathisanten (Vampire, die neue Nahrungsquellen anstreben und mit den Menschen friedlich kooperieren) entstand eine neue Mutation durch die Zuführung von Silenas Blut. Diese mutierende Spezies konnte keine Menschen mehr als Nährstoffquelle nutzen, was vorerst als Vorteil galt. Die sogenannten Gewandelten entwickelten auch Immunität gegen das Sonnenlicht, wurden stärker, vertrugen bedingt menschliche Nahrung … Jedoch hörte die Mutation nicht auf und keiner wusste, wie die Langzeitwirkungen aussehen würden.

Nach dem katastrophalen Wüten von Asrael – Silenas Hybridhalbbruder – schrumpften die Bestände aller bestehenden Spezies merklich zusammen. Sie waren erstmalig in der Zeit auf Perlon 2 gezwungen, aus ihren langjährigen Verstecken zu kriechen und als Einheit zusammenzuhalten. Gegen einen Endzeitgegner, der nur die Auslöschung allen Lebens und die Gründung seiner eigenen Rasse als Ziel sah. Geblendet, verunsichert und getäuscht wandte sich Silena zu Beginn von ihrem Liebsten Edrian ab und Asrael zu. Nur um dann zu erkennen, wie stark ihre Verbundenheit zu dem Vampir trotz aller Widrigkeiten war. Letztendlich war es ein Kurzschluss im gestrandeten Raumschiff, der ein weiteres Raumschiff der Wächter aus den Tiefen der Unendlichkeit herbeilockte. Im letzten Augenblick konnte dadurch dem Chaos in den fünf bestehenden Kolonien ein Ende gesetzt werden. Sie vernichteten Asrael, um Schlimmeres zu vermeiden. Natürlich blieben den Wächtern die ungeplanten Entwicklungen der letzten Jahre nicht verborgen. Sie erblickten Unreinheit der ursprünglichen Spezies, einen schwangeren, unerlaubt produzierten Hybriden (Silena) und sich fast zum Aussterben dezimierte Völker. Alle auf einem Planeten, auf dem sie niemals vorgesehen waren. Wie die Wächter auf das Gesehene reagieren werden und wie ein für alle Mal Frieden zwischen den Kulturen entstehen wird, ist fraglich ... Aber vielleicht kann der finale Teil der ISAY-Trilogie euch darüber in Kenntnis setzen ;).

Viel Spaß beim Lesen

Eure CELESTE

Prolog

Als Silena diese mentalen Worte inhalierte, fühlte sie sich kilometerweit von all dem Geschehen entfernt. *„Um künftigen Schaden zu verhindern, müssen wir die Streuung unterbinden. Vor allem jetzt, da du selbst Leben in dir trägst, dessen Entwicklung wir nicht vorhersehen können."*

Dieser eine Satz der Wächter vermischte sich mit Edrians Ängsten, Zweifeln und letzten Worten, bevor sie das Raumschiff betreten hatte. Er hatte sie bereits gewarnt, dass die Außerirdischen Asrael in einer Millisekunde vaporisiert hatten und gewiss auch ihre künstliche Erscheinung insgeheim nicht billigen würden. Dann sprangen ihr Bilder von intimen Momenten mit Edrian in den Kopf. Ihre eng umschlungenen Körper, die Hitze, die Küsse, die schweißtreibende Vereinigung … *Wie ist das nur möglich? Ich bin schwanger?* Wie konnte ein Hybrid – also ein Genpool aus verschiedenen Spezies und Zutaten wie aus einem Horrorrezept – empfänglich sein für den Samen eines beinahe reinen Wesens? Silena wusste nicht, ob sie schreien wollte oder sich auf ihren gerade instabil werdenden Kreislauf konzentrieren sollte. Ihr Herz raste, ihr Kopf war wie in Watte gepackt und ihr Mund so trocken … sie hätte fast Sand auf ihrer Zungenspitze spüren können.

Deine Zweifel sind berechtigt, Apo.LYps, hörte sie den Anführer der Wächter mental zu ihr sagen. **Es ist keine Laune der Natur, sondern ein ungeplanter Nebeneffekt durch die Forschungen von ISAY. Er hatte alles daran gesetzt, um die Rettung der Rassen sicherzustellen. Er schreckte hierbei auch nicht davor zurück, verbotene Substanzen beizumischen, um das Abstoßen der verschiedenen DNA-Stränge zu vermeiden. Die Langzeitwirkungen und die Entwicklung der genetischen Informationen waren nicht vorhersehbar. Auch für eine Simulation reichte offensichtlich nicht die Zeit. Des Weiteren können wir nach heutiger Sicht trotz unserer weiterentwickelten Technologie nicht nachvollziehen, wie diese Kreuzung entstehen konnte. Die Entscheidung jedoch, ob diese Unreinheit weiterhin gestattet bleibt oder nicht, haben wir noch nicht getroffen, Apo.LYps. Dennoch sind wir bereit, eine Lösung zu**

Gunsten deines Lebens zu finden, solltest du dich bereit erklären, ISAYs streuenden Fehler einzudämmen.

Eine Lösung zu Gunsten meines Lebens … streuenden Fehler eindämmen … Silena musste schlucken, denn sie wusste plötzlich, dass, welches Ultimatum auch immer ihr nun offenbart werden würde, es um ihr Leben ging. Und ihre kommende Aufgabe würde ihr gewiss nicht gefallen. Doch schlagartig kamen ihr neue Bilder in den Sinn. Sie sah sich mit einem Baby im Arm und Edrian, der auf sie zukam. Es war ihr unmöglich einzuschätzen, wie er auf diese Neuigkeit reagieren würde. Käme ein breites Lächeln auf diesem Gesicht zustande oder würden Verunsicherung und Ablehnung sich nicht kaschieren lassen? Silena wusste selbst noch nichts mit dieser Information anzufangen. Eine Mutterschaft war in ihrem rasanten Leben auf der Flucht und zwischen hasserfüllten und neugierigen Augen verschiedener Rassen und Kolonien noch nicht eingeplant gewesen. Sie hatte sich nicht einmal die Zeit genommen darüber nachzudenken, ob sie überhaupt Kinder in diese Welt setzen wollte. Und nun das. Doch Silenas Fantasie setzte einfach nicht aus und nun konnte sie kalkulierende und kühle Blicke auf ihrem bald geschwollenen Leib spüren. Dutzende Augenpaare, die im Zwielicht golden oder blau leuchtende Umrandungen der Iriden zeigten, also Gewandelte und Vampire, die diese Situation studierten und sich eine Meinung bildeten. Dann Gruppierungen von Menschen, die ihr skeptisch bei diesem Bild ausweichen würden. Als würden sie dies nicht ohnehin bereits tun, im Hinblick ihrer Fähigkeit, zerstörerische blaue Feuerbälle zu werfen. Dabei wollte Silena einfach nur Frieden finden und einen Platz, an dem sie hingehörte und niemand sie mied oder ausschloss. Scheinbar war ihre Zukunft so nicht gestrickt. Trauer überrollte sie und sie fühlte sich wie so oft hilflos und allein. Instinktiv tastete Silena nach ihrem bis jetzt flachen Bauch und musste laut schlucken. *Wie werden erst die anderen auf diese Nachricht reagieren? Mit Angst, Abneigung oder Zweifel?*

Bei all der Gehirnakrobatik hatte Silena den Ausführungen der Wächter nicht mehr folgen können. Zu überfordert war sie mit ebendieser Situation. Alles, was sie noch hörte, war: **Bist du bereit, die Bürde für das Leben der anderen zu tragen?**

1 | Geburt der Fähigkeiten

Und hier saß er nun. Niemals hätte Magnus es für möglich gehalten, dass er einmal höchstpersönlich hinter einem der brachialen dunklen Podeste sitzen würde. Von hier aus wurde auf das Volk herabgeblickt und Entscheidungen getroffen. Über sich die hohen, punktuell in Gold geschmückten Decken, große Rundbögen, die die Wände verzierten, und massive Säulen aus weiß-grau meliertem Stein. Sie strahlten majestätische Kühle aus, was wohl bei den überhitzten Gemütern bei Streitdiskussionen in dieser Halle auch notwendig war. Hinter Magnus hing ein in gelben Farbtönen gehaltenes Gemälde, das Risse und Löcher aufwies. Ein kleines Souvenir der Unruhen, die die letzten Monate durch die Kolonien gefegt waren. Jedes gesprochene Wort hallte und hier wurde noch in Dokumenten geblättert, anstatt von elektronischen Unterlagen abgelesen. Bisher kannte Magnus nur die Rolle des überengagierten, nervösen Blutfarmdirektors, der versuchte an Orten wie diesen seine Erfolge vor den Ratsmitgliedern auszuschmücken, um ihre Gunst zu gewinnen. Damals wie auch heute wollte er Anerkennung und Macht erringen. Doch dazwischen lagen Erlebnisse und dunkle Zeiten, die einen Schatten auf den renommierten Vampir gelegt hatten, der er einmal gewesen war. Nun saß hier ein mutierter Gewandelter, gefangen in einem mechanischem Gerüst, das bei jedem Wunsch einer Regung seines Bewegungsapparates elektrische Impulse in die Muskeln schießen musste. Magnus' Beinahetod durch Asrael, der leere Blick einer sterbenden Vampirin, die er nachträglich gesehen mehr gemocht hatte, als ihm bewusst war, und der gesellschaftliche Verfall nagten an ihm. Er fragte sich selbst, ob er noch der Mann war, der zu jener Zeit stolz durch die Brutstätten und Ausgabestellen stolziert war. Der dabei kurze Anweisungen gegeben hatte, die in der gleichen Sekunde befolgt worden waren. Er war eine Respektperson gewesen, angesehen und in der Kolonie Stratus bekannt. Nun waren andere Zeiten für ihn angebrochen. Sein Ansehen war verwirkt, seine Kontakte und Befürworter verloren und seine Macht in Rauch verpufft. Als sich Magnus' rechte Augenbraue durch zitternde Krämpfe bemerkbar machte, strich er wie immer genervt darüber, um zumindest ihr seinen Willen aufzudrängen.

Durch Asraels große Aufräumaktion vor zwei Monaten war der neue Versuch, einen für alle Spezies fairen Ratsaufbau anzubieten, fehlgeschlagen. Von jeder der fünf Kolonien war damals ein Ratsmitglied ausgesandt worden. Die Besetzung durch jede Spezies war vorgeheuchelt, aber zumindest zeigte es guten Willen und die Bereitschaft, neue Wege zu beschreiten. Immerhin waren nun die Blutfarmen aufgelassen worden und die Wirte auf freiem Fuß und auf der Suche nach einem freien Leben. Auch die menschlichen Kolonien aus den Gebirgszügen von Goritha und breiten Gebieten der Wüste hatten sich zum Teil aufgelöst. Ihr Weg führte sie direkt in die von Vampiren gebauten und bewohnten Städte, um dem verheißungsvollen Zusammenleben der Zivilisationen eine Chance zu geben. Nur die Rolle der Sympathisanten und Gewandelten hatte noch keine klare Form angenommen. Es war unsicher, wie die Vampire künftig ohne menschliche Verluste versorgt und ausreichend Tierfarmen auf die Beine gestellt werden würden, um sowohl die Gewandelten als auch die Menschen ernähren zu können. Ohne Gesetze, Disziplin und den breitgestreuten Willen, eine gemeinsame, aber vor allem friedliche Lösung bereitzustellen, stand alles auf Messers Schneide. Und genau an diesem Punkt sollte nun angesetzt werden. Denn beim letzten Versuch, politisch eine Einigkeit zu finden, waren Ratsmitglieder entweder getürmt oder durch Asraels Zerstörungswut zu einem Häufchen Asche befördert worden. Nun saßen hier neue Anwärter und Interessenten in dieser Halle, die diese Posten neu bekleiden wollten. Sie alle hatten die Intention, das Ruder herumzureißen und auf den Überresten der verbrannten Stadtmauern von Toa neu aufzubauen. Und dies mit jedem Individuum, das bereit war zu helfen.

Magnus erkannte darunter auch diesen Menschenanführer Lucil, der bei dem letzten Kampf gegen Asrael wie ein Spielzeug fortgeschleudert worden war. Dieser schien ihm von allen Kandidaten der ehrgeizigste und unerbittlichste zu sein. Dennoch konnte Magnus nicht einschätzen, ob er mit dessen Ansichten warm werden würde oder nicht. Magnus wollte für sich händelbare Mitstreiter im Rat sehen und keine Konkurrenz, daher war eines sicher: Sollte Lucil ihm negativ auffallen, musste er Mittel und Wege finden, um ihn stillzulegen. Unweigerlich spürte Magnus einen Mundwinkel in seinem Gesicht aufsteigen, den er sogleich mit einer Hand verdeckte. Er wollte für die anderen am Tisch unlesbar bleiben, solange er nicht wusste, wer die Rolle des Teamleaders oder Opinionleaders spielte.

„Das Volk muss in die Entscheidungen eingebunden werden. Es sollte nicht nur von jeder Interessensvertretung und jeder Spezies ein Kandidat für den Rat gemeldet werden. Sondern auch ein Sprecher für alle Ratsgruppen der fünf Kolonien", erklärte ein Sympathisant selbstbewusst, der sich als Wega vorgestellt hatte. Er hörte sich selbst gerne reden, nutzte theatralisch seine Hände und versuchte dabei mittels Augenkontakt und nickendem Kopf den Zuspruch der anderen Anwärter zu finden.

„Du meinst also, die Menschen, Vampire, Sympathisanten und Gewandelten sollen unter sich mittels Abstimmung einen Vertreter aus einer Gruppe von sich freiwillig gemeldeten Personen auswählen? In jeder Kolonie? Und zum Schluss müssen alle zusammen noch einen Leiter für alle Räte bestimmen? Aber wie wird das aussehen? Was, wenn die Leute sich nur geringfügig dazu verleiten lassen zu wählen? Immerhin haben wir über 307 Jahre die Mitglieder aus den wohlhabenden und ausgebildeten Familien der Vampire gewählt und nie das niedere Volk gefragt", kam eine weitere Wortmeldung eines Vampires mit sehr tiefer Stimme. Magnus zählte in der Halle an die vierzig Personen, die scheinbar bei der künftigen Verwaltung von Toa mitreden und an der ankurbelnden Wirtschaft teilhaben wollten.

„Zum einen sollten Ausdrücke wie ‚niederes Volk' aus dieser Halle verbannt werden. Zum anderen: Wieso sollten die Sympathisanten ein eigenes Veto erhalten? Sie sind Vampire und nur durch ihre Gesinnung, keine Menschen leerzutrinken, zu unterscheiden. Diese Einstellung kann aus den Gesichtern nicht abgelesen und zudem von jedem Vampir vorgetäuscht werden. Wir lassen dadurch eine Hintertür für Doppelmeldungen in der Interessensvertretung der Vampire offen. Ich würde behaupten, dass dies kein fairer Ansatz ist." Das Statement kam von Lucil.

14

Magnus wurde hellhörig. Dieser Lucil war für einen Menschen sehr intelligent und strotzte vor Mut, wenn er diese klaren Worte hier vor allen herausposaunte. Gerade als sich Respekt bei Magnus herausschleichen wollte, meldete er sich selbst zu Wort: „Weise Worte, Lucil. Interessant, dies ausgerechnet aus dem Mund eines Mannes zu hören, der so viel Wert auf die Zusammenarbeit mit Sympathisanten legt und zudem auf jeglichen Schutz und Mitarbeit von ihnen zählt, nicht wahr?"

Getuschel und Gemurmel begann sich im Raum zu verbreiten. Alle waren neugierig, wie Lucil mit diesem Seitenhieb umgehen würde.

Woher weiß er … das? Hat er davon Wind bekommen, dass ich in Kastins Labor mit den Sympathisanten zusammenarbeite und in … eingezogen bin? Hat er sich … erkundigt?

„Wie bitte? Ob ich mich über dich erkundigt habe?", fragte Magnus ungläubig und leicht sarkastisch. Wie konnte Lucil auch nur annehmen, dass der Vampir ihm so viel Wichtigkeit beimaß? Und vor allem sollte er deutlicher und in ganzen Sätzen sprechen, wenn er schon laut dachte.

Lucil sah ihn misstrauisch an: „Wie kommst du darauf? Ich habe nichts dergleichen gesagt."

Jetzt wird es spannend. Ob Lucil ihm nun Kontra gibt?

Ich finde es auch gehässig, die Leistungen und Gutmütigkeit der Sympathisanten einzufordern und ihnen dann die Mitsprache im Rat zu verwehren. Entweder oder, alles kann man nicht haben.

Wie dieser Magnus nur verdutzt dreinschaut, als habe er den Faden verloren. Woran er wohl gerade denkt?

Magnus wurde flau im Magen. Irgendetwas stimmte nicht. Diese Worte kamen auf keinen Fall aus Lucils Mund, so viel war sicher. Noch dazu klangen die Sätze wie in verschiedenen Tonlagen. Er blickte in die Runde und hörte Stimmen, obwohl er keine sich bewegenden Lippen vorfand. Nicht einmal zueinander gewandte Gesichter, die womöglich tuscheln könnten. Verunsichert zupfte er seinen Stehkragen zurecht und strich sich sein gegeltes Haar glatt zurück.

Ein eingebildeter Krüppel ist das, der sich nur etwas darauf einbildet, weil er genug Geld unter seinem Polster hat. Er denkt nur an sich und nicht an die Gemeinschaft.

Magnus befahl seinen Beinen, zu ruppig aufzuspringen, sodass er sich kurz mit einer Hand an der Tischkante stabilisieren musste.

„Ich traue meinen Ohren nicht! Wir sind hier, um eine gemeinsame Lösung für die Zukunft dieser Kolonie zu finden. Doch in diesen Reihen wird nur mit kontraproduktiven Äußerungen um sich geworfen! Zeigt doch so viel Größe, eure Beleidigungen direkt an mich zu richten! Ich habe Asrael allein die Stirn geboten und überlebt, da überlebe ich nichtsnutzige Wortmeldungen ebenso!"

Geschockte Augen, offene Münder und fragende Ausdrücke sprangen Magnus entgegen. Als er in die Runde blickte, konnte er kein Verständnis für seinen Ausbruch erkennen.

Was ist nur in ihn gefahren? Er dreht völlig durch!

Und einer wie er denkt, dass er ein guter Volksvertreter wäre?

Magnus versuchte Contenance zu bewahren und wandte sich mit steifen Beinen ungeschickt um, um mit stolzer Miene die Halle zu verlassen. Das Quietschen des mechanischen Gerüstes war unüberhörbar und er fluchte in sich, weil er wusste, jedes, aber wirklich jedes Augenpaar hing nun an seiner Kehrseite. Übereilig öffnete er die Türe, um den Raum hinter sich zu lassen, samt der schmerzenden Worte, die ihm hinterhergerufen wurden. Lautstark schloss er sie hinter sich, um seiner Laune Ausdruck zu verleihen. Gegen die Tür gelehnt rieb Magnus sich mit beiden Händen das Gesicht, als würde ihm dies mehr Klarheit verschaffen. Er konnte nicht begreifen, was da soeben passiert war. Magnus könnte schwören, dass er teilweise Stimmen aus dem eben gehörten Gespräch von Personen zuordnen konnte. Doch bei deren Anblick waren ihre Münder geschlossen und kein Wort rutschte über ihre Lippen. Dennoch sprachen sie. Er hatte dies zuvor nur ein einziges Mal erlebt: Bei Silena und die war immerhin ein halbes Alien.

„Oh nein, vielleicht drehe ich wirklich schon durch?" Ihm wurde heiß und er öffnete den ersten Knopf seines sündhaft teuren Maßhemdes. Er wusste, entweder eine Mütze Schlaf oder der Besuch eines Arztes standen nun auf dem Programm.

2 | Blaue Adern

„Du weißt, dass ich bisher sehr geduldig war, aber die Blutkonserven gehen zur Neige, während die Symptome schlimmer werden. Die ständigen Schweißausbrüche, die Krämpfe und optisch ... darüber müssen wir wohl nicht diskutieren, nicht wahr?" Baris trommelte nervös mit seinen Fingern auf den Labortisch, weil er noch immer keine Aufmerksamkeit von Lucil erhielt, der über Testergebnisse der Sympathisanten brütete. Nur ein tiefes Seufzen kam zum Vorschein. Lucil saß auf einem Drehstuhl, der Tisch, wie auch alles andere in diesem Raum, war steril weiß und glattpoliert. Kein Wunder, denn dies war ein umfunktionierter Probenraum aus den Zeiten, in denen Kastin noch seine Zelte hier aufgeschlagen hatte. Doch Lucil verbrachte sehr viel Zeit in diesem Gebäude. Er zählte es offensichtlich nach den Höhlen von Goritha zu seinem neuen Unterschlupf, Arbeitsbereich und letztendlich auch Zuhause. Daher bestimmte nun er, welcher Raum wie genutzt wurde. Soviel Baris mitbekommen hatte, mischte er sich einerseits bei den Versuchen und Züchtungen von Wirtstieren ein, andererseits nutzte er gut kaschiert das Labor, dessen Equipment und Personal für seine ganz eigenen Belange. Nämlich für die Behebung eines Fehlers, den Lucil vor ein paar Monaten losgetreten hatte, als die Angst, sich vor Individuen wie den Gewandelten und Silena wappnen zu müssen, immanent gewesen war. Das Problem mit der Angst war noch immer da, dafür aber gesellten sich zu dem anfangs als sehr erfolgreich begonnenen Experiment unerwünschte Nebenwirkungen hinzu.

Baris donnerte ungeduldig mit der Faust auf Lucils Schreibtisch, sodass dieser kurz zusammenzuckte und nun zu ihm aufblickte. Mit aufgestemmten, geschwollenen Armen lehnte der Leiter der Reichsgarde über ihm und blinzelte kein einziges Mal. Lucil wusste, dass ihm die Ausreden ausgingen und die Ergebnisse in seinen Händen sein Gegenüber nicht besänftigen würden. Vor allem, wenn ihm die Zeilen bewusst gewesen wären, in denen aufgelistet stand, wie viele Soldaten aufgrund der unerlaubten Blutzufuhr in den letzten Wochen das Zeitliche gesegnet hatten. Die anfänglich mit siebzig Soldaten ausgestattete Garde zählte nur noch siebenundfünfzig Mann und das Sterben erfolgte mit immer kürzer werdenden Abständen. Bei dieser Tendenz würde das Ausbleiben von weiteren Blutbeuteln von Objekt Silena 2 mit dem Tod des letzten Mannes einhergehen. Lucil lief die Zeit davon. Doch er brauchte die Unterstützung dieser Truppe, deshalb mussten sie Ruhe bewahren und sich in Sicherheit wiegen, dass das Problem fast schon gelöst wäre. Niemand sonst da draußen wollte er Vertrauen schenken. Die kontroverse Situation zwischen den Spezies in den Kolonien war zwar durch das Erscheinen der Aliens beruhigt worden, ob es jedoch von Dauer bliebe, war fraglich. Solange keine neuen Regelungen fürs Zusammenleben durchgebracht waren und jede Spezies in gleichen und fairen Maßen ein Dach über dem Kopf und einen gefüllten Magen vorweisen konnte, stand Lucil dem Frieden eher skeptisch gegenüber.

„Du weißt, wir arbeiten auf Hochtouren, Baris. Ich kann auch nicht mehr als …", begann er mit sanfter Stimme, wobei es ihm schwerfiel, ihm direkt in die Augen zu blicken.

Baris Hand griff blitzschnell nach Lucils beige verwaschenem Shirt und zog es samt Inhalt dichter an sein Gesicht heran.

„Kannst du es sehen? Und heuchle mir nicht vor, dass dir die Verbreiterung der Äste die letzten Wochen nicht aufgefallen ist. Wie soll ich das weiter verstecken und vor allem meiner Frau und meinen Töchtern erklären?!"

Totenstille schlich sich in den sterilen Raum ein und eine Kälte machte sich breit. Lucil glaubte fast, sein Herz schlagen zu hören, so unerträglich war die plötzliche Stille nach der lauten Schreitirade durch Baris. Doch er wollte sich nichts anmerken lassen und schob gelassen seine Hand auf Baris rechtes Handgelenk, um den Griff um seine Kleidung zu lösen. Der Vergleich mit einem gegossenen, harten Stein, der ihn festsetzte, wäre gelinder zu der Gegenreaktion des Soldaten gewesen. Dabei war es genau diese Stärke gewesen, die allen zu Beginn des Experiments zu Kopf gestiegen war und jeden himmelhoch hatte jauchzen lassen.

„Ich darf dich daran erinnern, dass du mich damals geradezu genötigt hast, dir die erste Dosis zu verabreichen, als du die Ergebnisse an einem

Versuchstier gesehen hattest. Noch dazu hast du darauf bestanden, für deinen Einsatz und Mut als Gardeleiter aufzusteigen, wenn du dich für diese Versuche freiwillig meldest. Keiner konnte die Konsequenzen absehen. Nachdem wir nun aber Silenas Proben auf Eis gelegt haben, kann es sich nur um eine Frage der Zeit handeln, bis wir eine Lösung für die Ausbreitung dieser …" Lucil fuchtelte über Baris' Gesicht, welches blaue, erhabene Adern aufwies, die über seinen Hals, den rechten Kiefer entlang, den Wangenknochen hoch und nun die Schläfe erreicht hatten. Wie sie sich unter dem Hemd verhielten, blieb der Fantasie überlassen. Jedoch schienen sie förmlich zu leuchten, und egal wie sehr sich Lucil bemühte sich abzuwenden, desto mehr haftete sein Blick daran.

„Es fällt dir wohl schwer, darüber zu reden, nicht wahr? Es ist mir egal, welche Risiken damit verbunden waren oder noch sind. Fakt ist, dass diese blauen Ausläufer unser geringstes Problem sind. Auch wenn du es nicht laut aussprichst, so verpufft das stille Sterben hinter den starken Reihen nicht. Denkst du, mir sind die Ausfälle nicht bekannt? Die vertuschten Todesfälle meiner Soldaten oder deine Schweißperlen auf der Stirn, jedes Mal, wenn ich dir einen Besuch abstatte? Ich rieche deine Angst schon meterweit, bevor ich dich sehe!"

Lucil rollte langsam mit dem Sessel nach hinten. Er erahnte neben einem verbalen auch einen handgreiflichen Ausbruch von Baris, dem er sich nicht gewachsen fühlte. Mit beiden Händen beschwichtigend nach oben gehalten versuchte er, eine visuelle Bremse bei seinem Gegenüber zu ziehen.

„Baris, ich gebe dir vollkommen recht, doch welche Optionen hast du? Wir sitzen im gleichen Boot. Wir waren zu euphorisch, leichtsinnig, zu gierig und haben Silenas Blut zweckentfremdet, um uns zu schützen."

„Schwachsinn! Während du offiziell über die Auswirkungen durch Silenas Blutgabe, die Mutationen der Gewandelten und das Unwissen der Langzeitwirkungen schimpfst und Leute verurteilst, machst du hinter verschlossenen Türen nichts anderes. Und ich kann dir versichern, dass wir nicht im selben Boot sitzen. Denn ich sitze in jenem Boot, das jederzeit seelenruhig zum interimistischen Rat rudern kann, um dort lautstark zu verkünden, dass mir ein aus Silenas Blut extrahiertes Serum regelmäßig gespritzt wird. Nicht zu vergessen würde ich erwähnen, dass ich dadurch übermenschliche Kräfte gewonnen habe. Ich könnte zugeben, dass die Nebenwirkungen ein Massensterben der Garde bewirken, weil das Serum nicht ausreichend erprobt war und du nun kein Gegenmittel findest. Und das trotz der Intelligenz einer Handvoll Sympathisanten!"

3 | Freudiges vs. unliebsames Geschenk

Noch nie zuvor hatte sie auf dem Heimweg so viel Zeit versucht totzuschlagen. Oder besser gesagt, Silena hatte es noch nie in ihrem Leben notwendig gehabt, Zeit zu verschwenden, wenn in Aussicht gestellt war, zu Hause in die Arme von Edrian zu fallen. Doch seit sie wieder stabilen Boden unter sich hatte, war sie ihm gekonnt ausgewichen. Ihr war jedoch auch klar, dass diese Taktik früher oder später nicht mehr funktionieren würde. Edrian war zwar emotional unbeholfen und er tat sich schwer, ihre menschliche und weibliche Seite zu durchschauen, aber er war alles andere als dumm.

Silenas Kopf dröhnte, da sich ihre Gedanken mit den Worten der Wächter gleichzeitig vermischten und duellierten. Sie war verzweifelt über die Aufgabe, die ihr gestellt worden war. Sie kam sich erneut völlig alleingelassen vor und wurde mit einer Entscheidung konfrontiert, die ganze Schicksale der Kolonien beeinflussen würde. *Warum muss ausgerechnet ich immer in solche Situationen geraten? Weshalb kann das Leben nicht einmal Glück verstreuen und mich zur Abwechslung vor Pechsträhnen verschonen?* Und da war noch die klitzekleine Kleinigkeit, die in ihrem Unterleib heranwuchs. Auch dieses Thema hatte sie weder Edrian unterbreitet noch sich selbst damit auseinandergesetzt. Und warum? Sie hatte Angst. Unendliche Angst, was diese Neuerung, die für die meisten da draußen ein freudiges Ereignis darstellen würde, bedeutete. Ausgerechnet für sie als Hybrid, in Partnerschaft lebend mit einem Gewandelten und umhergerissen zwischen rassistischen Auseinandersetzungen und ihrer nicht gerade positiven Stellung in dieser Gesellschaft.

Silena lehnte sich gegen die kühle Mauer eines Gebäudes und blickte erschöpft die Straße auf und ab. Es war mittags und mittlerweile sah man in dem durch Vampirhand entstandenen Toa auch um diese Zeit Menschen und Gewandelte herumflanieren. Sofern sie sich ihren alten Modi entziehen konnten. Silena konnte sich vorstellen, dass jahrzehntelanges Schlafen untertags und Umherstreifen des Nachts als ungewandelter Vampir sich nicht von heute auf morgen abstreifen ließen. Dem gegenüber waren Menschen die Sonne auch kaum gewohnt, da es immer galt, sich tunlichst zu verstecken. Natürlich war das Verhältnis der nachtaktiven Personen und der Sonnenanbeter alles andere als ausgewogen. Den Zielen der Wächter nach zu urteilen, würde sich dieses Verhältnis auch nicht verbessern … Silena musste seufzen und versuchte sich mit den Details ihrer Umgebung und den Geräuschen abzulenken. Die Mauern der Gebäude trugen noch die Zeichen von Asrael, der seine Kräfte gebündelt und jegliches Leben, ohne es auch nur zu berühren, in Staub hatte zerfallen lassen, um dessen Energie zu inhalieren. Daher bahnten sich selbst auf den spiegelglatten, beigefarbenen und grauen Fassaden schwarze Rußspuren ihren Weg. Wie einheitliche Farbbomben, die alle paar Meter explodiert waren, zeichneten sie Linien meterhoch vom Boden aufwärts über die Mauern. Die gefestigte Straße hatte eingedrückte Stellen und Risse. Es wirkte, als hätte jemand ein tonnenschweres Objekt über einen filigranen Pfad gezogen und sich bei jedem Anstoßen peinlich berührt den Mund bedeckt, um ein ‚Ups' zu vertuschen. Ja, Asrael hatte offensichtlich Spaß daran gehabt, seine Macht zu demonstrieren. Aber Silena sah auch Erfreuliches. Zwischen einzelnen Rissen und der Hitze der Wüste zum Trotz stießen zarte Pflänzchen ihre Ranken durch die Öffnungen, um ein ‚Hallo, ich lebe noch' zu signalisieren. Dies war aber nicht das einzige Leben, das sich zeigte. Ein starker Wind fegte durch Silenas blonden Schopf und erzeugte pfeifende Töne an den Gebäudemauern, die ihn in seine Schranken wiesen. Und dadurch hätte Silena auch beinahe das Gespräch zweier weiblicher Gewandelten verpasst, die soeben desinteressiert an ihr vorbeispazierten.

„Und du denkst, das ist möglich, obwohl wir uns so verändert haben?", flüsterte die eine.

„Sicher weiß ich es nicht. Bisher sind es nur Gerüchte, aber stelle dir mal vor, wenn eine Vermischung zwischen Gewandelten und Vampiren real ist? Ich bin mir nicht sicher, ob dies nun dem Fertilitätsproblem und der geringen Geburtenrate der Vampire entgegenwirken könnte oder diese Kreuzung Folgeschäden für die Nachkommen späterer Generationen bewirken würde."

„Ich möchte nicht mal daran denken. Aber noch viel schlimmer wäre der Gedanke, wenn … na ja, versteh mich nicht falsch … Neugier, bestimmte stimmungsverändernde Präparate …" Die Gewandelte blieb stehen und kämpfte mit den richtigen Worten. Silena spitzte die Ohren, weil sie dem Inhalt des Gespräches noch nicht ganz folgen konnte.

„Worauf willst du hinaus?", forderte die andere nun ungeduldig. Silena konnte sich nur anschließen.

„Es könnte durch Zufall oder einem Unfall passieren, dass ein Mensch mit einem Gewandelten intim würde und dabei ein Kind …"

„WAS?!", polterte es der anderen überlaut hinaus. Sie blickte um sich und erspähte Silena, die sofort ihren Blick zu Boden richtete. Mittlerweile musste eigentlich schon die Haarfarbe reichen, um zu wissen, wer sie war, und um das Gespräch woanders fortzuführen. Doch sie hatte Glück. Im Augenwinkel konnte Silena erkennen, wie die geschockte Gewandelte näher an ihre Freundin herantrat und flüsterte: „Milli, du hast eine abartige Fantasie. Kein gestandener Vampir oder Gewandelter würde sich mit … na ja, sagen wir mal, ‚Vieh' paaren wollen. Ein kurzes Techtelmechtel, seinen Durst – egal welchen – stillen, ja, aber mehr … Nie und nimmer! Also wird es nie zu so einer Kuriosität kommen, dass sich hier eine Kreuzung entwickelt. Und zumindest einen Punkt darf ich dir versichern, im Labor wurde die Vermischung mit Mensch und Vampir bereits getestet. Sie sind inkompatibel."

„Ach, nein! Wirklich?", brach es aus Silena heraus, noch bevor sie mitbekam, dass sie es laut ausgesprochen hatte.

„Du stopfst das Essen ja hinein wie ein Tier", witzelte Edrian, als er unerwartet hinter ihr zum Tisch kam und sie fest umarmte. *Ein gestandener Gewandelter würde sich nie mit Vieh paaren …*, sprang Silena in den Sinn und dabei schluckte sie zu hastig den Essensrest von der Gabel, sodass sie zu husten begann. Edrian massierte vorsichtig den Rücken und sah sie über ihre Schulter hinweg an. „Ist alles in Ordnung?"

In Ordnung? Ich bin schwanger und sobald das Kind geboren ist, wird es da draußen nur gemieden und gemobbt werden. Und das nur, weil es eine Kreuzung ist, die niemand sehen will.

Silena verging schlagartig der Appetit. Sie blickte zu Edrian auf und blieb an seinen treuen Augen hängen. Diese leuchtenden goldenen Ränder, die sie immer zu beruhigen schienen. Diese markante Narbe an seiner Stirn, die sie so oft zärtlich küsste, und dieses ausgeprägte Kinn konnten ihr jedoch diesmal keinen Trost spenden. Nur ihr schlechtes Gewissen klopfte an und brachte sie zum Knabbern an der Unterlippe. Wie gerne wollte nun alles aus ihr herausplatzen, was sie bedrückte. Ihre Lippen schlossen sich kurz, dann öffneten sie sich wieder automatisch, als wäre der Druck zu groß, all die Geheimnisse vor Edrian zu verstecken. Doch Silenas Wille war stärker. Oder besser gesagt, ihre Angst, wie er auf diese Neuigkeit reagieren würde. Es war zu früh, redete sie sich ein und wandte den Blick ab. Erst wollte sie herausfinden, wie Edrian generell zu dem Kinderthema stand. Ob er bereits in Partnerschaften gewesen war, in denen über eine Familiengründung diskutiert worden war, oder er seiner Mutter Orelia bereits Träume oder Vorstellungen einer Vaterschaft kundgetan hatte. *Doch wie soll ich das schaffen, ohne mich zu verraten?*, rätselte sie. Und da war ja noch das Abkommen mit den Wächtern, das sie ihm verheimlichte. Als würde das eine Problem nicht schon reichen.

Silena wurde erst bewusst, dass ihre Hände leicht zitterten, als Edrian besorgt ihre rechte nahm, kurz einen zarten Kuss darauf setzte und sich dann zu Boden hockte. Da sie selbst saß, waren sie nun auf Augenhöhe. Es war nicht zu übersehen, dass er ihr erschweren wollte, den Blick abzuwenden.

„Ich sehe genau, dass etwas nicht stimmt, Silena. Du distanzierst dich von mir. Du versteckst dich hinter weiten Klamotten, isst wahllos Mahlzeiten zu jeder Zeit, obwohl dir eine achtsame und gesunde Ernährung bisher so wichtig war. Es ist, als ob du nicht die Nahrung, sondern deine Probleme in dich reinfrisst. Du hast Stimmungsschwankungen, als ob du wie ich einer Verwandlung erlägest, und du siehst oft erschöpft und nachdenklich aus. Und zuletzt – ohne dich unter Druck setzen zu wollen – habe ich auch das Gefühl, du genießt die Zweisamkeit nicht mehr so, wie ich es von dir gewohnt bin. Also sprich mit mir. Warum hast du Angst, es mir zu sagen? Habe ich vielleicht etwas falsch gemacht, von dem ich wissen sollte, und du bist sauer, dass ich es nicht von selbst erkenne? Oder erwartest du etwas von mir, fehlt dir meine Aufmerksamkeit?"

Silena ertrug dieses hohe Maß an Verständnis und Geduld nicht. Ihr wäre ein tobender, emotional instabiler Ausbruch im Moment lieber. So, wie Edrian es in der Zeit seiner Wandlung oft getan hatte. Mit dieser Reaktion konnte sie besser umgehen und die Wahrscheinlichkeit, das Thema zu wechseln, war größer. Aber so … Er war einfach zu liebeswert und seit der Sache mit Asrael auch so verflucht bemüht zu verstehen, was mit ihr los war. Silena konnte nicht einmal mit der Ausrede kommen, dass sie bloß ihre Tage hätte und deshalb ein emotionales Wrack darstellte. Denn er konnte für gewöhnlich alle chemischen und physischen Veränderungen in ihrem Körper riechen. Warum er bisher das kleine Geheimnis nicht erkennen oder gar hören konnte, grenzte an ein Wunder. Sie fragte sich nur, wie viel Zeit ihr noch blieb, bis er durchschaute, dass diesmal etwas für ihn völlig Neues im Spiel war. Spätestens, wenn ihm ein wachsender Bauch auffallen würde, wäre das Verstecken ohnehin vorbei.

Silena drehte sich nun zu ihm und er konnte genau erkennen, dass sie erneut nach Ausreden fischte. Sie strich ihm zärtlich eine Haarsträhne aus dem Gesicht und das tat sie immer, um Zeit zu schinden. Innerlich war die Unruhe in ihm kaum zu bändigen, doch Edrian wusste, dass er mit Drängen und lauter Stimme noch weniger ans Ziel kam. Sie hatte mit jeder Faser ihres Körpers Angst davor, ihm reinen Wein einzuschenken. Das war für Edrian offensichtlich.

„Nein, im Gegenteil, Edrian. Ich liebe dich mehr als jemals zuvor und du hast nichts falsch gemacht …", begann sie zögerlich.

Mit „Bitte sag jetzt nicht, dass es an dir liegt oder ich mir keinen Kopf darüber zerbrechen soll", versuchte er Silena sogleich einen Ausfluchtversuch madig zu machen. Instinktiv scannte er ihren Körper und inhalierte ihren betörenden Duft, um vielleicht über diese Zeichen Inhalte zu lesen, die ihre Lippen ihm nicht zugestehen wollten. Jeder Muskel von Silena war verkrampft. Ihre Atmung war flach und sehr stockend, ihr Herz raste und das Blut schoss durch ihre Adern, als wolle es selbst vor einem Geständnis flüchten. Aber noch etwas war völlig anders. Ihr Geruch. Nach so vielen Monaten zusammen konnte er mittlerweile einen Rhythmus erkennen. Es gab Tage, an denen sie für ihn so unwiderstehlich anziehend war, dass er sich in ihrer Gegenwart nur auf sie werfen wollte. Dann wieder Tage, an denen er von ihrer Periode mehr aus dem Konzept gebracht wurde als von der Fleischeslust allein. Aber dieser Geruch soeben war ihm neu.

„Mir wird nur alles zu viel, Edrian. Ich finde keine innere Ruhe und fühle mich verantwortlich für das ganze Schlamassel da draußen. Wenn ich nicht die Gewandelten hervorgebracht hätte, wäre vielleicht alles so viel einfacher …" Silena rang um Luft, weil unvorbereitet ein großer Kloß im Hals ihr den Atem zu rauben schien. Sie bekam feuchte Augen und war total aus der Fassung. Edrian konnte nicht anders, als sie in den Arm zu nehmen und fest an sich zu pressen. Das war eine Situation, die für ihn schwer nachzuvollziehen war, denn er versuchte partout, Vergangenes hinter sich zu lassen, weil es nicht zu ändern war. Nur das hier und jetzt und, soweit man sie beeinflussen konnte, auch die Zukunft waren von Bedeutung. Sich jedoch mit etwas belasten, was man irgendwann einmal verursacht hatte oder verhindern hätte sollen, war nicht seine Philosophie.

„Schhh, … Darüber darfst du nicht mal nachdenken. Ohne dein Blut wäre ich nie gewandelt worden, wir hätten nie zueinander gefunden. Und ich möchte das nie, nie wieder hören, okay?" Edrian spürte ein leichtes Kopfnicken an seiner Schulter. „Außerdem wären die Blutfarmen nicht aufgebrochen, die ersten Menschen hätten sich nicht in die Kolonien der Vampire getraut und auch der gemeinsame Kampf gegen Asrael hätte die Spezies nicht näher zusammenrücken lassen. Dass im Moment alles ein Chaos ist und wir mit Samthandschuhen neu anfangen müssen, ist klar. Die Kolonien haben immerhin auch über 300 Jahre benötigt, um ihre jetzige Form zu finden und nicht über Nacht. Zieh dich bitte nicht selbst runter mit einer Last, die du nicht beeinflussen kannst."

Silena drückte sich weg von Edrian und musste laut schniefen. Je mehr er versuchte, sie zu trösten, umso mehr plagte sie das schlechte Gewissen. Doch sie wusste, was auf dem Spiel stand, wenn sie dieses eine Mal den Mund nicht halten sollte. Das Risiko war einfach zu groß.

4 | Laborresultate

„Unsere Forschungen und Vergleiche mit der Rasse der Vampire zeigen, dass Heaven tatsächlich vom gleichen Heimatplaneten stammt wie wir selbst. Es könnte sogar sein, dass es uns auf Huratus als Wirtstier gedient hatte, selbst wenn die erheiternde Wirkung seines Blutes nicht für den täglichen Gebrauch empfohlen wird. Womöglich ist die Kolonisation auf Perlon 2 nur nicht geglückt", erklärte Nuke nervös und konnte sich bei seinem Plädoyer nicht festlegen, ob er die Hände hinter dem Rücken oder vor sich verschränken sollte.

Ein Raunen ging durch die Menge des Saales. Alle Anwesenden reckten ihre Köpfe, um das längliche Wesen mit kurzen Beinen und Fellkamm entlang dem Rücken besser sehen zu können. Es wurde in einer transparenten Box am langgezogenen Tisch hinter Nuke präsentiert. Die zart blau leuchtenden Augenringe des Tieres waren unverkennbar. Es stellte sich auf die Hinterläufe und entblößte seinen nackten Bauch, während es neugierig nach einem Ausweg aus der Box suchte.

Nach der Kundgebung, die Völker mehr in die Entscheidungen einzubinden, wurden einmal wöchentlich öffentliche Erklärungen im Gebäude des Rats abgehalten. Das Interesse war jedoch verhalten, da der große Raum, der an die 500 Personen fassen konnte, kaum ausgenutzt wurde. Solange noch keine neuen Ratsmitglieder fix besetzt waren, nutzten die Anwärter diese Gelegenheiten vor Ort geschickt als Bühne, um sich ins Gedächtnis potentieller Wähler zu brennen. Das heutige Thema führte zu den Laborergebnissen von Well und Nuke, zwei ungewandelten Laborassistenten, die den damals fast schon toten Leib von Heaven in einem Sack in Empfang genommen hatten. Das Tier stammte vom Wrack des alten Raumschiffes und war durch die Explosionen im Bauch des Vehikels aus einem noch unbekannten Bereich befreit worden.

„Und wo wurde es gefunden, Edrian?", kam die Frage von Lucil, zum Missfallen von Magnus. Der Gewandelte konnte ihn nicht leiden und hatte ständig das Gefühl, dass dieser Mensch mit jeder Frage und

Wortmeldung sein Engagement für die Kolonie heucheln wollte, um sich in den Mittelpunkt zu stellen. Doch als Edrian in der Menge aufstand und sein genervter Ausdruck und sein leicht mahlender Kiefer ebenfalls eine Antipathie verdeutlichten, schnellte sogleich Magnus' Mundwinkel zufrieden in die Höhe. Er war mit seiner Missgunst somit nicht alleine und gerade Edrian wurde von allen Völkern aufgrund seiner Unparteilichkeit und seines Kampfgeistes hoch geschätzt. Wenn den Zusehern diese Abneigung ebenso offensichtlich war wie Magnus selbst, würde dies womöglich die Wahl auf einen anderen Menschen im Rat lenken.

„Als Yven, Link und ich vor ein paar Monaten den Hintergrund einer größeren Explosionen aufklären wollten, wurden wir über die Koordinationsdaten direkt zu dem Wrack geführt. Ein Laborraum wurde scheinbar beschädigt und dieses Tier ist uns direkt in die Arme gelaufen. Wir haben vor Ort ein Schaltpult mit den Plandaten des Schiffes und der Ware an Bord gefunden. Doch die Technologie war für uns leider nicht lesbar. Fakt ist, dass wir nicht genau sagen können, wo in diesem Raum das Tier gelagert war. Genauso kann ich heute nicht ausschließen, dass weitere Spezies seit der Explosion und nach unserem Eintreffen ins Freie gelangt sind."

Ich frage mich, ob es weitere unentdeckte Exemplare in anderen Laborräumen oder Lagern des Schiffes gibt.

Magnus bekam eine Gänsehaut und starrte zu Lucil.

Dort, wo Silena, Asrael und Heaven hergekommen sind, könnten noch viel mehr Tierproben und Material zum Züchten vorhanden sein.

Nichts in Lucils Gesicht regte sich. *Nicht schon wieder!!! Sind das mentale Halluzinationen?!*

„Konntest du weitere verschlossene Türen oder abgetrennte Räume in dem Raumschiff erkennen? Besteht die Wahrscheinlichkeit, dass weitere Wirtstiere noch gefangen sind?", fragte ein Ratsanwärter aus der Gruppe der Vampire.

Verflucht, warum ist mir dieser Gedanke nicht gekommen?! Ich hätte diese Frage stellen sollen, fluchte Magnus in sich hinein.

Edrian legte den Kopf schief und strich sich sein kinnlanges, schwarzes Haar zurück.

„Um ehrlich zu sein, ich weiß es nicht. Ich hatte zu dem Zeitpunkt andere Sorgen. Immerhin hat Yven dort einen starken Stromschlag abbekommen und wir hatten die Hände voll zu tun, ihn lebend da raus zu bergen."

Magnus konnte erkennen, dass Edrian nicht gerne mit dabei saß. Politisieren war offenbar nicht seine Welt und er erschien nur aufgrund direkten Wunsches der Ratsanwärter. Noch dazu war Edrian ohne Silena aufgekreuzt, was eine Seltenheit war, nachdem er sie damals fast an Asrael verloren hatte. *Ich frage mich, woran das liegt …*

Jemand, der weiß, wo das Raumschiff liegt, und auch robust genug ist, sollte vor Ort auf Nummer sicher gehen. Denn wenn mehr Nahrung für die Vampire da ist, wäre der Fortbestand der Menschen gesichert.

Diesmal konnte Magnus die Stimme aus Richtung Saal hören. Doch selbst wenn er nicht wusste, wer es war, Magnus war sich sicher, dass es ebenso wenig eine akustische Wortmeldung war. Kälte überzog ihn und er musste dem Impuls, überschnell aufzuspringen und zu türmen, unterdrücken. Immerhin ging es hier um die Möglichkeit, sich in der Kolonie einen Namen zu machen. Seine Augenbraue fing verdächtig zu zucken an, was seine innere Anspannung nicht gerade besänftigte. Dabei musste Magnus einen kühlen Kopf bewahren, denn im Augenblick zählte die Mundpropaganda, um die Wahlen zu bestreiten, die in ein paar Tagen stattfinden sollten.

Da kam ihm ein Einfall.

„Edrian, da du die Lage des Schiffes gut kennst und als Gewandelter der Sonne und möglichen Gefahren trotzen kannst, wäre es da nicht ein Anreiz für dich, mit einer Truppe Freiwilliger vor Ort nach weiteren versteckten Räumen und Wirtstieren Ausschau zu halten? Das Volk würde es dir danken."

Und es glückte. Wieder ging ein Raunen durch die Meute und alle Augenpaare hingen nun an Edrian.

So ein Mistkerl, ich wollte mit dieser Frage kommen. Magnus brauchte sich nicht zu Lucil wenden, um zu wissen, dass er so dachte.

Edrian musste schmunzeln und schüttelte leicht den Kopf: „Unglaublich, denn wenn ich mich recht entsinne, trifft das auf dich ebenfalls zu, Magnus."

Touché, Edrian. Gut gemacht. Lucil grinste breit, als Magnus einen Seitenblick wagte. **Versuch das mal zu kontern, du Held. Ich würde ihm ins Bewusstsein rufen, dass er nicht nur die Geburtenrate der Vampire dadurch steigern könnte, sondern die Ausrottung der Menschen abwendet. Auch die Notwendigkeit, synthetisches Blut durch Sympathisanten zu erzeugen oder zusätzliche Tierfarmen für Vampire zu errichten, würde obsolet werden. Nicht zuletzt brauchen wir alle Mittel, die uns zur Verfügung stehen, um die Kolonie wieder aufzubauen.**

„Durch deinen löblichen Einsatz könnten Vampire von Menschen ablassen. Der Bestand der Menschheit sowie der Vampire würde gesichert sein. Tierfarmen wären ausschließlich für die Gewandelten zu errichten. Nicht zu vergessen würde sich die Rolle der Sympathisanten ändern. Denn der Schutz der Menschen wäre nicht mehr nötig und wir könnten rascher die Kolonie für ein gemeinsames Zusammenleben aufbauen. Und …"

Lucil drehte sich ruckartig um und seine Stirn war stark gerunzelt. **Ich fasse es nicht! Bin ich dein Souffleur?** Ihm wohl unbewusst, begann er nervös mit den Nägeln auf dem Tisch zu kratzen. **So ein Heuchler, als würden ihn die Menschen irgendwie jucken.**

Magnus tat sich gekonnt schwer beim Aufstehen und versuchte, in jede seiner Bewegungen Theatralik einzuhauchen. Seine Oberschenkel zitterten leicht und er stellte sich nun neben den langgezogenen Rednertisch, an dem alle Ratsanwärter zum Volk hin gerichtet saßen. Er ließ sich Zeit, damit absolut jeder das Stahlgerüst an seinem Unterleib sehen konnte.

Du verfluchter Hypochonder. Du wagst es doch nun nicht, mit der Mitleidstour die Leute auf deine Seite zu ziehen!?, hörte Magnus aus Lucils Richtung. Er verkniff sich ein Grinsen, aber schmunzelte in sich hinein, weil er wusste, dass Lucil innerlich brodelte. *Irgendwie gewöhne ich mich langsam an diese Verrücktheit, Gabe oder was das sonst so sein soll.*

„Und Edrian, glaub mir, ich würde alles für dieses Volk tun, wenn es physisch in meiner Macht stünde. Ich kann nichts anderes tun, als den besten Mann unter uns bitten, für uns diese Mission zu starten." Magnus konnte nicht anders, als einen wehleidigen Blick aufzusetzen und einen leicht weinerlichen Ton in seine Stimme zu mischen.

Magnus, du wirst wieder zum manipulierenden Mistkerl, den ich früher kannte. Dabei dachte ich, unsere Erlebnisse hätten dich gebrandmarkt. Wieder in den Dschungel gehen? Das kannst du vergessen. Ich habe Silena einmal im Stich gelassen. Ich werde diesen Fehler nicht wiederholen, sprang ihm Edrians Meinung entgegen.

„Ich fühle mich geschmeichelt, Magnus. Und natürlich auch geehrt", Edrian drehte sich nun auch zur Seite, um den Blickkontakt zu den erwartungsvollen Beobachtern neben sich in der Menge zu suchen, „doch ich sehe meinen Platz hier in Toa, wo ich mit Rat und Tat bei der Vorbereitung solch einer Expedition zur Verfügung stehen werde." Mit diesen Worten setzte Edrian sich und machte keine Anstalten mehr, das Thema weiter auszuführen.

„Gut, da wir hier im Moment nicht weiterkommen, würde ich vorschlagen, wir vertagen das Thema. Hören wir uns an, was es noch für Neuigkeiten gibt, die unsere ungeteilte Aufmerksamkeit benötigen. Well, wärst du so freundlich?", platzte es aus Lucil heraus, der diese preisverdächtige Selbstdarstellung von Magnus unbedingt beenden musste. Scheinbar waren die Vampire und die gewandelten Anwärter neben ihm unfähig und taub geworden, aber er selbst wollte sich das nicht länger bieten lassen. Die sich ausbreitenden, anbetenden Blicke und das bestätigende Nicken aus den ersten Reihen ließen Lucils Frühstück hochkommen. Er musste das Ruder umlenken, solange es noch ging. Lucil wusste, er war gezwungen, sich nach der Sitzung bei den anderen Anwärtern der Gewandelten umzusehen und eine würdige Partie zu finden, die es mit Magnus aufnehmen konnte. Denn sonst war diesem der

Sieg sicher und er wollte ihn auf keinen Fall als regierendes Ratsmitglied neben sich wissen.

Well trat mit stolzem Haupt vor das Volk. Er wandte sich abwechselnd hinauf zum Rednertisch der Anwärter und dann neben sich zu den sitzenden Reihen der neugierigen Personen.

„Wir müssen verlautbaren, dass die Wandlungen durch Silenas Blut leider noch nicht abgeschlossen sind. Selbst wenn die Gewandelten nicht mehr heimlich an den letzten Reserven versuchen, ihre Stärke zu steigern …"

„Zu diesem Punkt sollte hier nochmals AUSDRÜCKLICH festgehalten werden, dass es allen verboten ist, weiter mit Silenas Blut zu experimentieren, zu handeln oder gar es sich selbst einzuverleiben! Solange wir die Resultate und Langzweitwirkungen nicht im Labor konstruieren können, ist das nicht nur für jeden Einzelnen lebensbedrohlich, sondern auch im Sinne des Volkes grob fahrlässig!", gab nun ein wütender Anwärter zu Protokoll, dessen Augen seinen gewandelten Status bekundeten.

Verflucht, musste ausgerechnet dieses Thema kommen? Ich muss es so rasch wie möglich wechseln. Lucil spürte, wie sich Schweiß auf seiner Stirn bildete. Instinktiv schob er nun seine Hände unter den Tisch, um sich seine Hose enger zu schnüren.

Well räusperte sich, um anzudeuten, dass er wieder an der Reihe war. „Gut, wo war ich stehen geblieben? Ach ja, Blutproben von Gewandelten haben belegt, dass sich die Zellen verändern, und dass selbst nach Abstinenz von Objekt", Well zuckte zusammen und blickte unruhig zu Edrian, dessen Lippen bebten und dessen Schultern und Oberarme anschwollen, „Pardon, die Abstinenz von Silenas Blut nach mehreren Wochen die Zellen nicht zum Stillstand bringt."

„Gut, sehr interessant, gibt es noch andere Neuigkeiten, Well?", warf Lucil ein und kratzte sich nervös an der Schläfe. *Ganz ruhig, das Thema ist durch.* Als er kurz nach rechts zu Magnus sah, schien dieser ihn förmlich zu studieren, was in ihm Unwohlsein hervorrief.

„Ich finde, das Thema wirft noch zu viel Fragen auf, Lucil. Meinst du nicht?", gab Magnus süffisant von sich, wandte sich ab und begutachtete nun, ob sich unter seinen Nägeln Schmutzreste befanden. *Wie respektlos! Was glaubst du eigentlich, wer du bist!?*

„Nein, lieber Magnus." Lucil streute den Sarkasmus aus, um zu unterstreichen, dass er ihm sehr wohl gewachsen war. „Ich bin mir sicher, dass die hier Anwesenden ihre kostbare Zeit lieber in Themen investieren, die dem Aufbau der Tierfarmen oder von Unterkünften dienen, statt in ungewisse Entwicklungen."

„Also mich würde auch noch brennend interessieren, welche weiteren Mutationen die Gewandelten zu erwarten haben?", fragte nun der Gewandelte, der sich bereits zu Silenas Blut lautstark präsentiert hatte.

Reizend. Solltest du nicht gegen deinen Konkurrenten arbeiten, du Intelligenzbestie? Lucil konnte nicht anders, als laut Luft durch seine Nase zu stoßen, um seine Missgunst zu signalisieren.

„Wir haben ein paar Meldungen von Gewandelten, die von unerklärbaren Situationen und Fähigkeiten sprachen, diese aber im Labor nicht präsentieren konnten. Daher muss ich die hier Anwesenden bitten, in ihren Bekanntenkreisen nachzufragen und Gewandelte darin zu bestärken, bei Verdacht auf physische oder psychische Änderungen in unser Labor zu kommen. Sobald wir mehr erfahren haben, werden wir dies natürlich in einer der nächsten Sitzungen ansprechen. Aber es muss leider noch eine weitere unangenehme Statistik erwähnt werden", kündigte Well trocken an.

Gut, könnten wir nun ein anderes Thema wählen? Lucil spürte die Nervosität erneut in sich aufkeimen und trommelte mit den Fingern auf den Tisch.

„Es handelt sich hier um ein sehr ernst zu nehmendes Problem. Es hat in regelmäßigen Abständen Todesfälle gegeben. Diesmal handelt es sich um Menschen, die nicht durch Übergriffe von Vampiren ihr Ende fanden."

Nein, bitte nicht. Hoffentlich sind die Zahlen der Garde nicht durchgesickert. Lucil hielt die Luft an, rieb sich seine Augen und betete still in sich hinein.

Plötzlich öffnete sich eine Seitentüre des Saales und eine Vampirin lief direkt zu Lucil, um ihm etwas ins Ohr zu flüstern: „Lucil … er ist aufgewacht."

5 | Auf zerstörtem Grund

Kasia strich von Schatten zu Schatten, die die Gebäude warfen. Sie wusste, dass der Sonnenuntergang nicht lange auf sich warten lassen würde und wenn der Hunger einen plagte, dann wurden auch schmerzvolle Brandverletzungen hingenommen. Als sie wohl behütet in dem Herrschaftshaus ihrer Eltern aufgewachsen war, hätte sie sich nie vorstellen können, dass sie eines Tages anstatt angenehm temperiertes Blut aus dem Glas zappelnde, kreischende Lebewesen auftreiben und selbst hinrichten müsste. Und das ständig. Dabei taten ihr die Tiere mit ihren qualvollen Lauten, die sie mit verängstigten Augen im Anblick des Todes anstarrten, so leid. Kasia sah ihre Reflexion in deren Pupillen, bis der letzte Atemzug ausgehaucht war. Sie fühlte sich jedes Mal so schäbig, dass ihr der Appetit meist beim ersten Schluck schon vergangen war. Eine Zeit lang ging das Hungern gut. Doch irgendwann krümmte sich der Magen so eng zu einem Knoten, dass die Krämpfe einen weder schlafen noch sitzen ließen. Der Schmerz übertrumpfte jeden Gedanken, machte die Konzentration unmöglich und vor allem brachte er einen Urtrieb hervor, der jede anständig erlernte Kommunikation oder Verhaltensweise verdächtig störte. Kasia war nervöser, unausgeglichen und auch ungeduldiger mit ihresgleichen. Dabei schätzte sie ohnehin nicht die Anwesenheit anderer. Sie fühlte sich rasch eingeengt und zog das Alleinsein vor. Oder zumindest, seit ihre Eltern dem Wüten von Asrael zum Opfer gefallen waren. Sie taten damals alles, um ihre einzige Tochter zu schützen. Den Stolz der Familie, in einer Zeit, in der kaum noch weitere Generationen aufkeimten und die Bestände der alten Vampire, die sich durch Bildung, Erfahrungsaustausch und Forschung zur Elite hocharbeiteten, langsam ausstarben. Dabei zählte ihre Familie zum angesehenen Kreis, der auch politisch die Seile zog. Und jetzt? Kasia war ein Niemand geworden. Ein Schatten wie jener, den sie in diesem Augenblick überwand.

In ihrem grünen Samtkleid versuchte sie ungesehen in den Gassen nach Nahrung zu suchen. Ihr hüftlanges, leicht gewelltes, dunkeles Haar diente ihr als rot glänzender Schleier. Sie hatte zwar von ihren Eltern ein

Vermögen geerbt, jedoch floss kein neues nach und sie musste gut damit haushalten. Noch dazu war sie alleine und konnte niemandem trauen. So geschwächt und dünn sie mit dieser Tiernahrung war, stellte sie ein leichtes Opfer für Plünderer dar. Kasia musste so unauffällig wie möglich bleiben. Dabei hätte sie alles getan, um einmal wieder Menschenblut auf ihrer Zunge zu spüren. Dieses süße Aroma mit bitterem Nachgeschmack fehlte ihr in jeder Sekunde. Es wäre ein Stück Normalität und das Gefühl von Zuhause, das sie sich zurückerkämpft hätte. Selbst wenn es nur ein paar Augenblicke währen würde.

Als Kasia vorsichtig aus einer Gasse in eine Hauptstraße von Toa blickte, konnte sie am Firmament die letzten Teile des Mutterschiffes erkennen. Es war seit Asraels Ableben keinen Zentimeter gewichen und ragte zwischen den Wolken am Himmel empor. Jeder rätselte, warum die Aliens noch bei ihnen waren, was sie wollten und ob sie Unheil oder Segen bringen würden. Kasia war selbst nach all der Zeit der Anblick unheimlich. Ehrlich gesagt hatte sie in ihrem Leben nur mit einer Spezies zu tun gehabt: Vampiren. Allen anderen gegenüber war sie skeptisch gestimmt und wich ihnen aus. Und sie wollte sich nicht einmal ausmalen, wie diese Wesen von anderen Sternen aussehen würden. Alles, was für sie im Moment interessant war, war zu überleben.

Als Kasia eine Gruppe von fünf Personen in ihre Richtung kommen sah, ging sie rasch in den Schutz der Gasse. Sie presste sich flach gegen die Mauer und versuchte, sich nicht zu bewegen. Mit geschlossenen Augen konzentrierte sie sich auf ihr Gehör, denn eigentlich sah ihr Plan vor, sich ungesehen in die nächste Parallelstraße zu begeben, um dort in der Tierfarm Nachschub zu besorgen. Sie hörte Schritte auf sich zukommen und hoffte, keiner wäre neugierig genug ihr nachzugehen.

Womöglich hätte ich doch dem Angebot nachkommen sollen, das synthetische Blut zu probieren, das sich gerade in der Testphase befindet. Vielleicht würde es mich endlich mehr sättigen als meine neuen Haustiere, überlegte Kasia. *Oder soll ich doch versuchen, wie ein Sympathisant einen Menschen anzuwerben? Da draußen laufen sicher genug herum, nachdem sie die Blutfarmen geöffnet haben und auch aus der Wüste neue Völker in die Stadt strömen. NEIN! Du bist ein selbstständiger, unabhängiger Vampir, Kasia, und es reichen die schmutzigen Federlinge, die deinen Abstellraum verschmutzen. So ein großes Ungeziefer wie ein Mensch wäre nicht zu bändigen, egal wie gut er schmeckt. Und was wäre mit dem Schwarzmarkt? NEIN! Viel zu gefährlich, du könntest erwischt und bestraft werden.*

Als Kasia mit ihrem inneren Teufel und Engel eine Diskussion führte, spürte sie plötzlich, dass sie nicht allein war. Sie riss ihre Augen auf und ihr Fluchtinstinkt setzte augenblicklich ein.

6 | Verschleierung

Diesmal erfolgte die Einladung der Wächter nicht mehr still, sondern glich mehr einer eindringlichen Aufforderung. Als Silena die Tür ihres Appartements öffnete, stand ein Wesen in silbrig glänzender Montur vor ihr. Der Kopf war wie in eine Seifenblase gehüllt, deren Oberfläche in den Farben des Regenbogens schillerte. Darunter war der bekannte blaue Nebel zu erkennen, der ruhelos im Kreis um das Haupt wirbelte, als würde die lebende Textur einen Ausweg ins Freie suchen. Nur die goldleuchtenden Augen sahen unerbittlich und eindringlich in eine Richtung und ließen sich keine Unruhe anmerken. Das Alien, welches locker zwei Köpfe größer war als sie selbst, schien sich in dem Gebäude ducken zu müssen, was Silena das Gefühl gab, vor ihm zu schrumpfen. Vor allem, als es mit einem Arm still hinter sich deutete wie eine unmissverständliche Geste, dass sie ihm zu folgen hatte. *Oder ihr? Haben die Wächter überhaupt ein Geschlecht?*, fragte sie sich plötzlich.

Ich werde es kein zweites Mal anbieten, Apo.LYps.

Gänsehaut kroch Silenas Nacken hoch und sie nickte nur artig, bevor sie ohne sich noch mal umzusehen die Türe hinter sich einrasten ließ. An die Fähigkeit, mit den Wächtern über Telepathie zu kommunizieren, würde sie sich wohl nie gewöhnen. Dabei hatte sie selbst diese Gabe an alle Gewandelten unbewusst weitergegeben. Ihr Instinkt schrie laut auf, ob es nicht besser gewesen wäre, zumindest ihren Comlink mitzuführen. Edrian würde erneut nur vor einer leeren Wohnung ohne Zeichen von ihr stehen. Silena hörte bereits seine wütenden und gleichzeitig besorgten Worte im Kopf: „Wie konntest du nur so naiv und unvorsichtig sein?"

Zudem trug sie nur ihre bequeme, graue Kuschelhose und ein hellblaues, lockeres Shirt. Nicht gerade etwas, mit dem man vor einen Alienkönig treten wollte oder das im Notfall als Fluchtoutfit herhalten würde.

Keiner deiner Gedanken macht Sinn oder ist von Bedeutung, Apo.LYps.

Als ob Telepathie nicht schon genug wäre, las er auch noch ihre Gedanken, als hätte die Wächter-DNA in ihr sie für immer mit den Aliens mental vernetzt. Sie musste sich verkneifen, mit den Augen zu rollen und sich für ihre Privatsphäre zu rechtfertigen. Es würde ohnehin nichts bringen.

Da du bisher deiner Aufgabe nicht gerecht wurdest, wirst du nochmals vor den Allsehenden gebracht, um dich an die Bedingungen und Konsequenzen zu erinnern.

Ihr Herz schlug schneller, denn wenn sie es sich recht überlegte, waren zwei Wochen vergangen. Sie hatte bislang alles daran gesetzt, Zeit totzuschlagen und sich abzulenken, anstatt wie besprochen den Auftrag der Wächter zu erfüllen.

An der Straße angekommen, wandten sich neugierige Blicke auf den Wächter und sie. Alle blieben stehen und womöglich konnte jeder erahnen, um was für ein Wesen es sich handelte. Doch nun stand einer von ihnen das erste Mal leibhaftig vor ihnen. Ein Wesen, das für Leben und Tod der Spezies auf diesem Planeten verantwortlich war. Und dies bereits zum zweiten Mal. Wenn man es recht sah, stellten die Wächter mehr eine Gottheit dar, als je in Geschichtsbüchern, Märchen und Mythen ihrer alten Kulturen auf der Erde oder Huratus zu finden gewesen war.

Komm.

Ehe es sich Silena versah, wurde sie bereits vertikal in die Luft gezogen in Richtung Raumschiff. Direkt vor den geschockten Augen der Menschen, Vampire und Gewandelten.

Du bist nicht hier, um für die Völker zu sprechen und nach Unterstützung für den Aufbau und die Stiftung von Frieden einzustehen. Die Wächter haben bereits zu sehr in das natürliche Habitat dieser Kulturen eingegriffen. Solange keine Ordnung wiederhergestellt ist, werden wir unseren Standort nicht verlassen. Nun fragen wir dich erneut, ob du deiner Aufgabe gewachsen bist

oder wir aufgefordert sind, in unserem Ermessen zu handeln, Apo.LYps.

Fünf Wesen standen aufgeteilt vor Silena. Mittig der größte und älteste. Zumindest wirkte seine Haut nicht glatt wie die der anderen. Noch dazu schien die scheibenförmige Wucherung beginnend bei der Stirn erhabener und höher als jene der anderen Wächter, die sich bei der Unterredung im Hintergrund hielten. Der blaue Nebel, der seinen filigranen Leib umspielte, war in eine transparente Ganzkörperhülle zurückgedrängt, um den Organismus wohl vor Perlon 2s unverträglicher Umwelt zu bewahren. Sie war so hauchdünn, dass sie sich hier und da den Bewegungen der Rauchtentakeln anpasste. Silena nahm daher an, dass ihr Begleitschutz, dessen Kleidung am Körper direkt ansaß, eher für Ausflüge außerhalb des Schiffes gerüstet war, während diese Schutzhüllen vor ihr nur die Atmosphären trennten.

Silena argumentierte sich bereits um Kopf und Kragen. Offenbar war ein Verhandeln mit den Wächtern nicht möglich. Auch schienen sie ihren festgelegten Pfad nicht verlassen zu wollen und die Geduld zu verlieren. Dabei hätte sie diesen Wesen keine Emotionen zugedichtet. Außer ihren unruhigen Rauchschwaden wirkten sie kühl und abgeklärt. So kühl wie das Klima in dem Raumschiff, welches in sich in schwarz getränkt war und in dem nur pulsierend blaues Licht etwas Helligkeit hervorbrachte. Es roch nach absolut gar nichts, sofern dies überhaupt möglich war, und die Decken waren so hoch, dass man sie nicht exakt wahrnehmen konnte. Dafür hallte aber jeder Ton und ließ Silena leiser sprechen, als sie es gewohnt war.

„Bitte, wenn wir Hilfe hätten, eine Ersatznahrung für die Vampire zu erstellen, und einen Weg finden würden, alle Völker friedlich zu integrieren, …"

„Diese Option besteht nicht. Die Gewandelten sind ein Konstrukt unserer Arbeit und Gene. Zudem entwickeln sie Fähigkeiten, die wir nicht steuern und vielleicht eines Tages nicht mehr kontrollieren können. Die Reinheit muss sichergestellt werden."

„Ihr habt fortgeschrittene Technologie und Wissen. Es gibt immer einen Weg. Es ist nur die Frage, ob ihr es wollt. Wir alle haben eure

Macht gesehen, eure Fähigkeit und es ist doch eure Aufgabe, Leben zu bewahren und zu schützen. Wir sind wie eure persönliche Sammlung. Ihr kultiviert und züchtet Spezies, die ansonsten ausgestorben wären. Gut, es ist etwas schiefgegangen, aber das Ziel ist das gleiche, selbst wenn es an einem anderen Ort geschieht."

Plötzlich stieß eine der blauen Rauchschwaden des Anführers wie ein Tentakel aus der transparenten Hülle und packte Silena unsanft um den Hals. Sie wurde in Sekunden emporgehoben und leicht geschüttelt. Panisch zappelte sie mit den Beinen und ihre Hände versuchten, die neu gewonnene Halskrause wieder loszuwerden. Doch wie Sand kämmten ihre Finger hindurch und konnten keine Struktur erfassen. Und der Sauerstoff wurde knapp. Dabei blickte sie verzweifelt zu dem Anführer hinab, der keine Regung in seinem Gesicht erkennen ließ.

Edrian konnte es nicht fassen. So wie sie verschwunden war, war Silena auch wieder aufgetaucht. Doch als er ihr die Türe öffnete, verschlug es ihm die Sprache, denn zuerst fielen ihm dunkelblaue Flecken um ihren Hals auf. Aber noch bevor er sich über ihr Befinden erkundigen konnte, stieg sie rasch an ihm vorbei in die Wohnung, gefolgt von einem Wächter in Montur. Allein dieser Anblick, diese Dreistigkeit und Selbstverständlichkeit des Wesens, ihr nachzufolgen, hinterließen Edrian vorerst wie versteinert. Er sah den beiden hinterher, die wortlos Richtung Wohnbereich voranschritten. *Das glaube ich einfach nicht!*

„Verflucht, wo warst du? Was ist das an deinem Hals und vor ALLEM … was soll dieses Ding in unserem Appartement? Warum ist es hier? Und es scheint ohne Probleme zu atmen und rumzulaufen, als ob es gang und gäbe wäre. Klärst du mich bitte auf?" Schwer atmend überholte er sie, was nicht an seiner Kondition, sondern an seiner Erregung lag. Seine Besorgnis vermischte sich mit Ärgernis. Edrian war gekränkt, dass er schon wieder unvorbereitet war und vor vollendete Tatsachen gestellt wurde. Silena strich sich erschöpft durchs Haar und versuchte ihn mit ihren müden Augen zu besänftigen. Was in dieser Situation ein Ding der Unmöglichkeit war.

„Es geht mir gut und glaube mir, ich wurde mit den Ereignissen buchstäblich überrollt. Ich muss mit dem Ergebnis genauso klarkommen wie du." Silena trat auf ihn zu und lehnte sich an seine Brust. Ihre Haut war feucht und kalt. Sie zitterte leicht. Instinktiv legte er seine Arme beschützend um sie und im gleichen Moment fühlte er Ruhe in sich zurückkehren, als er ihren Geruch aufnahm. Er hatte sich solche Sorgen gemacht und wer auch immer ihr das angetan hatte, würde früher oder später den Denkzettel dafür kassieren. Das war für ihn klar.

„Und was heißt das genau? Bedroht dich dieser Wächter? Hat er nun vor, hierzubleiben?" Edrian konnte nicht verhindern, dass Verachtung in seinen Worten mitschwang. Dieses Alien war ein Eindringling in seine Privatsphäre und hatte offensichtlich etwas mit der Schramme an ihrem Hals zu tun. Er drückte sanft Silenas Kopf von seiner Brust und legte seine linke Hand an ihr Gesicht, während die rechte vorsichtig die Blutergüsse um ihren Hals inspizierte. Seine Reißzähne wurden länger vor Wut und nur durch gepresste Lippen konnte er ihr die Frage aller Fragen stellen: „War er das etwa?"

Silena erkannte die Besorgnis in seinen Augen. Sie war so froh, wieder in seiner Gegenwart zu sein. Vor einer Stunde war sie sich nicht sicher gewesen, ob sie dieses gütige Gesicht noch einmal betrachten können würde. Niemals hätte sie es für möglich gehalten, dass mehr Stärke und Energie in ihr ruhte … So viel, dass selbst die Wächter kurz Respekt erkennen ließen. Dennoch war es eine Warnung für sie gewesen und die letzten Worte des Anführers waren eindeutig. Silena hoffte, dass sie nicht recht behalten würden mit ihren Prophezeiungen. Sie wollte einfach an ein Happy End glauben. Doch um dem Willen der Wächter Nachdruck zu verleihen, hatten sie nun diesen Gesellen an ihre Fersen geheftet. Und bei dem Gedanken, dass er ihr bei dem Auftrag zur Hand gehen würde, wurde ihr speiübel. Egal, was es sie kosten würde, eines war klar … Er musste verschwinden, auf eine andere Fährte gelockt werden. Nur so hätte sie die Chance, nach einer neuen Lösung zu suchen. Denn eines hatten sie ihr Schicksal und ihre Vergangenheit gelehrt: Es gab immer einen Ausweg.

Silena konnte die Anspannung unter dem schwarzen, engen V-Shirt von Edrian spüren. Jeder seiner Muskeln war bereit für einen Angriff. Einen Angriff, den er womöglich mit seinem Leben bezahlen müsste. Dabei wollte sie ihn bei der ganzen Sache so weit weg wie möglich wissen, um ihn zu schützen. Die Liebe ihres Lebens.

„Nein, GOYA hat nichts damit zu tun." Silena löste sich nun von Edrian und trat einen Schritt zurück, um ihn anzusehen. Es fiel ihr so schwer, doch sie sah keine andere Lösung.

„Was ist eigentlich los, Silena? Ich halte diese Heimlichtuerei nicht mehr aus. Ich kann genau sehen, dass du mir etwas verschweigst. Ich kann dir nicht helfen, wenn du nicht mit mir sprichst und ehrlich gesagt habe ich langsam die Nase gestrichen voll. Wir sollten eine Einheit bilden, denn immerhin wollten wir die Zukunft gemeinsam bestreiten, trotz aller Widrigkeiten."

Silena brach es das Herz. Sie wollte nie, nie wieder etwas zwischen sie kommen lassen. Dabei war alles nur zu Edrians Schutz. Sie spürte, wie ihre Augen feucht wurden und die Worte, die sie sich gedanklich zurechtgelegt hatte, plötzlich alles andere als ausgereift waren.

„Ich wollte dich nie enttäuschen oder verletzen, Edrian. Glaub mir. Und ich liebe dich mehr als mein Leben …"

Alarmiert hob Edrian die rechte Augenbraue und streckte ihr die linke flache Hand entgegen, um sie zu stoppen. „Wow, Silena, mir gefällt die Richtung nicht, in die dieses Gespräch führt. Das klingt alles andere als nach einer Erklärung. Es sieht eher so aus, als ob du Ausflüchte suchst und mich nun völlig ausgrenzen willst. Du warst wieder auf dem Schiff, nicht wahr? Und sie zwingen dich etwas zu tun, was du nicht möchtest. Oder besser gesagt, sie setzen dich unter Druck. Bitte sag es mir, denn gemeinsam können wir gegen sie vorgehen." Und diese Augen drückten so viel Ehrlichkeit und Zuversicht aus.

Silena presste ihre Lider zusammen und ihre Lippen bebten. Es würde bestimmt aus dem Ruder laufen.

Apo.LYps, welchen Weg schlägst du da ein?

Edrian riss die Augen auf. Sogar dieses Ding wusste mehr als er, dessen war er sich nun gewiss. Als Silena verunsichert zwischen GOYA und Edrian hin und her blickte, wusste sie nun auch, dass Edrian, so wie stets ihre auch die Gedanken des Wächters hören konnte. Eine Wut ballte sich in Edrians Innerem. Sie überkam ihn mit solch einer Gewalt, dass der Druck sich in seinen Kopf verlagerte und wie eine geballte Ladung auf ihn einwirkte. Seine Knie wurden weich, und als der Druck fast an die Schmerzgrenze zu gehen schien, fasste er sich panisch an die Schläfen. Was dann vor seinen Augen passierte, konnte sein Verstand ihm nicht erklären.

Urplötzlich flogen Gegenstände, die gerade noch neben Edrian auf dem Esstisch gestanden hatten, durch die Luft und prallten lautstark gegen die Wand. Die Einzelteile zerschellten am Boden. Als Edrian nun links in die Ecke der Wohnung auf eine Vase am Boden blickte, erhob sie sich wie von Geisterhand und wurde ebenfalls kräftig in Scherben gelegt. Als folgten die Gegenstände seinem Willen, bewegten sie sich exakt dorthin, wo Edrians Blick hinfiel. Silena sprang vor Schreck ein paar Schritte zurück und folgte dem Schauspiel schockiert. *Ich fasse es nicht! Die Wächter hatten recht!*

Und genauso schnell, wie es begonnen hatte, war das Phänomen auch wieder vorüber. Edrian senkte seine Hände vorsichtig und sah sich überrascht um. Er atmete rasch und flach. Sein Haar war auf einer Seite überzogen von weißem Staub, den die zerschellenden Objekte abgegeben hatten. Analysierend drehte und wandte er nun seine Hände vor seinen Augen und versuchte eins und eins zusammenzuzählen. „War ich das etwa?"

Brauchst du mehr Beweise, Apo.LYps?

„Sei bitte still, er kann dich hören", gab sie piepsend von sich, weil sie eben Gesehenes noch nicht verdaut hatte. *Ist das Telekinese?*, fragte sie sich heimlich. In diesem Augenblick sah sie Edrian an, als würde ihm das Herz brechen. Sie kam sich wie eine Verräterin vor und Schuldgefühle setzten ein. Wie sollte sie ihm das ganze Schlamassel auch erklären, ohne es noch schlimmer zu machen? Als er mit diesem ernsten Blick langsam auf sie zuschritt, wusste sie, jetzt oder nie.

„Edrian, ich benötige deine Hilfe. Bitte … ich weiß, dass wir uns etwas anderes geschworen haben, aber ich sehe keinen Ausweg mehr, um den Frieden zu gewährleisten."

Edrian konnte es nicht fassen. Nicht nur, dass sie ihm etwas verschwieg. Dieser – wie sie ihn vorstellte – GOYA war ein Verbündeter. Zumindest glaubte Silena das, anstatt zu erkennen, dass hier erneut versucht wurde, einen Keil zwischen sie beide zu treiben. Was auch immer gerade passiert war, es würde eine simple Erklärung dafür geben. Er hatte bereits mit seinen anderen Mutationen leben gelernt und so musste es auch ein Kinderspiel sein, diese neue Macke zu kontrollieren.

„Silena, was auch immer du sagen willst, hab keine Angst. Das eben ist nichts, was wir nicht regeln können. Aber nur gemeinsam und ohne manipulierende Zuschauer wie dein Anhängsel da." Beschwichtigend versuchte er ihr näher zu kommen, doch mit jedem Schritt, den er sich ihr näherte, wich sie einen kleinen zurück. Sie war eindeutig eingeschüchtert und verunsichert von seinem Ausbruch. Dabei trug SIE die blaue Wunderwaffe in sich, die alles in Grund und Boden zu stampfen vermochte. Er hatte nur ein paar kleine zerbrechliche Gegenstände in Staub verwandelt. *Nun ja, vielleicht war es doch nicht so eine Kleinigkeit.*

„Edrian, ich bitte dich, dass du zurück zum gestrandeten Raumschiff gehst und nach weiteren Nahrungsquellen für die Vampire suchst …"

„WAS????" Ein Déjà-vu traf Edrian wie ein Blitz.

„Und ich möchte, dass du GOYA als Begleitung hinzuziehst. Er kennt das Schiff und kann somit auch sicherstellen, dass wir nichts gegen den Willen der Wächter entfernen."

Das war nicht der Wille, Apo.LYps.

„Dann ist er es jetzt", gab sie bestimmend von sich.

7 | Tadeo

„Keine Panik, ich bin hier nicht das Raubtier," sagte dieser Mensch und stand nur eine Armlänge vor Kasia entfernt. Sie ertappte sich selbst dabei, wie ihre Finger gegen die Mauer gekrallt waren und ihr linker Fuß bereits nach links ausscherte, um loszustarten. „Ich fasse es nicht, sollte ich nicht derjenige sein, der Angst vor DIR hat? Warum versteckst du dich?" Er hatte dunkelgrüne, strahlende Augen. Kasia versank fast darin. Es war ihre absolute Lieblingsfarbe und sie wusste nicht, dass Menschen diese Augenfarbe tragen konnten. Um ehrlich zu sein, war sie einem leibhaftigen Menschen noch nie so nahe gekommen wie soeben. Daher war alles an ihm eine Kuriosität. Er hatte sehr kurz geschorenes, dunkles Haar, seine Haut wirkte teilweise von der Sonne gerötet und verbrannt, stellenweise drängte sich jedoch ein dunkler Teint dazwischen. Kasia musste genauer hinsehen und blinzelte. *Wachsen ihm da Haare am Kinn und auf der Wange?*

„Sprichst du auch oder starrst du nur unhöflich?"

Kasia wurde das zu bunt und wollte losrennen, als sich seine warme, feste Hand um ihr Gelenk legte. Gerade als sie ihn anfauchte, ihre Zähne ausfuhr und in die Verteidigung ging, musste sie sich festgesetzt gegen die Mauer vorfinden. An ihre Kehle drückte ein kühler, scharfer Gegenstand und ihr Verstand ließ nur ein Messer darauf schließen. Plötzlich folgten vier weitere Gestalten in die Gasse und gesellten sich hinter den Menschen.

„Kommst du mit ihr klar, Tadeo? Oder könnte sie zur Gefahr für dich werden?" Ein Gelächter startete, was Kasia auf ihre dürre Statur und den Unglauben, dass sie irgendjemanden von ihnen auch nur ein Haar krümmen könnte, bezog. Wut keimte in ihr auf, dass sie nicht wie ein Mann erzogen worden war, der in den Vampirkreisen zumeist mit der Kampfkunst großgezogen wurde. *Dann würde ihnen das Lachen schon vergehen.*

Mit drohendem Gehabe gab sie ihm zu verstehen: „Es ist nicht nötig, dass ich mich wehre. Denn wenn jemand der Garde davon Wind bekommt oder ich auch nur einen kurzen Schrei von mir gebe, steht hier nicht mehr nur ein Vampir, sondern ein ganzes Dutzend."

Wieder begann ein Gelächter die Runde zu machen und die Männer sahen sich gegenseitig an. „Ja genau. Die haben alle nichts Besseres zu tun, als jedem überlauten Ton auf den Grund zu gehen", erklärte einer belustigt.

„Lasst es gut sein. Ich kann das alleine regeln. Ihr könnt gehen." Dieser Tadeo streckte seine Schultern und signalisierte ihnen damit, alles im Griff zu haben. *Wie erbärmlich*, ätzte Kasia in sich hinein. Fraglich war nur, ob sie ihn oder sich selbst meinte.

„Gut, dann vergiss nicht, was wir dir beigebracht haben, und sei vorsichtig. Hungrig sind sie unberechenbare Bestien."

Bitte was? Kasia riss die Augen ungläubig auf. *Ich höre wohl schlecht! Wer von uns beiden ist die zivilisiertere Art?*

Als seine Freunde gegangen waren, ließ Tadeo von der Vampirin ab. Er hielt sofort demonstrativ beide Arme in die Höhe, bewaffnet mit seiner Klinge, als er einen Schritt zurücktrat. Tadeo beobachtete ihre Atmung und ließ sie nicht aus den Augen. *Wird sie nun weglaufen oder ist sie neugierig geworden, warum ich den Kontakt suche?* Pure Skepsis stand ihr ins Gesicht geschrieben, dennoch war es ihm unmöglich, ihren nächsten Zug einzuschätzen: Flucht oder Angriff? Daher versuchte er, das Gespräch aufrechtzuhalten: „Wenn ich vorhätte, dir etwas anzutun, hätte ich bereits genug Gelegenheiten dafür gehabt, denkst du nicht?", begann er vorsichtig, aber mehr als der rasche Atem und Augen, die nicht ein einziges Mal blinzelten, waren nicht abzulesen.

„Mein Name ist Tadeo und ich wollte dich nicht angreifen. Ich musste nur sichergehen, dass du nicht als erstes versuchst, über mich herzufallen." *Ah, da war was. War das Entrüstung oder ein beleidigter Touch in ihrem Antlitz?*

Doch als sich die Vampirin desinteressiert wieder in Richtung Gasse orientierte, ahnte er, sie zu verlieren.

„Warte! Ich möchte dir einen Vorschlag machen. Womöglich ist er interessant für dich. So wie du aussiehst, könntest du das Angebot vielleicht gebrauchen."

Diesmal stand blanke Wut in ihrem Gesicht, sie zog die Stirn kraus und ihre Lippen waren hasserfüllt zugespitzt.

„Was will ein ungebildeter Parasit, der mich in einer Sekunde bedroht und in der anderen behauptet, ein reizvolles Tauschobjekt vorweisen zu können, von mir? Nichts was du besitzt, könnte mir von Wert sein, also weiche von mir, Mensch."

Tadeo war baff. Sie konnte nicht nur sprechen, ihre Zunge war angriffslustiger und geschickter als ihr Körper. *Moment mal, hat sie mich ‚Parasit' genannt?*

Gerade, als sie mit hohem Haupt stolz an ihm vorbeischreiten wollte, lehnte er sich mit seiner linken Hand gegen die Mauer und behinderte so ihren eleganten Fluchtversuch.

„Wenn du deine Sinne schärfst und deinen knurrenden Magen fragst, den ich übrigens bis hierher höre, dann wird Eure Hochnäsigkeit vielleicht doch Interesse daran haben, was ich ihr anzubieten habe. Und um es zu verdeutlichen …" Sein Gesicht kam nun sehr dicht an ihres, dass makellos weiß war: „Ich werde dieses Angebot nur ein einziges Mal aussprechen. Wenn ich mir deine Kleidung ansehe, stammst du aus gutem Hause. Ich biete dir freiwillig mein Blut an, wenn ich dafür eine Unterkunft und unbeschränkten Zugriff auf Nahrung erhalte. Wie klingt das für dich?" Tadeo konnte genau sehen, wie ihre Lippen an den seinen hingen und ihr ganzer Körper zitterte. Ob es Angst oder bereits der Hunger war, konnte er nicht zuordnen. Dann starrten diese blauen Ringe um ihre Iriden direkt zu ihm, als würden sie in ihm lesen wollen, ob er die Wahrheit sprach. Sie vertraute ihm offensichtlich nicht. *Gut so, denn das beruht auf Gegenseitigkeit.* Denn auch er fasste den Griff seines Messers nun fester, welches er noch immer in der rechten Hand hielt.

Kasia hätte so gerne all ihren Stolz dafür genutzt, wortlos an ihm vorbeizugehen, als existiere dieses Individuum nicht. Andererseits duellierten sich ihre inneren Stimmen wieder. Ihr Hunger war so verflucht groß, dass es schmerzte, und wie oft würde sie solch ein exquisites Angebot erhalten? Noch dazu freiwillig? Aber was, wenn es eine Falle wäre und er ihre elendige Lage nur gegen sie ausspielen wollte?

Gedanklich ging sie alle Optionen durch. Doch jedes Mal, wenn ihr Verstand sie zu der einzig vernünftigen Lösung – einem NEIN – leiten wollte, versuchte sie andere Für- und Widerattribute zu finden. Sie biss sich bereits in ihre Unterlippe, so sehr stand sie unter Spannung. Kasia wollte diesem frechen, schmutzigen Menschen keine Genugtuung geben, keine Schwäche zeigen. Das war das Letzte, was sie ihr Vater gelehrt hätte.

„Warum sollte ich dies in Erwägung ziehen? Wenn ich so wohlhabend bin, kann ich mir jeden Menschen kaufen, den ich will." Sie hauchte diese Worte und versuchte damit Desinteresse zu heucheln. Doch Kasia nahm sich diese Lüge selbst nicht ab, warum sollte es also dieser Mensch tun?

Er lehnte sich lässig gegen die Mauer und verschränkte beide Arme. Es machte für Kasia nicht mehr den Anschein, als könnte sie eine Bedrohung für ihn darstellen. Was sie tief im Inneren noch mehr anstachelte, ihm das Gegenteil zu beweisen. *Nur wie?*

„Na ja, wenn du eher an einem neuen Modetrend festhältst, der jeden Knochen am Leibe zum Vorschein bringen soll, dann möchte ich deine Zeit nicht länger stören. Dabei hätte ich dir versichert, dass ich auch bei einer Kontrolle durch die Garde zugegeben hätte, dass du ein Sympathisant bist und wir im gegenseitigen Interesse zusammen wohnen. Und eines kannst du dir sicher sein …" Und dieser Blick war so eindringlich, dass er sie nervös machte. Kasia musste schlucken. *Wessen kann ich mir sicher sein?* „Mein Blut ist jeden Tropfen wert."

Kasia zuckte allein bei diesem Wort ekstatisch zusammen. Wie auf Kommando kam dieser geliebte metallene Geschmack auf ihrer Zunge zustande. Wie ein Memorandum an einen viel zu früh gestorbenen Freund, den man niemals gehen lassen wollte. Ihr Magen bat um Vernunft und Gnade.

Tadeo glaubte in ihrem Gesicht den inneren Kampf zu erkennen. Er hoffte so, sie würde darauf eingehen. Er wollte unbedingt von der Gosse runter. Das würde nie ein Ort sein, an dem er sich heimisch fühlte. Er war einfach anderes gewohnt und hatte unterschätzt, welchen Preis seine Freiheit haben sollte. Doch nun gab es kein Zurück mehr. Der Säugling konnte nach der Geburt auch nicht mehr in den gewärmten Mutterleib zurück. Und mit dieser Tatsache wurde er täglich neu konfrontiert, wenn er sich mit Kreuzschmerzen vom Boden aufraffen musste, der jede Nacht von neuem sein Bett darstellte. Er wollte endlich wieder gemütlich durchschlafen und sie war der Freibrief dazu. So nahe war er diesem Luxus schon lange nicht mehr gewesen. Und eines war sicher: Er wollte auf keinen Fall auf die Knie sinken, um zu betteln.

„Damit wir eines klarstellen: Ich bin und werde nie ein Sympathisant sein. Du solltest dir also jede Sekunde bewusst sein, dass du verzichtbar für mich bist. Du warst ein unbedeutsames Spermium, als ich bereits jegliches auf diesem Planeten verfügbare Wissen in mich aufgesogen habe, und mehr wirst du nie in meinen Augen sein." Kasia sah in kalkulierend an.

„Gut. Heißt das also, Eure Hochnäsigkeit bittet mich höflich, sie zu begleiten, weil sie mir ein warmes Bett, ein breites Buffet und ein sicheres Dach über dem Kopf anbieten will? Dort kannst du mir ja gerne weiter erzählen, wie überlegen du mir bist." Er zwinkerte ihr zu!!! Kasia war fassungslos. *Kasia, das kannst du dir nie und nimmer von ihm bieten lassen! Du hast das gar nicht nötig und kannst gut und gerne weitere Monate mit Blut von Federvieh leben. Mit Bestimmtheit!*

Kasia hasste sich selbst dafür. Sie wusste, sie würde die nächsten Stunden jeder Reflexion oder Spiegelung ihrer selbst aus dem Weg gehen, so sehr schämte sie sich, nachgegeben zu haben. Sie war schwach und unwürdig, überhaupt als Vampir tituliert zu werden. Innerlich brodelte sie und hoffte, dieser Mensch würde so wenig von sich geben wie nötig. Doch leider verschonte er sie nicht und bohrte durch sein Verhalten in offenen Wunden. Und sie könnte drauf wetten, dass dies Absicht war. Nicht nur, dass er den gesamten Weg bis zu ihrer Villa stolz neben ihr – ja genau, auf einer Augenhöhe und viel zu nahe – ging, er grüßte auch alle entgegenkommenden Vampire und Gewandelten, als würde er nun zum engeren Kreis der Sippe gehören. Sie spuckte Gift und Galle und hoffte nur, sein Blut wäre es tatsächlich wert. Noch dazu war seine äußere Erscheinung in ihren Augen eine Zumutung. Sein vergilbtes graues Hemd trug dunkle Flecken, wies Risse auf und seine dunkelblaue Hose war so stark abgewetzt, dass das gesamte Outfit nur darauf schließen ließ, dass er erstens nicht der reinlichste war und zweitens über keine zweite Montur verfügte.

„Du hast mir nicht verraten, wie du heißt? Oder soll ich dich tatsächlich weiter mit ‚Eure Hochnäsigkeit' aufziehen? Ich hoffe, wir können vielleicht ein zivilisiertes Gespräch führen, das würde so vieles einfacher machen. Denkst du nicht?" Er lehnte gerade neben dem Türrahmen ihres Eingangstors, als ihm offensichtlich die verschönerten und sehr auffälligen Details der Herrschaftstüre ins Auge fielen. Endlich stand einmal Bewunderung in seinem Gesicht und er war für einen Moment lang still. *Was für eine Erleichterung*, seufzte sie in sich hinein. Kasia ließ den Menschen eintreten, während dieser fast über seine eigenen Beine stolperte, weil er die Gemälde an der Decke und den Wänden betrachten musste, die allgegenwärtig waren. Als er fasziniert dabei war, näher zu einem hinzuschreiten, und die Finger danach ausstreckte, wurde Kasia nervös: „Nicht anfassen!"

8 | Auferstandener Freund

Lucil konnte nicht anders, als seinen alten Freund anzustarren. Als dieser damals ins Koma gefallen war und blasser als für einen Vampir üblich im Bett dahinwelkte, war Lucil der einzige gewesen, der darauf bestanden hatte, Yvens lebenserhaltende Geräte weiterlaufen zu lassen. Immerhin hatte er so viele Hoffnungen in das neu gewonnene Wissen gesteckt, dass Yven durch die elektrische Überladung im gestrandeten Raumschiff aufgesogen hatte. Noch vor seinem endlos tiefen Schlaf hatte der Sympathisant ihnen die Schriftsymbole von Asrael entschlüsselt, die Logbücher aus der Zeit der Experimente der Wächter zitiert und ihnen offenbart, dass auch Silena ein Konstrukt aus deren Labor war. Yven war zur wandelnden Datenbank an Informationen mutiert, selbst wenn es einen hohen Preis von ihm abverlangt hatte. Denn der Sympathisant hatte rasch Kopfschmerzen, war reizüberflutet und litt an physischen und psychischen Aussetzern sowie Konzentrationsschwäche. Das Quantum Humor und die wenigen emotionalen Züge, die selbst für einen Vampir untypisch waren, waren komplett mit dem alten Yven, der er einmal war, untergegangen. Dennoch war Lucil überglücklich, ihn wieder im wachen Zustand vor sich sitzen zu haben. Wenn es nach den Laborergebnissen seines Teams ginge, erfreute sein alter Kumpel sich der besten Gesundheit und sollte keinen Rückfall mehr erleiden.

Yven rieb sich seine müden Glieder und atmete laut aus. „Ich fasse nicht, was ich von dir höre. Asrael, das Mutterschiff, neue Ratsmitglieder gespickt mit allen Spezies … so viel hat sich in meiner Abwesenheit zugetragen? Und du hast in all der Zeit an dem Glauben festgehalten, dass ich wieder erwachen würde?" Yvens Augen fixierten Lucil und er wusste, dass er dem Sympathisant nichts vorspielen konnte. Sein alter Kumpel erkannte, dass es ihm weniger um die erst vor kurzem entflammte Freundschaft ging, sondern einen berechnenden Hintergrund hatte. *Schmerzlich aber wahr*, dachte Lucil und setzte sich nun auf den Sessel direkt neben Yvens Krankenbett, das in einem umfunktionierten Lagerraum inklusive dem medizinischen Equipment aufgestellt war. Eine sehr spartanische Bleibe, wenn man bedachte, dass Lucil das Labor, die Mitarbeiter und seine neue Behausung Yven zu verdanken hatte. Lucil massierte sein Kinn, auf dem sich bereits ein Dreitagebart breitgemacht hatte, und überlegte, wie er das Wissen der Wächter für seine Belange nutzen konnte. Denn nichts anderes war das hier. Yven stellte den Spitzel für Lucil dar. Immerhin kannte niemand auf diesem Grund und Boden die Fähigkeiten, das Know-how, die Technologie und die Waffen besser als er. Es dürfte sich das gesamte Logbuch samt Einträgen der Forschungen von ISAY aus mindestens vierhundert Jahren beim Stromschlag in seinen Gehirnwindungen festgebrannt haben. Ein sehr nützliches Phänomen.

„Yven, ich kann dir nichts vormachen. Das Zusammenleben von Vampiren und Menschen ist noch immer nicht geregelt. Zwar haben die Ereignisse mit Asrael alle etwas zusammengeschweißt und die Menschen genießen mehr Freiräume als noch vor einem Jahr, dennoch dürfen wir nicht vergessen, dass wir mit diesem Mutterschiff über uns", Lucil deutete mit einem Zeigefinger in die Luft, „unter ständiger Beobachtung stehen. Wir müssen alles daran setzen, dass wir eine gestärkte Position im Rat erhalten und dass wir alles aus dem Weg räumen, das die Menschheit auf lange Sicht gefährden könnte. Dazu gehört natürlich das fehlende Nahrungsangebot für Vampire. Edrian hat im Wrack der Wächter ein Wirtstier von Huratus gefunden. Fraglich ist, ob wir es züchten können. Uns fehlt das Wissen. Viel interessanter wäre, ob aus dem alten Schiff noch mehr rauszuschlachten ist, dass uns behilflich bei dem Ausbau der Kolonie sein könnte. Falls dir also in den Mitschriften von ISAY etwas aufgefallen ist, das uns helfen könnte, wäre es ein enormer Vorteil zur Konkurrenz. Also denk scharf nach. War da etwas?" Sein linkes Knie begann nervös zu wippen und dieses leblose Gesicht vor ihm, das nicht zu lesen war und jegliche Lebendigkeit verloren hatte, heizte seiner Nervosität zusätzlich ein.

Yven blinzelte kein einziges Mal und wandte sich dann ab, um auf die nackte, hellbraune Mauer neben sich zu starren. Es schien geradezu, als würde er auf ihr ablesen wie auf einem geheimen Relikt, das nur er sehen konnte.

„Es wird uns nicht viel Zeit bleiben."

Lucil zuckte zusammen, denn mit dieser Antwort hatte er überhaupt nicht gerechnet. Gerade, als er den Kopf leicht schüttelte und dies näher hinterfragen wollte, sprach Yven weiter: „Die Wächter sind nicht ohne Grund geblieben. Da meines Wissens nach ausreichend Sammlungen aus Embryonen, Ei- und Samenzellen von unserem Heimatplanet konserviert in dicht geschlossenen Lagerzellen ruhen und diese nicht von den Wächtern freigegeben werden, haben sie andere Pläne mit uns. ISAY hatte weder die technologische Grundausstattung der Neubelebung von Spezies noch genügend Energie, um dies im defekten Schiff mit seiner Crew umzusetzen. Doch das Mutterschiff könnte alles Nötige mehr als ausreichend bereitstellen."

Lucil sprang auf, um sich vor den noch immer starrenden Yven zu stellen. Dieser Monolog fühlte sich unnatürlich an, daher hockte er sich zu ihm, um den Blickkontakt zu suchen. „Yven, weißt du, wo diese Proben im Wrack verschlossen liegen und wie wir dorthin durchdringen könnten?"

„Ja, dies ist mir bekannt."

Lucil räusperte sich. „Und hast du das Wissen, aus den Proben reine Linien zu schaffen, die auf Perlon 2 Bestand hätten?"

Nun fokussierten Yvens Pupillen Lucil und er legte den Kopf schief. Plötzlich begann sein ganzer Körper, in rhythmischen Abständen zu zucken, und seine Augen drehten sich im Sockel, durch die Krämpfe, die sein Körper ausfocht. Lucil griff nach beiden Armen von Yven, um ihn zu stabilisieren und ihm das Gefühl zu geben, dass er nicht alleine war. Und scheinbar half dies, da der Anfall nach wenigen Sekunden abflaute und er zu antworten anfing, als wäre dieser Aussetzer ihm nicht bewusst: „Ich verfüge über das Wissen, jedoch nicht über das Personal und das nötige Equipment."

Lucil konzentrierte sich. Ihm reichte die Chance fürs Erste, um alles andere würde er sich zeitgerecht kümmern.

„Sie werden es nicht zulassen, Lucil. Die Tatsache, dass ich atme und ihr Know-how verbreiten könnte, werden sie nicht dulden. Die Gefahr ist zu groß, dass weitere Fehler passieren. Die Wächter dulden … keine … Fehler."

Lucil musste laut schlucken. Diese Fehler würden mit Sicherheit auch seine Experimente beinhalten. Er wollte sich nicht ausmalen, welche Konsequenzen es für ihn darstellen könnte, wenn sie es herausfanden. Noch schienen die Wächter nicht in Erscheinung zu treten oder eine Säuberung zu starten, aber was, wenn Yvens Andeutungen exakt dies vorhersahen? *Soll ich Yven von dem Problem erzählen? Er könnte mir vielleicht aus der Patsche helfen.*

„Du hast Angst. Ich kann es riechen, Lucil."

Als Lucils Comlink in seinem Ohr einen Signalton ausgab, nahm er den Anrufer entgegen. Bei dem Klang der Stimme riss er ungläubig die Augen auf.

„Ich glaube es nicht. Wie bist du an diese Nummer geraten? Dich hätte ich als Letztes erwartet." Lucil stand auf und entfernte sich von Yven, um ungestört telefonieren zu können. Soeben öffnete sich eine neue Welt für ihn. Wie der unbeugsame Weg des Schicksals, der sogar jene Personen, die ihn abgrundtief verachteten, dazu zwang, mit ihm zu kollaborieren. Ein breites Grinsen zeichnete sich in seinem Gesicht ab, als er zu Yven blickte und die folgenden Worte an ihn richtete: „Sei unbesorgt. Ich kümmere mich um alles. Du wirst alles erhalten, was du benötigst, und du wirst dich vor keinen Übergriffen fürchten müssen."

9 | Köstlicher Feind

Tadeo sah sich im Paradies angelangt. Diese Villa hatte genug Spielraum, um drei vierköpfige Familien unterzubringen. Zumindest hätten sich Menschen so sparsam hier einquartiert. Nicht nur, dass zwei Zimmer für eine Tierzucht umfunktioniert waren, das Wohnzimmer war so groß, dass noch drei Betten darin Platz gehabt hätten. Zwar war das Licht sehr düster gehalten, dafür glänzten die goldenen Verzierungen an den Decken und Wänden dadurch umso mehr. Überall standen Klein- und Großmöbel. Bei den meisten hatte Tadeo nicht einmal eine Ahnung, wofür sie gut sein sollten. Des Weiteren war alles vollgeräumt mit Utensilien, Papierkram sowie technischem Equipment, das er noch nie zuvor gesehen hatte. Es schien ihm, als wäre der unendliche Stauraum selbst für die hier lebenden Hoheiten zu klein geraten. Er konnte nur still den Kopf schütteln und war erstaunt über all die wunderlichen Dinge. Dabei hatte er gedacht, dass sein Wissen im Vergleich zu den Menschen, die aus den Wüsten rein in die Kolonien gestürmt waren, um einiges breiter war. Noch dazu war er im Umgang mit Vampiren geübter und kannte ihre Verhaltensweisen, ihre Eigenheiten. Doch exakt in diesem Augenblick wurde ihm bewusst, dass alles immer nur Schall und Rauch gewesen war. Dass die Vampire, die ihn in der Blutfarm festgehalten hatten, ihn nur glauben ließen, so sähe die Welt da draußen aus. In Wahrheit war es nur ein Bild, das sie ihm vermitteln wollten, damit er zufrieden war und nicht auf die Idee kommen würde, sich aufzulehnen.

Tadeo blieb vor einem in dunklem Holz gehaltenen Bücherregal stehen. Bei der Erkenntnis, welches Leben hier stattgefunden hatte und wie wenig er tatsächlich wusste, fühlte er sich auf einmal dumm und klein. Erneut versuchten seine Finger, Anlauf auf einen leicht verstaubten Buchrücken zu nehmen. Doch noch vor der Kontaktaufnahme passierte das, was die letzte halbe Stunde bei jeglichen Gegenständen seines Interesses passiert war.

„Ich sagte doch: Finger weg!!!" Die Vampirin schlug ihm mit der flachen Hand auf seine und ihr wutentbranntes, hysterisches Gesicht erschien direkt in seinem Blickfeld. „Sag mal, bist du taub? Ist dir der Dreck bereits bis in die Ohren gekrochen? Alles, was du hier siehst ist MEIN Eigentum und du bist nur geduldet! Du bist weder Gast noch erwünscht. Also lass deinen verseuchten Tastsinn bei dir."

„Soll das heißen, du lebst ganz alleine hier?" Tadeo war verwundert. So ein riesiges Haus und sie bezog es für sich selbst. Doch als er der Vampirin in die Augen sah, konnte er Verunsicherung und einen Hauch von Trauer erkennen. Generell brachte sie diese Frage aus dem Konzept, da sie innehielt und sich kurz nach links orientierte, dann nach rechts, als hätte sie vergessen, was sie als nächsten Schritt tun wollte. Diese Verlorenheit ließ ihn einen näheren Blick auf sie richten. Ihr ovales Gesicht war dominiert von ihren großen Augen. Selbst ihre Stupsnase und der kleine Mund gingen daneben unter. Das dunkelbraune, wallende Haar glänzte in dieser Beleuchtung leicht rötlich. Es wirkte majestätisch auf ihn. Dann huschte sie jedoch nach links in einen weiteren Gang und deutete Tadeo wortlos, ihr zu folgen.

„So, nachdem du dich jetzt ausreichend umgesehen hast, bringe ich dich noch in die umfunktionierte Küche, damit du dir eine Speise zubereiten kannst. Ich nehme an, diese Fähigkeit hast du zumindest erlernt."

Tadeo rollte mit den Augen. Mittlerweile nervte ihn dieser aufgesetzte und zynische Ton. Irgendetwas sagte ihm, dass sie dies nur vorspielte, um eine klare Grenze zu ziehen und die Rollenverteilung hier festzuhalten. Dabei war dies alles für ihn uninteressant. Tadeo wollte lediglich essen, sich waschen und schlafen. Nichts anderes zählte. Und solange er dies erhielt, konnte sie sich auch eine Krone aufsetzen und von sich in der dritten Person sprechen. Es würde ihn kein bisschen beeindrucken. Doch wenn es ihr guttat …

Als Tadeo in die sogenannte Küche geleitet wurde, musste er staunen. Aber diesmal nicht aufgrund der Details, der Vielfalt an Utensilien und der Größe, sondern genau dem Gegenteil. Es handelte sich um ein großes Gefrierfach, einen Tisch, fein säuberlich sortierte Messer, die der Größe nach an der Wand montiert waren und ein paar Töpfe mit Kräutern. Daneben noch ein Korb mit krummen Gemüse und kleinen Säckchen mit

Körnern, die offensichtlich für das Federvieh hier Einzug gefunden hatten. Die Vampirin würde gewiss weder kochen noch Essen zubereiten. Das Fenster war wie alle in dem Gebäude mit beschattender Folie beklebt und ein Vorhang mit zartem Blümchenmuster war der einzige Farbtupfen.

Der Mensch stellte sich mitten in den Raum und drehte sich um seine eigene Achse. Kasia missfiel sein erheitertes Lächeln.

„Soll das dein Ernst sein? Das ist doch keine Küche."

Kasia verschränkte ihre Arme vor sich und tippte mit dem blanken rechten Fuß nervös auf den Holzboden.

„Ach ja? Und wie sehen Küchen aus, wo du herkommst?"

Er hob seine Augenbrauen und stieß lautstark Luft aus seiner Nase.

„Okay, der Punkt geht an dich."

Er schritt plötzlich schnurstracks an Kasia vorbei, direkt an das Kühlfach, um es zu öffnen. Analysierend ging er den fast leeren Inhalt durch und griff nach einem ihrer Blutbeutel, noch bevor sie dazwischen gehen konnte. Und da war es wieder. Er las das Etikett und das Ablaufdatum ab, um dabei breit zu grinsen. „Ich würde mal behaupten, diese exquisiten Label werden dir nicht mehr munden. Sie sind vor Monaten abgelaufen. So ein Pech aber auch." Vor ihren Augen warf er einen Blutbeutel nach dem anderen desinteressiert zu Boden, nur damit sie sie vor seinen Füßen wieder einsammeln und ordentlich an ihren gehörigen Platz zurückschlichten konnte.

„Und welche Nahrung willst du mir anbieten? Ich habe bei deiner Einführung in diesem Haus nur das lebende Federvieh gesehen und ein bisschen gammelndes Gemüse. Was ist mit weiteren Beilagen?"

Kasia wurde nervös. *Was sind Beilagen?* Verunsichert massierte sie sich die Oberarme, als sie sich selbst im Arm hielt, da die frische Luft aus dem Kühlfach ihr entgegenstieg. Plötzlich bekam sie Angst, dass sie zwar vorlaut behauptet hatte, ihren Teil der Abmachung einzuhalten, aber nun unfähig war, dies umzusetzen. Ihr war nie bewusst gewesen, dass Menschen mehr Grundnahrungsmittel benötigten als nur lebendes Fleisch. Denn alles andere gehörte allein ihren Tieren. Noch dazu war es nie geplant gewesen, einen Menschen bei sich aufzunehmen und zu verköstigen. Sie schluckte und versuchte Argumente zu finden, die sie nicht all zu dumm dastehen lassen würden. Doch in dem Moment schloss der Mann das Kühlfach und sah sie direkt an. „Lass mich raten, du warst nicht auf Besuch vorbereitet." Kasia biss sich auf die Zunge, denn sie wollte keine Entschuldigung rausbringen. Ein Fehler wollte ihr hier nicht in den Kram passen.

„Wenn du mir sagst, welche Nahrungsmittel dir als Beilage vorschweben, werde ich sie umgehend besorgen. Aber ich würde sagen, solange ich mir nicht sicher bin, dass du auch deinen Teil der Abmachung einhältst, werde ich keine weiteren Mühen und Kosten auf mich nehmen. Ich schätze, dein Gaumen ist selbst mit simplem Menüinhalt fürs Erste zufrieden. Nimm dir aus der Vorratskammer so viele Vögel, wie es dir beliebt, und bereite sie dir zu, wie es dein Brauch verlangt. Ich werde mich inzwischen zurückziehen." Kasia ging demonstrativ zwei Schritte zurück und lehnte sich gegen den Tisch, während der Mensch sie wieder amüsiert musterte, mit einer hochgezogenen Augenbraue.

„Ist das dein ‚Zurückziehen'? Wenn du schon mal hier bist, könntest du mir ja helfen."

Kasia war überrascht, dass er allein auf die Idee kam, sie dazu aufzufordern. Gab es tatsächlich Vampire da draußen, die auf diese Aufforderung eingegangen waren? Oder war sie für ihn ebenfalls der erste Anlauf?

„Ich bin nur hier, um sicherzustellen, dass du mit den Messern keinen Unfug treibst. Ich habe keine Lust, von hinten angefallen zu werden."

Tadeo konnte nicht anders, als herzhaft lachen. Sie sah ihn noch immer als unberechenbares Vieh, das sie unter Kontrolle halten musste. Dass hier kein Vertrauen über Nacht aufgebaut werden konnte, war ihm bewusst. Doch langsam hatte er das Gefühl, die Vampirin hatte noch nie zuvor mit einem Menschen näheren Kontakt gehabt. Sie sah ihn verwirrt an, sodass er einfach ans Werk ging, und aus dem Nebenraum ein sich lautstark wehrendes Federvieh einfing, um dann unbeholfen dem Tier vor ihren Augen den Garaus zu machen.

Tadeo hatte sich den Bauch vollgeschlagen und saß lungernd am Tisch, während Kasia ihn mit verschränkten Händen anstarrte. Zwar war an diesen Tieren nur wenig dran, doch nun, da er das Wichtigste, dass diese Kollaboration hervorbringen sollte, erledigt hatte, war er bereit, mutiger vorzugehen. Er wollte sehen, was er alles aus der Situation ausreizen konnte.

„So, wenn du nichts dagegen hast, werde ich mich nun säubern gehen. Dein verwöhnter Gaumen ist mir sicher dankbar, wenn ich die Reste der letzten Woche von mir abwasche und dir der aufdringliche Geruch nicht mehr zugemutet wird. Nicht wahr, Eure Hochnäsigkeit?"

Und tatsächlich, diese Aussage brachte neue Gesichtsregungen bei ihr zum Vorschein. Sie ärgerte sich offenbar. Oder bekam sie Panik, dass er sich nun breitmachen würde oder gar ihr Badezimmer verschandeln könnte?

„Und wo glaubst du, dich säubern zu dürfen, Mensch?"

So kann es nicht weitergehen. „Ich würde sagen, so eine intelligente Frau wie du kann sich für ein paar Stunden oder Tage meinen Namen merken. TA-DE-O! Möchtest du ihn mit mir zusammen wiederholen?"

„Nein danke, das ist mir sehr wohl bewusst." Ihre Zähne mahlten und ihre Arme waren eng verschränkt, sodass Tadeo sich wunderte, dass ihr überhaupt noch Luft blieb, so eng sah ihr eigenes Gefängnis aus. Sie war noch immer barfuß wie seit dem Moment, als er sie auf der Straße aufgelesen hatte. Die zarten Füße wippten vor und zurück, was sich offenbar durch ihre innere Anspannung kaum vermeiden ließ.

„Ich habe noch immer nichts gehört." Erheitert legte er seine rechte Hand an sein Ohr, und wartete geduldig ab, ob sie ihn endlich beim Namen nennen würde. Ihm fiel zum allerersten Mal auf, dass die Vampirin es nur immer für etwa eine Sekunde aushielt, ihn direkt anzusehen. Als schäme sie sich, ihm mehr Aufmerksamkeit zu schenken. Auch jetzt schwenkte ihr Blick von ihm zum Boden, dann zu dem Treppenaufgang, den Tadeo nun als nächstes Ziel sah, weiter zu einem ihm unbekannten Punkt zu ihrer Linken.

Und als der Mensch ihr plötzlich den Rücken zudrehte und die Stufen zu ihren allerheiligsten, eigenen Gemächern antrat, wusste sie, sie hatte ihre Machtposition verspielt. Obwohl sie ihm beim Rundgang im Erdgeschoss gezeigt hatte, auf welchem Sofa er schlafen dürfe und wo er sein Essen holen möge, war der erste Stock nie inbegriffen gewesen. Und dies mit vollem Bewusstsein. Doch er ignorierte offensichtlich ihre Regeln.

„Tadeo! Gut, ich habe es gesagt. Könntest du nun bitte stehenbleiben? Da oben war nie Teil der Abmachung."

Wie automatisch wandte er sich um und strich sich durch sein kurz geschorenes Haar. Wieder hatte er das breite Grinsen aufgesetzt, das an der linken Wange ein Grübchen hervorbrachte.

„Ich muss gestehen, ich mag es, wie mein Name aus deinem Munde klingt."

Kasia hätte in diesem Augenblick gerne etwas nach ihm geworfen, wenn etwas in Griffnähe gewesen wäre. Langsam beschlich sie die Idee, ihn einfach rauszuschmeißen. Der Appetit verging ihr nämlich soeben. *Das ist es nicht wert!*

„Und ich würde es nun auch sehr höflich finden, wenn ich deinen Namen erfahre, damit ich mich für deine Gastfreundschaft gehörig bedanken kann", fuhr er fort. Doch so interessiert es auch geklungen hatte, so musste Kasia wütend erkennen, dass sich dieser Tadeo einfach auf den Treppen umdrehte und weiter nach oben stieg, ohne eine Antwort abzuwarten. Wie elektrisiert lief sie ihm nun nach, da es wie ein Eingriff in ihre Privatsphäre aussah. Sie war nun die Einzige, die ihm Einhalt gebieten konnte. Kasia war noch ratlos, wie sie gegen ihn vorgehen sollte, doch Fakt war, dass sie es musste. Sie überholte ihn, um sich samt zierlicher Statur direkt vor ihm aufzubauen. Dabei strömte ihr ein sehr süßlicher und abgestandener Geruch entgegen, sodass ihr kurz die Luft wegblieb. *Er hat wohl recht, in dem Zustand ist er nicht nur als Person, sondern auch als Nahrungsquelle ungenießbar!* Hierbei fielen ihr das erste Mal seine extrem buschigen, braunen Augenbrauen auf.

„Kasia ist mein Name, selbst wenn es dich nichts angeht. Aber ich wiederhole meine Frage. Wo gedenkst du dich zu säubern? Ich habe dir keinen Zutritt zu den Räumlichkeiten hier gewährt." Mit erhobenem Haupt versuchte sie ihm entgegenzustehen, doch sie konnte den Blick nicht halten. Und genauso leicht überwand er sie, indem er sie gekonnt mit einem Arm zur Seite schob, als stelle sie nur einen Hauch von Luft dar. Schmerzlich wurde Kasia bewusst, dass sie ihm und seinem Willen ausgeliefert war. Dabei handelte es sich nur um einen einzigen Menschen! Und sie war unfähig, sich zu wehren. Sie schämte sich, als ihre Knie weich wurden und unter ihrer mentalen Last zu schwächeln drohten.

„Keine Sorge, ich werde respektvoll mit deinem Hab und Gut umgehen. Ich habe nicht vor, alles kurz und klein zu schlagen. Denn selbst wenn du es mir nicht anders zutrauen würdest, ich bin wohlerzogen und habe kein Interesse daran, hier Schaden anzurichten. Aber …"

Bei diesem Wort kam wieder Energie in ihre Muskeln und Kasia wandte sich um. Gerade, als dieser Tadeo im Obergeschoss den Eingang zum Badezimmer gefunden hatte und hinter sich die Tür einrasten ließ. Sie lief hin und trat wütend gegen die geschlossene Front, die sich keinen Millimeter regte.

„… ich hab gerne meine Privatsphäre."

Kasia kauerte am Boden vor der Türe und versuchte sich einzureden, dass Vampire stärker als Menschen waren, selbst wenn Tadeo ein Mann war. Sie musste nur an sich glauben und die Macht in sich finden, um ihn zu bezwingen. Unvorbereitet ging die Türe auf und sie kippte in den feuchten, vernebelten Raum. Kurz musste sie den Dampf vor ihren Augen mit einer Hand wegwedeln, bevor sie erkannte, dass dieser Tadeo ungeachtet über sie hinwegstieg und nach links abbog, wo die Schlafgemächer situiert lagen. Dabei hatte er noch die Frechheit besessen, eines ihrer flauschigen hellgrünen Handtücher um die Hüfte zu binden. Er hinterließ ein Konvolut an verschiedenen fruchtigen Düften, als ob er alle ihre Kosmetikartikel kreuz und quer hatte versuchen müssen, bis er offenbar ein altes Duschgel ihres Vaters entdeckt hatte.

Mit beiden Händen stemmte sich Kasia hoch, um hinter ihm herzulaufen. Gerade, als sie ihn von hinten anspringen wollte, musste sie feststellen, dass er bis auf das Handtuch völlig nackt war. Kleine Wassertropfen benetzten seinen Körper und sie bekam plötzlich Angst, ihm zu nahe zu kommen. *Wie würde das nur aussehen? Was würde er nur von mir denken!?* Kasia war von ihrem Verhalten selbst entrüstet und verpasste sich mental eine Schelle. *Du bist eine kultivierte Vampirin. Du bekommst das mit Grips geregelt, denn mit deinen Kampfkünsten kannst du nicht auftrumpfen.*

Als Tadeo sich umdrehte, war er nicht verwundert, dass die leichtfüßigen Schritte nun direkt hinter ihm endeten. Es hatte wohl nicht viel gefehlt, dass Kasia in ihn reingelaufen wäre.

„Ich fühle mich geschmeichelt, dass du mir so nachstellst, doch ich habe kein Interesse."

Er konnte fast platzen vor Lachen, als er das Entsetzen in ihren Augen sah und sie wild verneinte, als ob der bloße Gedanke sie verbrühte. Dennoch blieb ihm nicht verborgen, dass ihre Pupillen über seinen Oberkörper strichen, sie dann die Augen fest zusammenpresste und wieder den Kopf schüttelte, um Gesehenes zu verscheuchen. Er amüsierte sich immer mehr über sie.

Aber um sie zusätzlich aus der Fassung zu bringen, legte er ihr nun wie selbstverständlich die linke Hand auf ihre Schulter. Der edle grüne Stoff an ihrem Leib fühlte sich so zart und weich an. Kurz war Tadeo davon abgelenkt, da er solch ein Material nicht kannte.

„Ich möchte mich für die Nutzung deines Bades bedanken. Siehst du, es war gar nicht so schwer. Und nun entschuldige mich, ich muss mich etwas ausruhen. Danach kannst du mir Blut abzapfen, wo immer du willst."

Erschrocken zuckte ihr Körper merklich unter seiner Berührung zusammen und es schien etwas zu dauern, bis die Worte bei Kasia Anklang fanden.

„WAS?!"

Tadeo wandte ihr den Rücken zu, weil er nun vollkommen sicher war, dass sie nicht das Zeug hatte, sich gegen ihn aufzulehnen. Selbst wenn sie eine Waffe im Haus hätte, hätte sie sie in der Zeit, in der er im Bad seine Wasserspiele übte, geholt. Doch er hatte wohl überlegt auf ihre Schritte gelauscht, die sich nicht entfernt hatten. Sie hatte höchstwahrscheinlich nur die Messer und diese lagen gut behütet in der Küche. Soeben hätte Kasia ihn von hinten anfallen und beißen können, doch auch hier: Fehlanzeige. Und genau deshalb wusste Tadeo, dass er sich nun in eines der Betten hinlegen, absperren würde und schlafen könnte wie noch nie in seinem Leben zuvor.

Doch exakt an diesem Punkt begann seine Fehlinterpretation. Denn offenbar hatte er den Bogen überspannt. Als Tadeo im Augenwinkel zurückblickte, quetschte sich Kasia zwischen die Türangel, um nach seinem linken Arm zu packen. Ihre Zähne waren weit ausgefahren, sie fletschte sie und kurz bekam er es mit der Angst zu tun. Sie war zart und klein. In nur einer Millisekunde war sie im Raum. Er hätte nie für möglich gehalten, dass sie vom Stand weg auf ihn stürzen und ihn festsetzen würde. Tadeo verlor den Halt durch die feuchten Füße auf glattem Untergrund, kippte nach hinten und schlug sich den Hinterkopf an. Er hatte zum Glück den Bettrahmen um wenige Zentimeter verfehlt. Soviel konnte er zwischen den Sternen, die in seinem Blickfeld zu tanzen begannen, noch erkennen, während der feste Griff von Kasia um seinen Hals ihm erst eine Sekunde später bewusst wurde. Sie saß rittlings auf ihm mit wutentbrannter Fratze, als durch die gesamte Villa ein lautes Klingeln die Szene störte.

10 | Versäumte Wahrheit

„Und du glaubst wirklich, dass er da draußen keine langen Ohren bekommt?" Edrian war stocksauer und wandte Silena nur die kalte Schulter zu. Er fühlte sich verraten und ausgegrenzt. Egal welche Intention sie trieb, es war ihm gleich, denn er wurde bei der Entscheidung nicht mit einbezogen und so sollte keine Partnerschaft laufen. Er suchte nach Ablenkung und konzentrierte sich auf den kleinen Beistelltisch neben dem Bett. Ziel war es, diesem seinen Willen aufzuzwingen und zu bewegen. Er wollte herausfinden, ob er tatsächlich eine neue Fähigkeit entwickelte oder alles nur eine einmalige Geschichte war. Vorerst wackelte der Tisch nur verdächtig, bis er zu stark rückte, sodass eine tiefe Kante in die Wand gerammt wurde.

„Wow! Edrian! Damit solltest du nicht in unserem Appartement experimentieren!" Silena kam nun zum Vorschein, nachdem sie sich beide in das Schlafzimmer verzogen hatten, um ein Gespräch ohne GOYA führen zu können. Doch Edrian konnte sie partout nicht ansehen, so enttäuscht war er, dass die Idee – ihn fortzuschicken – ausgerechnet von ihr kam. Dabei hatten sie sich vor Wochen in den Armen gelegen, zumal sie sich fast für immer verloren geglaubt und geschworen hatten, sich nie wieder zu trennen. Schon allein diese Erinnerung entflammte von neuem Wut in Edrian, sodass er sich nun auf das Bett konzentrierte, das er schweben lassen wollte und welches stattdessen dreimal aufsprang wie ein junger Welpe. Zumindest dieser Gedanke brachte ihm ein kurzes Lächeln ein.

„Ich weiß, dass du wütend auf mich bist, doch ich versichere dir, dass es wichtig ist, nach einer Alternative für die Vampire Ausschau zu halten. Edrian? Hörst du mir überhaupt zu? Noch vor einem Jahr waren jegliche Mutationen oder schon allein ein zu eng geratenes Shirt ein Problem für dich und nun begrüßt du diese – na ja, wie nenne wir es? – doch sehr drastische Weiterentwicklung? Bitte lass uns über alles reden und schließe mich nun nicht aus." Silena versuchte ihm in die Augen zu sehen, doch er ignorierte sie. *So verletzt habe ich ihn.* Ihr Herz wurde schwer wie Blei. Es fühlte sich an, als wäre jede ihrer Entscheidungen nicht nur falsch, sondern würde alles, was sie zusammen emotional aufgebaut hatten, kurz und klein schlagen. Sie wusste weder ein noch aus. Silena spürte, wie ihre Augen feucht wurden, und das allererste Mal ließ es Edrian kalt. Er ging ihrem Blick aus dem Weg. Ein Fakt, der sich wie Eis zusätzlich in sie hineinbohrte. Sie rang nach Worten. *Ich muss ihm unbedingt von der Schwangerschaft erzählen. So dürfen wir nicht auseinander gehen. Wer weiß, was da draußen wieder auf ihn lauert. Noch dazu habe ich ihn mit GOYA zwangsbeglückt. Ein doppelter Hieb in die Weichteile.*

„Edrian … ich muss dir noch etwas sagen."

Und nun war es so weit. Diesmal sah er sie direkt mit diesem enttäuschten Ausdruck an, der sie schrumpfen ließ. Sie war sich nicht mehr sicher, ob sie seine Liebe überhaupt verdient hatte. Immerhin war er ohne große Diskussionen auf ihren Wunsch eingegangen und hatte sogar Lucil angerufen, um ein Team für die Reise zusammenzustellen. Er war ihr loyal gegenüber und vertraute ihrem Urteil, ohne die Hintergründe zu kennen. Silena fühlte sich schäbig.

„Ich schätze, es ist alles gesagt worden, Silena. Du hast erneut das Wohl der Spezies über unsere Beziehung gestellt. Ich habe dir schon so oft gesagt, du sollst und kannst diese Bürde nicht tragen. Doch du willst nicht dazu lernen. Ich hoffe, die Entscheidung ist es wert." Mit diesen Worten schritt er zur Schlafzimmertür, um diese zu öffnen.

„Warte, Edrian! Bitte! Lass uns nicht so auseinandergehen. Ich kann dir nur sagen, dass ich es zu unserem Schutz tue …"

Er brauchte sich nicht umzudrehen, um zu antworten: „Zu unserem Schutz oder willst du mich bloß raushalten und du hast keine passendere Ausrede gefunden?"

Silena begann zu stammeln. Er hatte den Nagel auf den Kopf getroffen.

„Die Reaktion sagt schon alles, Silena. Zumindest scheine ich eines deiner Probleme – jenes mit den blauen Zotteln – gleich mit mir zu nehmen, damit du, was auch immer, ungeschützt ohne mich machen kannst. Gratulation."

Und mit diesen Worten ging er und Silena nahm es ihm nicht übel. Mehr hatte sie nach ihrer Heimlichtuerei und seiner Abordnung wie einen Leibeigenen auch nicht verdient. Dennoch fiel ihr ein, dass sie ihm das Baby noch immer nicht gestanden hatte und dies ein weiterer Vertrauensbruch wäre, wenn sie es nicht jetzt in der Sekunde beichten würde. Sie lief ihm nach, als GOYA sie erneut mitten im Wohnzimmer anstarrte und unangemeldet noch die Klingel zum Appartement läutete. *Ausgerechnet jetzt!* Silena spielte in Gedanken die Szene durch, wie Edrian wohl auf die Nachricht eines gemeinsamen Kindes nach diesem Fiasko reagieren würde. Vor allem mit dem Hintergrund, ob er überhaupt eine Vaterschaft geplant hatte. Sie wollte ihn nicht wieder vor vollendete Tatsachen stellen. Was aber viel fragwürdiger wäre: Würde er sie dann noch alleine in Toa lassen? *Ganz bestimmt nicht.* Wenn er etwas war, dann verantwortungsbewusst. Silena hatte ihre Antwort und verfolgte mit zusammengepressten Lippen, wie Edrian die Türe für den Reisetrupp öffnete.

Ich werde nicht mit ihnen ziehen. Mein Auftrag liegt woanders, Apo.LYps.

Silena versuchte, GOYA zu ignorieren und sich auf die Personen zu konzentrieren, die Edrian soeben in Empfang nahm. Sie kannte keinen einzigen davon. Ein Kloß knotete sich in ihrem Hals.

Ich bleibe hier, wie es mir aufgetragen wurde.

Nun wandte sich Silena direkt zu ihm: „Möchtest du deinem Anführer im Nachhinein gestehen, dass die Spezies erneut in euer altes Schiff eingedrungen sind? Dass sie Handlungen getätigt haben, die nicht im Sinne der Wächter lagen? Zum Beispiel neue Räume geöffnet, heikle Daten runtergeladen, mögliche weitere Experimente freigesetzt haben? Oder gar Eizellen oder Spermien durch unachtsames Verhalten für immer zerstören konnten? Ich würde es nicht wagen, diese Nachricht zu verkünden. Aber wenn du es als höher entwickelte Rasse so siehst und lieber Befehlen folgst, als das offensichtlich Richtige zu tun, ganz nach dem Leitbild eurer Spezies, dann bitte. Tu dir keinen Zwang an.“

Silena versuchte in dem Antlitz des Wesens zu lesen, doch es war stocksteif hinter seiner Schutzhülle. Weder die Augen verengten sich noch runzelnde Gesichtspartien konnten ein Indiz dafür geben, so wie es bei Menschen üblich war. Ihr wurde das erste Mal bewusst, wie viel Mimik und Gestik für die Interpretation eines Gegenübers ausmachten. *Lässt er sich manipulieren? Denken untergebene Wächter eigenständig, müssen sie alles hinterfragen oder zuerst im Mutterschiff genehmigen lassen? Kommuniziert er in diesen Sekunden mit ihnen?* So viele Fragen, auf die Silena keine Antworten erhalten würde. Doch als plötzlich ein ihr unbekannter Vampir ins Wohnzimmer schritt und GOYA anstarrte, kam Bewegung in den Wächter.

Edrian war noch immer überfordert. Er hatte gerade niemand anderem als dem totgeglaubten Yven die Türe geöffnet. Er wirkte blasser als blass und sehr ausgehungert, aber ansonsten war er unverkennbar. Edrian ließ ihn eintreten, während drei weitere Vampire und ein Gewandelter es vorzogen, draußen zu warten.

Als Yven an ihm vorbeischritt, fiel ihm eine kurze Abfolge von Zuckungen auf, die ihn für zwei Sekunden durchfuhren und seinen gesamten Körper beeinträchtigten. Nur Yven selbst schien es nicht aufzufallen. *Er hat also bleibende Schäden zurückbehalten.*

„Deinem Ausdruck nach zu urteilen, ist es dir neu, dass ich aus dem Koma erwacht bin und das Team zum Raumschiff begleiten soll, Edrian. Oh … Wie ich sehe, habt ihr Besuch." Yven legte den Kopf schief und schien GOYA zu analysieren. Es wirkte so künstlich auf Edrian, dass er eine Gänsehaut im Nacken verspürte.

„Du hast recht, Lucil hat mir diese Neuigkeit am Comlink vorenthalten. Aber wie ist das nur möglich? Und wie geht es dir?"

Obwohl Yven weiter das Gespräch mit Edrian führte, hielt er ungestört Blickkontakt zu GOYA, als stünden zwei Gegner sich gegenüber, die um die Wette nach ihren Laserkanonen fassen wollten. Wobei beide unbewaffnet waren. Edrian hatte bemerkt, dass er nicht einmal Silena gewahr war, obwohl sie nur zwei Meter von GOYA entfernt stand. Auch sie wirkte wie erstarrt und erstaunt über dieses Verhalten zu sein.

„Mein Wille schien offenbar stärker, als mein Körper zu sein. Es gab noch zu vieles, das meinen Geist beschäftigte, nach alldem, was ich im Raumschiff an Informationen habe mitnehmen können. Und bekanntlich ruht es sich als Ruheloser schlecht."

Edrian konnte ein unnatürliches Lächeln von der Seite erkennen und fragte sich, ob GOYA und Yven mental ein stilles Gefecht führten.

Ich werde die Gruppe zum Raumschiff begleiten, ließ GOYA plötzlich die Anwesenden, die ihn hören konnten, wissen.

Silena war das alles nicht geheuer. Das ging schlussendlich nun doch zu einfach. *Was hat GOYA nur so rasch umgestimmt? Sollte ich mir nun Sorgen machen? Ist es gut, wenn Edrian mit GOYA eingespannt wird, obwohl dieser, wie alle Wächter, von der Existenz der Gewandelten nicht vollends begeistert ist?*

Edrian war gerade dabei, die notwendigsten Dinge für die Reise zu verstauen, als der ihr unbekannte Vampir das erste Mal den Blick auf sie richtete. „Du musst Silena sein. Es ist mir eine Freude."

Silena schritt auf ihn zu, da sie GOYA aus den Augen bekommen wollte. Die ganze Situation bereitete ihr Unbehagen.

„Korrekt. Leider hat Edrian nicht die Zeit gefunden, mir von dir zu erzählen. Woher kennt ihr euch?", fragte sie interessiert.

„Edrian kennt mich nicht wirklich, um genau zu sein. Ich heiße Yven und bin Kastins Sohn. Ich habe sein Labor und seine Wohneinheit quasi geerbt. Und als ich Edrian auf den Ausbruch von Asrael aufmerksam gemacht hatte, waren wir gemeinsam mit Link im Raumschiff, um nach dem Rechten zu sehen. Dann hatte jedoch leider alles einen bösen Verlauf genommen. Ich hatte einen Unfall beim Versuch, die Daten des Raumschiffes zu lesen. Ein Energiestoß hat mich erfasst, und wenn Edrian nicht die Courage gehabt hätte, mich den weiten Weg durch die Wüste zu transportieren, wäre ich wohl heute nicht hier. Leider kann ich dies von seinem besten Freund Link nicht behaupten."

Obwohl es schmerzlich klingen sollte, konnte Silena diese Emotionen nicht auf Yvens Gesicht ablesen, durch die versteinerte Mimik, die sie sehr an GOYA erinnerte. Doch plötzlich riss er für einen Moment die Augen auf, als ob Einsicht in ihn gekehrt wäre, und seine Pupillen glitten gezielt zu ihrem Unterleib. Dies veranlasste Silena instinktiv eine Hand schützend aufzulegen. Sie schluckte schwer und suchte im Seitenblick nach Edrian, um sicherzustellen, dass er das Verhalten nicht beobachtete. Und sie hatte Glück. Er kam soeben unwissend aus dem Schlafzimmer, bestückt mit einem Rucksack und Proviant für die Reise.

„Gut, von mir aus kann es losgehen", gab er bekannt.

Doch Yven konzentrierte sich nun wieder auf Silenas Gesicht und trat näher heran, um ihr etwas zuzuflüstern: „Du hast eine große Bürde zu bewältigen und ich verstehe, dass du hier bleibst. Immerhin trägst du Verantwortung und musst Entscheidungen fällen."

Eiseskälte überzog sie, als nun Edrian von der Seite auf sie zukam, um sich offenbar von ihr zu verabschieden. Silena hatte somit keine Möglichkeit mehr, auf Yvens Aussage näher einzugehen. *Was weiß er nur? Worauf zielte diese Meldung ab, aber vor allem, was wird er Edrian erzählen, wenn ich nicht mehr in Hör- und Sichtweite bin?* Alles in ihr wollte nun einen Rückzieher machen. Sie wollte Edrian nicht mehr gehen lassen. Exakt in diesem Moment stellte sich ihre große Liebe bereits zwischen Yven und sie, um sie mit einem Arm an sich heranzuziehen.

„Ich wünsche dir, dass sich alles so verhält, wie du es dir vorstellst." Eine Aussage, die nicht neutraler hätte gehalten werden können. Silena fühlte sich zerrissen zwischen ihrer drohenden Aufgabe und der Verantwortung zu ihrem Lebenspartner und heranwachsendem Kind. Sie konnte nicht alle glücklich stimmen. Aber war ihre Entscheidung tatsächlich die einzige Möglichkeit?

Sie klammerte sich an ihn, als er bereits loslassen wollte. „Du wirst mir so fehlen, Edrian. Bitte vergiss nicht, dass du der Mann bist, mit dem ich alt werden will. Also keine unnötigen Risiken eingehen … versprochen?" Sie kam sich vor, als würde sie einem Kind gutes Benehmen eintrichtern, vor dem ersten Ausgang.

Doch Edrian konnte nur seufzen, als er ihr nun tief in die Augen blickte und zärtlich mit der linken Hand ihre Wange streichelte. „Ich werde wohl nie verstehen, was in dir vorgeht und warum du die Dinge tust, wie du sie tust." Er setzte ihr noch einen Kuss auf die Stirn, wie er es so oft beim Abschied tat, und verließ ihr Appartement, um sie in absoluter Kälte allein zu lassen.

11 | Baris

Baris stand auf dem Dach des Ratsgebäudes. Von dort aus hatte er einen guten Überblick über die Stadt. Mit seinem Comlink, das in Kombi mit einem elektronischen Okular am linken Auge gekoppelt war, verfolgte er Bewegungen auf den Straßen. Parallel lauschte er den Meldungen seiner Truppen. Er war erleichtert, dass seit dem großen Chaos mit Asrael Zugriffe bei Handgreiflichkeiten, Plünderungen und Einbrüchen zurückgegangen waren. Durch die Zusiedlung der Menschen aus den geheimen, abgeschotteten Kolonien weitab der Wüste und der Freilassung der Wirte aus den Blutfarmen waren jedoch kulturelle Klüfte zwischen den Bewohnern und Spezies in Toa entstanden. Diese galt es jeden Tag von neuem zu überbrücken, um großflächige Widerstände oder gar einen sich organisierenden Bürgerkrieg zu verhindern. Baris wusste, dass in erster Linie für alle Neuankömmlinge in der Kolonie ein Schlafplatz gefunden werden musste. Des Weiteren eine Möglichkeit, legal an Zahlungsmittel zu gelangen, um sich Nahrung zu kaufen. Nur so konnten Streit und Diebstahl reduziert werden. Das Gleichgewicht würde lange benötigen, um sich einzustellen. Wie sollte auch ein Wirt zufrieden sein mit der einzigen Kleidung am Leibe und dem Unwissen, wo er die nächsten Nächte schlafen oder sich Essen besorgen sollte? Wenn zeitgleich neben ihm Vampire mit polierten Schuhen und technischen Wunderwerken durch die Straßen flanierten und die zufriedenen Gesichter alles andere als Hunger ausstrahlten? Wie konnte er sich sicher fühlen, wenn er auf der Speisekarte der Vampire die letzten 300 Jahre ganz oben gestanden hatte? Umgekehrt, wie sollte sich ein Vampir oder Gewandelter in seinen vier Wänden in Sicherheit wiegen, wenn er mit dem ehemaligen Vieh, das er als zurückgeblieben und primitiv eingeschätzt hatte und mit dem er nie ein engeres Auskommen hatte erleben müssen, plötzlich – von einem Tag auf den anderen – konfrontiert wurde? Aus dem selbstverständlichen Essen wurde mit einem Mal eine Person, die respektiert und gleichwertig behandelt werden musste. Aber vor allem, der er nicht mehr nach dem Leben trachten durfte. Baris fragte sich insgeheim, welche Seite wohl eher einen kulturellen Schock über diese unglaublichen Neuerungen erleiden musste. Besonders er und seine Gardentruppe bekamen täglich die Launen der Bevölkerungen ab. Denn niemand wollte Menschen als Leibwächter der Kolonie ernst nehmen. Wenn seine Truppe durch Silenas Blut nicht physisch eindeutig kräftiger als ‚gewöhnliche‘ Menschen wirken würde, hätten sie schon bei der ersten Bewegung verloren. Nach außen hin wusste natürlich niemand davon. Es hieß im Allgemeinen immer, es wären die stärksten und trainierten Exemplare der Menschen, die sich aus freien Stücken dieser Aufgabe gewachsen sahen. Sie waren damals nur als Kooperationsbeweis der Vampire mit den Menschen über Verlangen von Lucil vor dem Rat installiert worden. Und seit damals verrichteten sie ihren Dienst. Vor Silenas Ankunft in Stratus war in keiner der fünf Kolonien eine Ratsgarde nötig gewesen. Zum Glück wurden nun auch Freiwillige aus den Reihen der Vampire und Gewandelten rekrutiert. Doch nicht nur, um auch hier eine Zusammenarbeit auszustrahlen und ein Gleichgewicht auszubauen — Baris seufzte lautstark —, sondern eher, um die wegsterbenden menschlichen Soldaten auszutauschen. Denn keiner wollte das Risiko eingehen, weitere Menschen einzuweihen und dem sicheren Tode zu überlassen. Wer würde sich noch freiwillig Silenas Blut injizieren, wenn das Verenden unausweichlich schien?

Eine weitere unvorbereitete Änderung war die Rückkehr der vorerst freiwillig gegangenen beziehungsweise verwiesenen Vampire, die sich partout gegen die Nahrungsaufnahme durch Wirtstiere ausgesprochen hatten. Im Dunkel der Nacht trafen sie ein, nachdem sie von Gerüchten wie Heaven gehört hatten und der Unbeständigkeit des Rates. Auch Edrians und Silenas Machtposition hatte sich mit Eintreffen der Wächter geändert, da jeder wusste, was mit einem um sich peitschenden Hybriden in nur einer Millisekunde passieren konnte. Dank Asraels unfreiwilliger Demonstration. Somit waren jegliche Androhungen, gegen Vampire vorzugehen, die erneut Menschen schöpften, nur schwer einzuhalten. Doch bisher – und dies wunderte Baris selbst – verlief auch deren Rücksiedlung friedlich und leise. Ob dies so blieb, war eine andere Sache.

„Boss? Wir filzen nun den Bereich um Sektor 8 und 9. Einen Vampir haben wir in Gewahrsam genommen, da er Blutkonserven mit sich führte, deren Herkunft er uns nicht bekanntgegeben hat. Es sind keine Label darauf zu finden. Ansonsten ist alles ruhig."

„Danke, Hector. Könnten Seismo und du noch zwei Stunden anhängen? Dann bringe ich die zweite Schicht mit nur einem Soldaten leichter durch die Nacht." Baris hörte ein Seufzen. Er wusste, dass seine Leute bereits täglich Überstunden schoben. Sogar auf freie Tage hatten sie verzichtet. Zudem war die Einschulung der neuen Soldaten sehr zeitaufwändig und man musste doppelt sorgfältig arbeiten. Ihnen allen ging langsam die Energie aus.

„Ja, Boss. Kein Ding."

Baris war erleichtert, wie loyal sie zu ihm standen und sogar unangenehme Neuigkeiten und Gerüchte wegsteckten wie der Tod eines Kollegen gestern Nacht, der den Symptomen der blauen Adern ebenfalls erlegen war.

Plötzlich erhielt Baris einen anderen Anruf. Ausgerechnet von zu Hause, was ihn nicht gerade beruhigte. Seine Frau würde ihn nie im Dienst kontaktieren, wenn es nicht von äußerster Dringlichkeit wäre.

„Hey, Brey, ist alles in Ordnung bei dir?" Baris rieb sich seine müden Augen.

„Baris, du musst unbedingt nach Hause kommen." Ihre Stimme klang verunsichert und besorgt, was seine Alarmglocken lostrat.

„Was ist passiert? Geht es dir und den Kids gut?" Plötzlich hörte er ein Schluchzen, welches sofort abgedreht wurde, als würde Brey sich die Hand vorhalten, um ihn nicht unnötig zu beunruhigen.

„Seyla ... unser Schatz. Sie ... sie ..."

Es ging um seine siebenjährige Tochter. Sie war die jüngere von Zweien, die er wie nichts auf der Welt liebte. Sein Herz setzte kurz aus: „Sag schon, was ist los?!"

„Seyla hat am Rücken eine blaue Ader bekommen. Du weißt schon. Genauso, wie du sie trägst und alle die Soldaten, die nach und nach ..." Erneut kam ein Schluchzen und ein exaktes Bild formte sich vor Baris' Geist. Die Angst kroch in all seine Knochen, denn ... Seyla hatte nie und nimmer Berührung mit Silenas Blut gehabt. Diese Entwicklung durfte nicht streuen. *Sie darf einfach nicht!*

74

❦

Kasia konnte noch immer nicht fassen, dass Tadeo ihren Schreckmoment gegen sie genutzt hatte, um sich aus ihrer Umklammerung zu lösen. Wie ein Häufchen Nichts hatte er sie von sich geschoben, war aufgesprungen und Richtung Treppenabgang losgestürmt. Kasia hatte sich geistesgegenwärtig auf ihre Füße gerollt, um ihm rasch zu folgen. Auf den Treppen kam es erneut zur Rangelei, da sie versuchte, ihn am linken Ellenbogen zu packen, um ihn aufzuhalten. Doch er machte eine Pirouette mit ihr, um sich geschickt wieder nach vorne Richtung Ziel zu orientieren. Ihrer beider Atem und das Stöhnen und Zerren waren im Haus allgegenwärtig. Dennoch wollte sich keiner zu einem Schrei hinreißen lassen, da noch unsicher war, wer hinter dem Eingangstor ausharrte. Kasia nutze nun ihre rechte Ferse, um Tadeo bei der letzten Stufe direkt in die Kniekehle zu treten, was ihn sogleich zu Fall brachte. Gerade als sie über ihn hinwegspringen und zum Türgriff gelangen wollte, packte jedoch dieser ihre rechte Fessel, um sie wiederum zum Sturz zu bringen. Jegliche Luft wurde ihr bei dem Aufprall aus den Lungen getrieben und als sie sich an den Unterarmen hochstemmte, musste sie hilflos mit ansehen, wie Tadeo die Türe vor ihr öffnete. Jedoch nur so weit, dass er hinaussehen konnte und ihr der Blick verwehrt blieb.

„Oh, kommen wir ungelegen?", kam eine Männerstimme.

„Nein, keineswegs. Ich komme nur gerade frisch aus der Dusche", erklärte Tadeo, zog das Handtuch wieder enger und wuselte sich dabei durchs feuchte Haar.

„Ratsgarde. Wir überprüfen die wohnhaften Parteien in dieser Straße. Ich habe in diesem Gebäude hier eine Vampirin mit dem Namen Kasia verzeichnet. Ist sie zu sprechen?" Kasia saß der Schock im Nacken. Alle ihre Gliedmaßen wurden zu Stein. *Was soll ich ihnen nur sagen? Tadeo wird gegen mich aussagen und dann werde ich sofort abgeführt!*

Wie als Stichwort öffnete Tadeo nun die Türe, um sich komplett zu präsentieren, während das Licht der Außenbeleuchtung bis zu Kasias Fingerspitzen reichte. Wie elektrisiert sprang sie auf, um sich schleichend direkt hinter Tadeo zu verstecken. Sie musste ihre Atmung kontrollieren und strich nervös immer und immer wieder ihre Haarpartien streng hinter die Ohren. Sie benetzte ihre Lippen, da sie versuchte, sich auf das Schlimmste gefasst zu machen.

„Aber natürlich. Ich rufe sie sofort. Ich glaube, sie ist sich nur erfrischen gegangen." Nun wandte er sich ins Haus, als spüre er nicht exakt ihre Präsenz im Rücken: „Kasia? Eine Überprüfung für dich. Soll ich die Herren hereinbitten?" Kasia konnte Tadeos Seitenblick erkennen und seine Finger fingen an, rhythmisch auf dem Türrahmen zu trommeln. Dann wandte er sich wieder den Soldaten zu. Kasia konnte mit Hilfe ihrer Wärmesicht drei Menschen an ihrem Eingang zählen.

„Sie sind ein Mensch", kam nun die neugierige Erkenntnis der Amtsgewalt. Kasia schloss ihre Lider und begann innerlich zu beten.

„Gut erkannt", gab Tadeo leicht belustigt zurück und Kasia unterdrückte den Impuls, ihm mit dem Ellenbogen in die Seite zu schlagen.

„Nehmen Sie es mir nicht übel, aber in den heutigen Zeiten müssen alle Auffälligkeiten gemeldet und notiert werden. Da Sie bei unserem letzten Besuch noch nicht zugegen waren, muss ich Sie nun ausdrücklich fragen: Sind Sie freiwillig zu Gast oder werden Sie in irgendeiner Weise gezwungen oder erpresst? Ein kurzes Zwinkern genügt mir."

Kasia hielt den Atem an und überlegte, wie sie nun urplötzlich von rechts kommend in den Türrahmen erscheinen konnte. Sie musste einschreiten und sich erklären, falls Tadeo seinerseits nun Lügengeschichten auftischen würde.

„Nein, sicher nicht, Chief. Ich habe so eine reizende Gastgeberin, und ich bin in der glücklichen Lage, mich bei ihr mit freiwilligen Blutgaben zu revanchieren. Glauben Sie mir, diese Dame würde niemals gegen meinen Willen handeln oder gar handgreiflich werden. Das sieht ihr überhaupt nicht ähnlich."

Wie aus Reflex lehnte sie nun ihren Kopf gegen Tadeos Rücken, so erleichtert war sie. Noch immer zitterte sie am ganzen Körper. Es war unfassbar. Bis jetzt wurde kein Zweifel ausgesprochen, ob der Mensch vielleicht umgekehrt die Vampirin in Gefangenschaft hielt. Kasia wurde bewusst, dass, selbst wenn sie nun in Erscheinung treten würde und um

Hilfe flehte, die Garde sie nur milde belächeln würde. Es waren Menschen und sie würden zu Ihresgleichen halten. Kasia musste innerlich kämpfen, da sie die Ungerechtigkeit auf der Zunge schmecken konnte. Dennoch deutete sie nun rasche, lauter werdende Schritte an, um mit einem breiten Lächeln in der Türschwelle aufzutauchen.

„Guten Abend, Chief. Wie kann ich behilflich sein?" Die hochgezogenen Mundwinkel taten ihr aufgrund der Charade weh, doch sie hoffte, ihre innere Verspannung trat nicht zum Vorschein.

Und da war es. Der Soldat zog ebenfalls ein freundliches Lächeln auf.

„Es ist mir eine Freude. Wir sind hier, um die Anzahl der Personen und Spezies für unsere Kontrollen aufzunehmen. Wie ich sehe, haben Sie versäumt zu melden, einen freiwilligen Wirt zu beherbergen."

Der Soldat hinter dem Fragenden begann bereits Notizen auf einem Tablet festzuhalten, was Kasia erneut ihre Lippen benetzen ließ.

„Es tut mir leid …", stammelte sie nervös, als Tadeo das Wort übernahm. Mit einer Selbstverständlichkeit schlang er einen Arm um Kasias Taille und zog sie dicht an sich heran, was in ihr beinahe den Reflex lostrat, ihn direkt ins Gesicht zu beißen. „Mit der Bitte um Verzeihung. Es ist meine Schuld." Tadeo legte pflichtbewusst seine rechte Hand auf seine Brust. „Ich habe sie vor ein paar Tagen auf der Straße um Hilfe gebeten und … na ja, wie soll ich es sagen." Kasia riskierte einen kurzen Blick auf Tadeos Gesicht. Sie sah, wie er dem Soldaten zuzwinkerte. Ihr klappte der Mund auf. *Was würde nun folgen?* „Wir haben es bis jetzt nicht aus dem Haus geschafft, bei all den notwendigen Bedürfnissen, die gedeckt werden mussten." Nun zogen alle drei der Ratsgarde ein verständiges, wenn auch obszönes Lächeln auf. Kasia war innerlich am Platzen. Schon allein Tadeos Finger an ihrer Taille zu spüren, verursachte ihr Übelkeit. Sie wollte so gerne losschreien, dass das nicht einmal in seinen blühendsten Fantasien einen Sinn ergeben würde. Doch plötzlich meldete sich der Soldat zur Linken hinter dem Sprecher zu Wort: „Und Sie, Kasia, können Sie uns hier bestätigen, dass Sie den Menschen aus freien Stücken bei sich aufgenommen haben und dass keine Gefahr für Ihr Leben oder Ihr Hab und Gut von ihm ausgeht?" Tadeo ließ galant von ihr ab, trat einen Schritt zur Seite und hielt beide

Arme offen wie eine Einladung, nun die Chance zu nutzen, sich lächerlich zu machen. Er gab ihr für die Garde sichtbar Freiraum zu flüchten, sich gegen ihn zu äußern, und alle Augenpaare waren geduldig auf sie gerichtet. Ein Krieg der inneren Stimmen brach in ihr los. Ihr war zum Heulen und sie konnte von Glück reden, dass diese Menschen nicht so in ihr lesen konnten, wie ihr geliebter Vater es vermocht hatte. Zögerlich sah Kasia nun Tadeo an, der gute Miene zum bösen Spiel machte, und ihr fehlte die Zeit, über ihre Optionen nachzudenken. Sie musste JETZT handeln!

„Nein, Tadeo ist sehr lernbereit, taktvoll und vergreift sich nie im Ton. Er befolgt alle meine Anweisungen und geht auf meine Wünsche ein. Wenn ich eben vor Ihnen aussprechen würde, dass er nun gehen soll, würde er dies ausnahmslos tun und nie zurückkehren." Sie starrte ihn berechnend an, um Tadeo zu zeigen, dass sie zwar dankbar für sein Schauspiel war, aber den Spieß umdrehen könnte. Dann setzte sie wieder das übertriebene Lächeln auf, um sich an die drei Soldaten zu wenden, während sich Tadeos Finger erneut um ihre Taille wanden und Kasia Gänsehautattacken durchfuhren. *Warum muss er es so auf die Spitze treiben?*

„Gut, dann wäre hier alles geklärt. Ich nehme an, sonst ist niemand im Haus und wir müssen uns kein eigenes Bild von den Umständen machen, oder?"

Wie zwei trainierte Tiere schüttelten Kasia und Tadeo artig den Kopf.

12 | Alte Feinde bleiben

Aufzeichnungen:
Lagerliste der Eporia 3:
Anzahl der lebenden Individuen bei Verschiffung: 8.223 Menschen, 5.781 Huraten
10.000 Eizellen und Spermazellen beider Spezies
20.500 Kulturen und Sporen von Pflanzen
15.500 Embryonen und Exemplare in Paarbildung aus den Tierwelten

Silena schloss kurz die Lider und sprach sich selbst Mut zu, während sie die kleine, mit transparenter Flüssigkeit gefüllte Ampulle zwischen ihren Fingern rieb. *Jetzt oder nie!* Sie wusste, dass, wenn sie ihren Auftrag umsetzen wollte, es leichter war, mit dem geringeren Übel zu beginnen. Nämlich bei jenen Personen, die sie entweder nicht kannte oder denen in ihren Augen keiner nachweinen würde. Doch nun stand sie vor dem vernachlässigten, mit Blut gefüllten Glas. Sie sah sich um und alle anderen Gäste, selbst die Mitarbeiter, waren mit sich oder ihrer Arbeit beschäftigt. Das Speiselokal war wenig besucht. Die Tische waren spartanisch gehalten, jedoch liebevoll dekoriert. Die Wände waren mit zartem Beige und Weiß in Szene gesetzt, und durch Aufstellung von Paravents als Sichtschutz hatte jeder Gast etwas Privatsphäre. Nur ein paar leise Gespräche waren zu vernehmen und im Hintergrund lief Musik, die Silena nie zuvor gehört hatte. Sie klang befremdlich und außer Takt geraten. Noch immer wunderte sie sich, dass ausgerechnet ER zu so später Stunde hier seine Mahlzeit zu sich nehmen würde. Silena hätte ihn eher in seiner kleinen, privaten Villa gesehen, mit Assistentin und Personal, das ihn von vorne bis hinten bediente. Doch nur durch Zufall war sie beim Spazieren entlang den abgedunkelten Fenstern an seiner Statur hängengeblieben. Und nun stand sie hier, direkt neben seinem Tisch, der ein halbverputztes Mahl und ein gefülltes Glas trug. Er war wohl kurz ausgetreten und konnte jeden Augenblick zurückkehren. Die Zeit drängte somit.

Silena schwitzte aus allen Poren, hielt den Atem an und ertappte sich erneut beim Sicherstellen, ob die Luft rein war. Dann öffnete sie die nur einen Zentimeter große Ampulle, um die geruchlose, unscheinbare Flüssigkeit in sein Glas zu kippen. Kaum war dies erledigt, durchfuhr sie die Panik, und noch bevor sie die Ampulle fein säuberlich wegstecken konnte, trabte sie schon in Richtung Ausgang. *Ich habe es getan! Ich habe es getan!*

„Na, sieh einer an. Wenn das nicht Objekt Silena 2 ist."

Augenblicklich ließ sie diese kratzende, flüsternde Stimme stehenbleiben. Schweiß zog soeben einen Pfad von Silenas Stirn über ihre rechte Braue, direkt in ihr Auge. Es brannte höllisch, dennoch wollte sie sich nicht umdrehen.

„Ja, genau DU. Was verschlägt dich in dieses Lokal?"

Ein metallenes, rhythmisches Geräusch kam nun näher, gefolgt von einem schleifenden Sesselfuß und einem quietschenden, undefinierbaren Laut. Silena wusste, ein Davonlaufen wäre lächerlich, daher schob sie rasch die Ampulle in ihre Hosentasche, um sich dann langsam umzudrehen. Und da war er. Magnus, wie er leibte und lebte. Doch kurz erschrak sie, da sie den renommierten Blutfarmbesitzer in ganz anderer Erinnerung hatte. Sein streng zurück gegeltes Haar und diese penetranten Designerhemden mit Zierleisten an Hemdkrägen und Ärmeln waren unverkennbar. Das war aber auch alles, was von dem alten Feindbild übriggeblieben war: sein Faible für teure, edle Kleidung. Ansonsten war er abgemagert und hatte eine leicht gebückte Haltung, da ihn ein metallenes Gerüst ab der Hüfte abwärts stützte. Seine Augen wirkten müde, die Lippen schmal und verbissen und seine Wangen waren eingefallen. Der Bestgenährte war Magnus noch nie gewesen, aber zumindest schien er agil und lebendig, als sie ihn nach der Einnahme ihres Blutes zuletzt gesehen hatte. Doch nun? Er erschien ausgelaugt, erschöpft und gezeichnet, als er sich nun mehr oder weniger auf den Stuhl fallen ließ.

„Ja genau. Sieh dir nur an, wohin mich deine Bekanntschaft vor über einem Jahr letztendlich gebracht hat." Diese weißen Augen mit goldener Umrandung fixierten sie. Silena konnte nicht einschätzen, worauf dieses Gespräch nun abzielen würde. *Oder hat er mich gar ertappt?!* Sie wollte um keinen Preis dabei sein, wenn er seinen Durst löschte. Zu groß kam ihr die Wahrscheinlichkeit vor, sich durch ihr nervöses Verhalten zu verraten.

„Dir verschlägt es noch immer die Sprache … gut so. Dennoch würde ich es begrüßen, wenn du diese unhöfliche Art ablegst und dich setzt. Ich würde behaupten, ein wenig Gesellschaft täte mir gut. Noch dazu sagt mir mein Instinkt, dass du nicht ohne Grund dieses Etablissement betreten hast. Nicht wahr? Und wenn ich nicht dieser Grund bin, wer dann?" Mit diesen Worten griff er nach der Gabel, um sich ein kleines, faseriges Fleischstück vom Teller aufzuspießen.

Silena wollte gerade darauf losstammeln, doch sie versuchte, sich zu konzentrieren. Sie hatte A, keine Intention, sich zu ihm zu setzen, und B, musste sie ihm weismachen, dass sich nicht alles im Leben um ihn drehte.

„Du irrst, Magnus. Nichts auf der Welt würde mich dazu veranlassen, bei dir Platz zu nehmen. Und zu deiner Information, ich habe nur etwas hier abgegeben und nicht zuletzt gehöre ich nicht zur höflichen Art. Also findest du gewiss charmantere Gesellschaft." Mit diesen Worten drehte sie sich hastig um, um den Heimweg anzutreten.

„Stopp!", kam nun sein unverkennbarer Befehl, der sie zum Zögern brachte. Gerade als sie sich zu ihm umdrehte, hielt er das Blutglas direkt an seine Lippen. Zuerst wirkte er belustigt, unbekümmert, doch im nächsten Augenblick riss er die Augen übertrieben auf und ließ lautstark das Glas auf den Tisch fallen.

Edrian, Yven und GOYA waren mit einem riesigen Hoverlader, gefüllt mit Kühlboxen, Fallen, Waffen und allem nur erdenklichen elektronischem Equipment, unterwegs durch die Wüste. Begleitet wurden sie von einem Gewandelten und drei weiteren Vampiren, die von Lucil abgestellt worden waren. Yven verglich die heutige Situation mit jener Reise, die sie teilweise zu Fuß oder mit dem kleinen Hoverglider vor einem halben Jahr angetreten hatten. Die Stimmung war genauso eisig und verbissen wie damals. Bis auf die heißen Diskussionen, die Edrian mit Lucil am Comlink führte zum Thema, wie die Mission explizit vonstatten gehen sollte, war nur das Rattern der Boxen und der Werkzeuge zu hören. Alle Blicke blieben an dem Wächter haften, der sich vorerst gegen die Mitfahrt in der ‚schwarzen Box' ausgesprochen hatte. Doch Edrian war hier leidenschaftslos geblieben und hatte verkündet, dass er GOYA nicht brauche und es seine eigene Entscheidung wäre. Yven versuchte noch immer seine Fühler auszustrecken, um mit dem Wesen zu kommunizieren. Denn die Art und Weise, wie Edrian und der mitfahrende Gewandelte mit ihm kommunizierten, blieb Yven verborgen. Dennoch konnte Yven schwören, dass ihn eine Verbindung an das Alien zog. Schon alleine diese tiefgründigen Blicke zwischen ihnen sprachen Bände. Ihm blieb auch nicht verhüllt, dass GOYA dieselbe Neugier an Yven hegte, wie umgekehrt, und dass seine Gegenwart ihm Unbehagen bereitete. Dabei schien das Wesen ansonsten absolut emotionslos. Aber war es Respekt, Ehrfurcht oder gar Angst, die dem Interesse beiwohnte? Yven war sich nicht sicher. *Was ist tatsächlich dein Auftrag, GOYA?*, wollte er wissen.

13 | Bilder, die nicht da sind

Noch nie zuvor war sich Baris so hilflos vorgekommen. Seine übergroße, gezeichnete Hand vermochte dieser zerbrechlichen, zierliche Kinderhand, die er gerade hielt, keinen Schutz zu bieten. Zumindest nicht vor diesem unsichtbaren Feind. Seine Tochter Seyla schlief unbekümmert, jedoch mit leichtem Fieber in ihrem Bett. Sie konnte auch nicht wissen, was ihr bevorstand. Ihr Vater wusste es jedoch zur Genüge. Diese eine kleine, erhabene blaue Ader auf ihrem Rücken mochte wohl unspektakulär wirken, doch seine Frau hatte nicht überhysterisch reagiert, ihn zu verständigen. Das war bloß der Anfang. Der Anfang vom Ende. Nur mit Mühe kämpfte er gegen die nach außen tretende Trauer und versuchte, stattdessen eine Lösung für das Problem zu finden. Die Mediziner konnten nur die Symptome lindern, doch die Krankheit nicht kurieren. Diese Emotionen und die empor brodelnde Wut würden seine Tochter nicht heilen, das war sicher.

Sorgsam zog er ihre Schlafdecke höher und strich ihr zärtlich eine dunkle Haarlocke aus der Stirn. Ihre Haut war leicht rosig und ihr kleines Gesicht geriet schön langsam nach ihrer Mutter. Baris war immer so stolz auf seinen Nachwuchs gewesen. Nur in diesen vier Wänden hatte er nicht den harten Macker spielen müssen. Hier gab es kein Drohverhalten, keine Demonstrationen seiner Stärke und keine zynischen, taktischen Bemerkungen, die das Gegenüber einschüchterten oder in die Schranken wies. Hier war sein Zuhause, sein Happy Place, an dem Frieden herrschte. Zumindest bis heute.

Als er aufstand und zu Brey schritt, konnte die sich nur in seine starken Arme fallen lassen. Sie probierte, tapfer zu sein, trotzdem blieb ihm nicht verborgen, wie sie mit den Tränen kämpfte.

„Bitte sag mir, dass es etwas anderes ist. Bisher waren es nur Soldaten und du hast mir gesagt, es liegt an euren Medikamenten. Dann kann es doch nicht ansteckend sein. Oder, Baris?"

Eine gute Frage. Wahrlich, eine gute Frage.

❧❧

Edrian hatte nun an einen der Sympathisanten das Steuer übergeben. Sein Genick war bereits steif von der langen Fahrt. Zudem musste er seine Gedanken neu ordnen. Lucils Ton hatte ihn mehr als nur gereizt, Silenas Verhalten war für ihn noch immer unerklärlich und nun mit diesem wild durchmixten Team auf engstem Raum zu reisen, war alles anderes als ein Zuckerschlecken. Ihm war nach dem Aufstehen heute Morgen ein ganz anderer Ablauf im Sinn gewesen. *Wie schnell sich doch das Blatt wenden kann*, sinnierte er vor sich hin, während er in die Runde blickte. Ein paar müde Gestalten hatten sich im Sitzen zur Ruhe gebettet. Auch der Wächter hatte seine Luftglocke auf dem Kopf verdunkelt und ließ keine Einblicke zu, ob er überhaupt noch in dem Anzug war. Dann fiel Edrians Blick zu Yven, der just in diesem Augenblick erneut einen Anfall durchlitt.

Yven ging an den riesigen Glasröhren entlang und betrachtete deren Inhalte. Wesen jeglicher Größen mit ihm unbekannten Formen und Farben präsentierten sich ihm. Alle eingelegt in einer gallertartigen, transparenten Flüssigkeit, die sie ruhig hielt und nährte. Vereinzelt erblickte er zwei Individuen einer Spezies, die sich nur leicht unterschieden. Die kurz aufleuchtenden Symbole an den Glasröhren der Wächter offenbarten den Inhalt und den Namen der Lebensformen. Yven konnte sie lesen, als hätte er nie etwas anderes getan. Er stellte fest, dass es Wesen von verschiedenen Lebensräumen unterschiedlicher Planeten waren. In manchen Fällen handelte es sich um Pärchen, in anderen Fällen um Zwitterwesen. Oftmals war ihre Textur für ihn nur in chemischer Sprache zu interpretieren, manchmal waren die Lebewesen nur mikroskopisch klein. Danach erreichte er einen von vielen hohen Schränken, die als Kühlfächer fungierten. Nach Öffnen der Haupttüre präsentierten sich viele Schubladen und schmale Fächer, in denen Samenproben, Eizellen, aber auch Embryos katalogisiert und sortiert in Kältestarre ausharrten. Yven konnte exakt deren Anzahl und Herkunft bestimmen. Er schritt in der Erinnerung an das Raumschiff durch die Lagerräume und das Labor, als würde er durch die Augen von ISAY diese Erfahrungen neu abspielen. Dennoch fühlte es sich wie seine eigenen

Erlebnisse an. Doch plötzlich wurde er aus dieser Szene herausgerissen, nur um den skeptischen Blick von Edrian zu vernehmen. Gerade, als er sich äußern wollte, wurde er in eine andere Erinnerung gezogen. Wahllos und unvorhergesehen kamen diese Schübe, die Yven über sich ergehen lassen musste. Diesmal wurde er beliebig mit Bildern torpediert, die aus unterschiedlichen Zeitreihen kreuz und quer auf ihn niedergingen. Zuerst das Gefühl, über Grund und Boden zu schweben, auf dem er sich zu Hause fühlte. In einer Welt, die anderen Regeln der Schwerkraft unterworfen war, als sie Yven auf Perlon 2 erlernt hatte. Die Farben waren kräftiger, bunter, die Bewegungen fielen leichter. Er empfand es, als würde er fliegen. Anschließend kam eine Szene, in der er diese Heimat vor seinen Augen verglühen und schwarz in sich zusammenfallen sah. Der Schmerz, der ihn überrollte, war unbeschreiblich. Aussterben tat allem Anschein nach weh. Dann blendete sein überfüllter Geist eine Szene ein, in der er glücklich schien. ISAY hatte sich geteilt und beobachtete seinen Nachwuchs aus der Ferne. Doch als ihn dieser unvermittelt ansah, rieselte die Erkenntnis in Yven. Dieses Bild war wie für immer eingefroren und er kannte diesen Blick, dieses Gefühl und diese Verbundenheit.

Edrian schüttelte Yven, doch erst mit einer leichten Schelle hörte er auf zu schreien und kam wieder zu sich. Das Zittern am ganzen Leibe nahm ein Ende und der verwirrte Ausdruck wandelte sich zu fokussierenden Pupillen. Doch bis Yven seine Stimme wiederfand, wollte er Edrians direkter Konfrontation entfliehen. Er suchte offenbar etwas im Hoverlader, und als seine Augen bei GOYA hängenblieben, folgten folgende Worte: „Du bist mein Nachkomme."

Magnus' Gedanken liefen wie eine Endlosschleife. Er sah bewegte Bilder vor sich, als würde er neben sich stehen und sich selbst beobachten. Ein direkter Überlebensimpuls ließ ihn immer und immer wieder von neuem das gefüllte Blutglas von sich schleudern. Es schien das einzig Richtige zu sein, obwohl er nicht wusste, warum. Es kostete ihn ein paar Sekunden, aus dem Karussell der Bilder auszubrechen und sich ins Hier und Jetzt zu befördern. Niemand Geringerer als Silena stand vor ihm mit einem Gesicht, das Bände sprach. Jedoch Bände, die er nicht lesen konnte. Doch sie wusste eindeutig etwas. *Hier ist etwas faul!*

„Was war das gerade?"

Silenas Mund öffnete und schloss sich, während ihre Beine Anstalten machten, rückwärts zu flüchten. Er konnte sie gerade noch an der rechten Hand packen und festsetzen.

„Lass mich los, ich weiß überhaupt nicht, was du meinst!", gab sie ihm mit drohender Stimme bekannt. Ihre Iriden flackerten kurz leuchtend blau auf, sodass er sicherheitshalber losließ. Instinktiv glitten seine Wärmesensoren über sie, er nahm ihren Geruch auf und scannte jede Ungewöhnlichkeit. *Irgendetwas ist da, ich weiß es!* Und mit einem Mal tauchten weitere Bilder vor seinem Geist auf. Ein Embryo, der sich im Mutterleibe drehte, dann die Geburt eines Säuglings, wie er es so oft bei der Zucht der Menschen mitverfolgt hatte. Folglich ausgerechnet Silena, die ein kleines Mädchen an der Hand freudestrahlend spazieren führte. Magnus war überwältigt von diesen Eindrücken, wollte jedoch nicht gefangen von seinen eigenen Traumwelten sein. Er schüttelte den Kopf und rieb sich verzweifelt die Augen. Er wusste genau, dass er längst auf wackligen Beinen stand, bereit zu flüchten, wenn nur sein Sehsinn ihn wieder Einblick in die Realität gewähren würde. Doch die Bilderreihe quälte ihn weiter. Das kleine Mädchen wuchs heran. Sie stand direkt vor Magnus, die Szenerie hinter ihr veränderte sich wie der Tagesverlauf, der Wechsel zur Nacht und die Gezeiten. Parallel reifte das Mädchen zu einer attraktiven Frau mit rotblondem Haar, ähnlichen Gesichtszügen wie Silenas und genau ihren goldenen Augen.

Silena war wie versteinert, weil sie versuchte, aus Magnus' auffälligem Verhalten schlau zu werden. Er sprang auf, blickte ins Leere, rieb sich immer wieder die Augen, fluchte lautstark vor sich hin. Dann schüttelte er den Kopf und probierte mit rudernden Armen etwas wegzuschieben, das nur in seiner Fantasie für ihn sichtbar war.

„Magnus? Ist alles in Ordnung?", fragte sie mehr flüsternd, als ihre Beine erneut mit kleinen Schritten zurückwichen. Ihr war das Ganze nicht geheuer.

„Lass mich raus! Hör sofort auf damit!"

Er schritt mechanisch in ihre Richtung. Wie blind fuchtelte er vor sich herum und hielt sich immer wieder an Gegenständen fest, die in Griffweite gerieten, bis es Silena zu unheimlich wurde und sie aus dem Lokal lief.

14 | Verkümmerter Instinkt

Tadeo streckte all seine Glieder, gähnte die letzte Müdigkeit in die Flucht und drehte sich in dem flauschigen Bett auf die Seite. Alles in diesem Raum war überkandidert. Es roch enorm floral und die Farbgebung war mit zartem Violett und Gold einfach nicht sein Fall. Zudem dominierten zu viele schrille Dekogegenstände das Zimmer. Überall lagen weiche Teppiche oder Decken, als hätte das Kuschel-Feeling hier Vorrang. Es war eindeutig, dass dies Kasias Schlafgemach war. Es trug einen Hauch pubertierenden Prinzessinnen-Touch, was ihn zum Schmunzeln brachte. Noch immer amüsierte Tadeo sich über die Szene mit der Ratsgarde vor ihrem Eingang. Es zeigte ihm, dass sie seinen Spielchen gewachsen war und es irgendwie – so anstrengend und stressig dieser Aufenthalt auch war – interessant ausfallen könnte. Denn letztendlich war er siegreich. Er lag halbnackt in ihrem kuscheligen Reich, während sie sauer ihre Kreise im ersten Stock zog. Er genoss diesen Erfolg in vollen Zügen, denn er schlief so gut wie noch nie in seinem Leben. Und dies, obwohl er wusste, dass Kasia ihn jederzeit wieder anspringen und angreifen könnte. Doch er hatte die Türe von innen verriegelt und mit ihr einen temporären Waffenstillstand verhandelt. Zwar hatte sie mit ihren Argumenten recht, dass er bisher nur im Vorteil lag und er zumindest vor dem Zubettgehen etwas Blut springen lassen sollte, doch er ignorierte es gekonnt mit der zynischen Antwort: „Ich werde dir schon nicht davonlaufen."

Tadeo vernahm plötzlich ein Klopfen und ein lautes Räuspern hinter der Türe.

„Ich weiß, dass du wach bist. Ich würde behaupten vier Stunden Schlaf wären vorerst annehmbar für den werten Herrn. Ich bestehe nun auf die Einhaltung der Abmachung deinerseits."

Tadeo konnte sich bildlich ihren beleidigten Gesichtsausdruck ausmalen, noch bevor er ihr die Tür entriegelte und sie eintreten ließ.

Er trug nur eine schwarze Unterhose, was Kasia unangenehm aufstieß, da er sich vor ihren Augen erneut zu IHREM Bett bewegte, um sich dort bequem hinzusetzen. Sie hoffte, dass er auch die Hose mitgewaschen oder durch eine zweite getauscht hatte. Bei dem Gedanken begann ein mentales Gelächter der teuflischen Stimme in ihrem Kopf. *Das glaubst du doch nicht in allem Ernst?*

Kasia lenkte sich ab, indem sie die Konfrontation suchte. Mit verschränkten Armen stand sie ihm nun gegenüber und starrte ihn missmutig an.

Tadeo lehnte sich unbeeindruckt mit beiden Ellenbogen auf die Matratze und hob belustigt seine Augenbrauen: „Und jetzt?"

Kasia war kurz verdutzt. Sie hatte mit neuerlicher Ablehnung und Ausflüchten gerechnet.

„Ich sag es klipp und klar. Du hast gegessen, dich gereinigt – das hast du zumindest behauptet – und geschlafen. Ich würde lügen, wenn ich nicht zugebe, schmerzhaften Hunger zu haben. Doch so ist es. Jetzt weißt du es und es ist draußen." Während Kasia versuchte, ein wenig Frieden zu schließen, ließ sie ihre Schutzhaltung fallen. Ihre Arme wanderten an ihre Seite, aber sie brachte es nicht fertig, ihr erhobenes Haupt zu senken. Auch Tadeo direkt anzusehen fiel ihr schwer, da sie es nicht zulassen wollte, Schwäche zu zeigen. Und bekanntlich gaben Augen mehr von einem preis, als der Mund es je zustande bringen könnte.

Tadeos Sarkasmus kroch plötzlich aus seinem Gesicht und er wirkte verunsichert. Offenbar hatte er mit solch einer Wende in ihrer Gesprächskultur nicht gerechnet.

„Ich würde es als fair empfinden, wenn du mir entweder nun freiwillig Blut bereitstellst oder einfach gehst. Du hattest deinen Spaß, konntest hier nutznießen und mehr gibt es nicht mehr zu holen. Dessen sei dir gewiss. Das Maß ist voll." Kasias Unruhe verlagerte sich auf ihre Zehen, die sich ins weiche Material unter ihren Füßen gruben. Es gab ihr das Gefühl von Stabilität.

Tadeo konnte das erste Mal ein wenig hinter diese störrische Fassade blicken. Ein zerbrechliches und ehrliches Wesen kam zum Vorschein und plötzlich fühlte er sich schäbig. Wenn sie auf diese Weise anfing, war es schier unmöglich, noch Spielchen mit ihr zu treiben. So niederträchtig konnte er nur agieren, falls der Gesprächspartner ihm gewachsen war. Er ging in sich und überlegte. Er fragte sich, ob nun alles vorbei wäre. Was, wenn er ihr nun Blut anbieten würde? Müsste er dann das Haus für immer verlassen? Oder würde sie gierig werden, zügellos ihrem Instinkt freien Lauf geben und ihn leertrinken? Sein Blick glitt an ihrem selbstbewussten Stand auf und ab. Er wusste, dass sie nun an dem Punkt angelangt waren, wo sich neue Wege auftaten. Ob diese für ihn positiv oder negativ ausfallen würden, lag verborgen. Letztendlich hatte Tadeo aber noch eine Absicherung im Hinterkopf, wenn alle Stricke reißen sollten. Daher entschloss er sich zu folgender Handlung: „Gut, ich gebe mich geschlagen. Wo willst du mich beißen, Kasia?"

Als er die Vampirin plötzlich völlig überfordert vor sich stehen hatte und ihr Blick unerwartet in seinen Schritt fiel, zuckte er zusammen. Wie automatisch schob er seine Beine aneinander und legte beiläufig eine Hand über seine Kronjuwelen. „Wow, Neieen! Ich habe genau mitverfolgt, wo deine Augen waren. Das kannst du vergessen."

Wie nach Luft schnappend ging ihr Mund auf und zu und sie schüttelte den Kopf. Tadeo musste mit Verwunderung feststellen, dass selbst blasse Vampire bei Scham ein wenig rote Wangen aufzogen. Wieder war es erheiternd für ihn. Es gefiel ihm, was er sah. Sie wirkte unbeholfen und verunsichert, als wäre sie noch Jungfrau. *Oder ist sie das etwa?*, rätselte er nun vor sich hin.

Kasia war entrüstet. Wie konnte er nur solche vulgären Überlegungen zu ihrer Verunsicherung äußern? Sie hätte nicht einmal einen Gedanken daran verschwendet, wie er ohne Unterhose aussah, geschweige denn, Interesse, ihn im Intimbereich zu nahe zu kommen. Er war ein Wirt. Wenn sie körperliche Belustigung suchte, brauchte es einen richtigen Vampir, der gepflegt und fähig war, ihrem Leib das zu geben, was er verlangte. Und ihrem Erachten nach wäre ein Mensch nie berufen dazu. Er wäre nicht stark und ausdauernd genug … Kasia verpasste sich wieder mental eine Schelle, während die dunkle Stimme in ihr einen Lachkrampf erlitt. *Sooooo desinteressiert bist du wohl doch nicht, Milady.*

„Keine Sorge, ich habe dich nie als etwas anderes gesehen als du bist: ein Wirt", gab sie ohne Zweifel bekannt. Dann trat bedrückende Stille ein, in der Tadeo sie analysierte, ein Tatbestand, der ihr sehr unangenehm war. Anschließend entspannte er sich und lehnte sich nach vorne, um ihr sein rechtes Handgelenk vorzusetzen. Kasia zögerte. *Er lässt es tatsächlich zu! Was mach ich jetzt nur? Ich kann das so nicht.* Ihr Mund wurde trocken und der Hunger verkrampfte ihren Magen so stark, dass er in diesem Moment ein Knurren preisgab. Tadeo musste schmunzeln und Kasia ignorierte es, so gut es eben ging. Dann fuchtelte er mit der präsentierten Hand vor ihr.

„Na, mach schon. Brauchst du eine Extraeinladung? Ich habe nicht die ganze Nacht Zeit." Diesmal heuchelte er einen genervten Unterton, wobei Kasia wusste, dass es nur aufgesetzt war. Ihm gefiel ihre Unbeholfenheit.

Langsam trat sie näher und die Nervosität verteilte sich in jeden Zentimeter ihres Körpers. Sie hatte nie zuvor unmittelbar von einem Menschen getrunken, hatte noch nie ihre Lippen auf dessen Haut gelegt und zugebissen. Mit einem Mal wurde ihr flau. Sie begann sich zu ekeln bei dem Gedanken, dass diese glatte Haut womöglich schmutzig wäre und mit Parasiten oder Bakterien verseucht war. Sie stand nun direkt vor ihm und blickte zum sitzenden Tadeo hinab, der jede ihrer Bewegungen skeptisch beäugte.

Tadeo war verwundert. Er hätte erwartet, dass sie hungrig über ihn herfallen, seine Hauptschlagadern verwüsten und er hilflos in Ohnmacht fallen würde. Doch sie stellte sich wie der erste Vampir an.

„Setz dich bitte, du machst mir langsam Angst mit deinem Getue." Mit diesen Worten griff er vorsichtig nach ihrem linken Handgelenk, um sie zu Boden zu ziehen. Durch die kurze Abwehr und der ungewollten Gewichtsverlagerung fiel Kasia nun direkt auf ihre Knie zwischen seine Beine und schaute ihn alarmiert an.

„Sieh mich nicht so an. Ich dachte, du wolltest Blut haben? Also, entweder du kommst jetzt in die Gänge oder du lässt es sein." Diesmal hielt er ihr sein Handgelenk nur wenige Zentimeter vor den Mund. Und was er sah, war ein seltsames Schauspiel. Er war vieles aus seinem

Vorleben als Wirt gewohnt, aber das war ihm neu. In schlimmen Zeiten wurde er zweimal wöchentlich mit Hilfe von Nadeln geschöpft. Wenn besonders betuchte Kunden in die Farm kamen und Geld ablegten, konnte es auch passieren, dass ihn eine ganze Familie von vier Vampiren gleichzeitig biss. Die Mitarbeiter vor Ort konnten noch rechtzeitig eingreifen, um sein Leben zu bewahren. Doch Kasia? Zuerst studierte sie seine etlichen Bissnarben und Einstichwunden verteilt auf seinen Armen und seinem Oberkörper aus den vielen Jahren seiner Gefangenschaft. Tadeo konnte in ihrem Antlitz lesen, dass sie ihr das erste Mal auffielen. *Hoffentlich ahnt sie nichts* … Dann nahm sie zögerlich nur mit den Fingerspitzen seine Hand, als könne sie etwas zerbrechen … oder, Moment! … als würde es sie Überwindung kosten, ihn auch nur zu berühren. Sie schloss verkrampft ihre Augen, öffnete ihren Mund, wodurch ihre Reißzähne ersichtlich wurden. Doch Tadeo war eines bewusst, als sie die letzten Millimeter zu seinem Handgelenk überwand: Sie würde es niemals fertig bringen. *Aber wie kann das sein? Sie ist doch aus wohlhabenden Umständen entsprungen? Oder ist ihr bloßfüßiges Sein ein Indiz dafür, dass sie hier eingebrochen und somit nicht Eigentümerin dieser Herrschaftlichkeit ist?*

„Verflucht! Du hast das noch nie zuvor getan, stimmt's? Das ist jämmerlich und lächerlich. Um ehrlich zu sein, muss ich mich gerade fremdschämen. Wie ist das nur möglich, Kasia?"

Als Kasia diese schmerzenden Worte realisierte, traf sie die Scham mitten ins Herz. Sie ließ seine Hand los und distanzierte sich. Sie wollte einfach nur im nächsten Loch versinken. Denn Tadeo hatte recht. Aber was viel unerträglicher war: dass ausgerechnet dieser Mensch es direkt von ihren Lippen hatte ablesen können. Daher stand sie auf und beschloss, dass Federvieh doch mundender wäre, als er es jemals sein könnte.

Als sie ihm den Rücken zudrehte, hörte sie ihn zurufen: „Wo ist nur dein Instinkt hin? Wenn es nützlich ist, kannst du mich auch woanders beißen, solange du nicht, na ja, du weißt wo. Aber falls es hilft, möchte ich es wenigstens angeboten haben."

Doch als sie sich ein letztes Mal zu ihm umdrehte, konnte sie ihm nur stolz verkünden: „Vielleicht war es von der Natur auch nie vorgesehen, dass ausgerechnet DU meine Beute wirst."

15 | Die Sicht von morgen

Aufzeichnungen
Schadensbericht nach dem Aufprall auf Perlon 2:
Überlebende Individuen der Fracht: 6.021 Menschen, 4.239 Huraten
7.312 Eizellen und Spermazellen beider Spezies
18.566 Kulturen und Sporen von Pflanzen
9.824 Embryonen und Exemplare in Paarbildung aus den Tierwelten
267 tote Wächter

Orelia verdaute ihren Traum. Noch immer konnte sie mit dieser Eigenheit, die sie über die Blutzufuhr Silenas neu erworben hatte, nicht umgehen. Nach dem Schlaf musste sie stets an die frische Luft und differenzieren, was Wahrheit war und was ein Überbleibsel einer unruhigen Nacht. Die Eindrücke, Bilder, die Töne und ihre Gefühle waren so exakt simuliert, dass es ihr ein Rätsel war, wie Menschen fast täglich mit diesem Phänomen leben konnten, ohne verstört zu sein. Sie wusste, dass auch ihr Sohn Edrian über das Träumen klagte, was sie beruhigte, da es dann offenbar nicht an ihrem Alter lag, sondern an schlechtem Anpassungsvermögen. Bei dem Stichwort musste sie wehmütig zugeben, dass sie Edrian, seit er mit Silena liiert war, immer seltener zu Gesicht bekam. Was sie sehr schmerzte. Nicht nur das. Durch die wachsende Vereinsamung musste sie gedanklich häufiger das alte Thema mit ihrem Mann aufwärmen. Daros war nun bereits hundertzweiundfünfzig Jahre verschollen und dennoch fehlte er ihr. Als sie zusammen mit Silena und Edrian von Stratus nach Toa gezogen war, war kurz die Hoffnung erneut aufgeflammt, dass er sich vielleicht hier aufhielt. Schließlich hatte er damals, als er sie verlassen hatte, diese Kolonie angestrebt. Doch bisher war keine Spur von ihm. Womöglich hatte ihr Sohn recht, dass sie neue Freundschaften schließen müsse und sich gegenüber männlichen Bekanntschaften nicht abgeneigt zeigen sollte. Orelia war Daros so lange verbunden und treu geblieben, während dieser, sofern er noch lebte, gewiss neue weibliche Vorzüge genossen hatte. Immerhin hatte er lautstark betont, dass er gehen wolle und nicht mehr zurückkehren würde. Das war ihr bewusst. Dennoch war ihr Herz noch in Trauer und Hoffnung, dass sie ihm eines Tages wiederbegegnen würde und er sie anlächelte, als hätte nie Zeit zwischen ihnen gelegen. Das wäre zumindest einmal ein Traum, den selbst sie sich des Nachts herbeisehnen würde.

Orelia musste schmunzeln bei dem Gedanken, als sie durch die Märkte im Zentrum von Toa spazierte, die soeben begannen, für den Verkauf von Waren herzurichten. Die gemeinsamen achtundneunzig Jahre mit ihrem Mann bargen unendlich viele schöne Erinnerungen für sie, an denen sie sich festhalten konnte, wenn der Besuch von Silena und Edrian zu lange auf sich warten ließ.

Doch die Ablenkung, an ihren Mann zu denken, hielt nicht lange vor. Während sie zwischen den geschäftigen Verkäufern durchflanierte und ihren Blick abwechselnd nach links und rechts wandte, um die Waren zu bestaunen, flackerten wieder Bilder aus ihrem Traum auf. Es waren bewegte Bilder, die diskutierende Männer zeigten, die sich um Macht stritten. Orelia konnte Menschen, Gewandelte wie auch Vampire in ihren Reihen erkennen. Zuschauer hoben ihre Arme in die Höhe und riefen offenbar ihre Namen, als würden sie sie bei einem politischen Duell anfeuern. Orelia hörte Namen wie Lucil, Trudo und Magnus. Namen, denen sie erst ein Gesicht zuordnen konnte, als sie sich auf einem Podium zu Wort meldeten, um den Mitstreitern mit eloquenten Floskeln den Boden unter den Füßen zu nehmen. Dabei hatte Orelia noch nie etwas mit politischen Belangen am Hut gehabt. Also warum sollte sie des Nachts daran Gedanken verschwenden? Sie konnte sich an einen Zeitsprung in ihrem Traum erinnern, in dem vor versammeltem Publikum am Ratsplatz verkündet wurde, wer die neuen Ratsmitglieder von Toa ab sofort sein würden. Wobei sie sich eines im Klaren war, dass diese Wahlen und das Endergebnis erst in ein paar Tagen vonstatten gehen würden. Also warum sollte sie in ihren Träumen etwas erleben, was sie weder interessierte noch bereits hinter ihr lag? Es gab so viel Schöneres zum Träumen, da war sie sich sicher. Zum Beispiel seit ihrer

Wandlung den Sonnenaufgang zu bewundern oder die neugierigen Blicke der Menschen, die das erste Mal mitten unter ihnen wandelten und Konversation betrieben. Oder Nachbarn, die unterschiedlichen Spezies angehörten und zaghaft Freundschaften schlossen, obwohl sie sich zu Beginn gemieden hatten. Orelia hätte es nie für möglich gehalten, dass selbst sie sich bei der Tierfarm mit einem Menschen über bessere Haltungsmöglichkeiten der Tiere unterhalten würde. Wo oft die Distanzen noch penibel gewahrt wurden, konnte man zarte Versuche erkennen, das Neue nicht zu fürchten und zu verteufeln, sondern kennenzulernen. Eine Entwicklung, die ihr Hoffnung gab, dass das Morden vielleicht zum Stillstand gekommen war und die nächste Generation auf diesem Grund nichts mehr von den Kriegen oder dem Hybriden Asrael wissen würde. Sie wünschte es sich zumindest von Herzen.

Ein laues Lüftchen erhob sich, als Orelia sich nun vom Marktplatz in eine kleine Gasse begab. Unrat wie Papier und vertrocknete Pflanzen wirbelte ihr entgegen und sie packte nach einem Plakat, das sich losgerissen hatte und ihr beinahe ins Antlitz geflogen wäre. Zuerst wollte sie es achtlos zu Boden werfen, als ein ihr bekanntes Gesicht darauf zu erkennen war. Oder besser gesagt, gleich ein paar. Sie hielt nichts anderes als ein Werbeplakat für die Wahlen samt Kandidaten in ihren Händen. Und darauf waren tatsächlich ein Gewandelter namens Magnus und ein Mensch, der sich Lucil nannte, abgebildet. Es bestand kein Zweifel.

„Aber wie ist das nur möglich? Diesen Männern bin ich noch nie im Leben begegnet. Ich hatte nie etwas mit ihnen zu tun." Sie blickte auf und ließ ihren Traum Revue passieren. *Ich muss mich irren. Ich kann nicht von etwas geträumt haben, das erst passiert. Das ist Unsinn. Und die Gesichter kenne ich womöglich von anderen Plakaten, die mir bereits beim Spazieren durch die Stadt unbewusst aufgefallen sind.*

16 | Selbstexperiment

„Erzähl mir etwas über deine Schübe oder Träume. Was geht da genau in dir vor?", fragte Edrian neugierig. Yven starrte in die lodernden Flammen ihres Lagers, das sie mitten in der Wüste aufgestellt hatten, um sich an den Vorräten zu bedienen. Während die anderen Begleiter sich bereits an Tierblut und den gegarten Resten von Federvieh die Bäuche vollgeschlugen und sich zur Ruhe gelegt hatten, waren Yven, Edrian und GOYA noch hellwach.

Yven stocherte mit einem dünnen Metallstab in der Glut und genoss offensichtlich das Zischen, das dadurch entstand.

„Vieles und auch nichts Essentielles. Zeitweise sehe ich leuchtende Symbole, die ich lesen kann, aber deren Inhalt sich mir erst später erschließt. Manchmal erkenne ich Bilder der Vergangenheit, Pläne vom Schiff. Andere Male sind es Dinge …" Yven hielt inne, doch er machte keine Anstalten, weiter zu sprechen.

„Andere Male? Was ist da noch?" Edrian war etwas skeptisch, da der Vampir für ihn seit seinem Unfall undurchschaubarer geworden war. Wenn er all das Wissen aus den Logbüchern der Wächter in sich aufgesogen hatte, welche Einstellung hatte er nun zu dem verunfallten Ergebnis auf Perlon 2, den Experimenten, Hybriden et cetera? Hatte er noch eine eigene Meinung oder war sie manipuliert oder gar fremdgesteuert? Im Augenwinkel sah er Regung in GOYAs Statur. War ihm das Thema unangenehm oder wollte er sich nur in Erinnerung rufen?

„Yven, kommunizierst du mit GOYA oder den Wächtern?" Edrian wollte seinen Verdacht auf den Punkt bringen. Doch Yven ließ nur wie mitten in der Bewegung den Metallstab zu Boden fallen und drehte sich von Edrian weg, um sich wie ein Embryo auf die Seite zu betten. Er machte doch tatsächlich Anstalten, Edrian nun einfach wegzuschlafen. Edrian legte rasch seine rechte Hand auf Yvens Unterschenkel, um ihn kurz zu rütteln. Er hatte nicht vor, das Gespräch so zu beenden.

„Hey! Wir sind noch nicht fertig." Doch Yven schloss mit einem Mal seine Augenlider und war weg. „Ich fasse es nicht. Kann das wahr sein?" Edrian schüttelte ungläubig den Kopf und sah dann zu GOYA, der ihn fixierte. Irgendetwas sagte ihm, dass der Wächter erleichtert war, dass Yven aus Erschöpfung weggebrochen war.

Da Edrian nicht an Schlaf denken wollte, stand er auf und putzte kurz den Sand von der Hose, um sich dann vom Lager zu entfernen. Er hatte vor, mehr über diese neue Fähigkeit herausfinden, die in ihm heranwuchs. Und in seinen Augen gab es nichts Besseres als kilometerweiten Sand. Hier konnte nichts kaputtgehen und das Medium war leichtkörnig und simpel. Mit Konzentration auf den Boden vor sich begann er, die Oberfläche in Schüben zu bewegen. Er wollte wie mit einem Finger Linien und Wellen zeichnen, danach die obere Sandschicht hin- und herschieben. Doch mehr als Hügel und Dellen wollten es nicht werden. Edrian musste rasch feststellen, dass Geduld das Maß aller Dinge war. Sobald er ungeduldig wurde, ging noch mehr schief. Es folgte Wut, was hinderlicher war, da er nun auch mit Gestiken seiner Hand auf den Sand einwirkte, dadurch Krater in den Boden schoss und vom berstenden Sand getroffen wurde. „So ein verfluchter Mist!" Angesäuert wischte er sich den Sand aus dem Gesicht und dem Haar. Als hätte er es gewusst, erhob sich GOYA und stand ihm starrend wenige Meter gegenüber. Er verfolgte jede seiner Bewegungen wie ein zweifelnder Lehrer, der ihm still verdeutlichte: „Du wirst es nie hinbekommen." *Kann er nicht woanders hinglotzen?*, grummelte Edrian in sich hinein. Doch Edrian war nicht geboren, um aufzugeben. Er wollte dem Alien diese Genugtuung seiner Unfähigkeit nicht gönnen. Daher schloss er kurz seine Augen, atmete tief ein und konzentrierte sich erneut auf den Untergrund vor sich. Mit seinen Händen deutete er für sich sichtbar an, was er dem Sand befehligen wollte. Wie zwei Schaufeln wollte er ihn vom Boden hochheben … und da plötzlich passierte es. Wahrhaftig schwebte der Sand vor seinen Augen wie zwei unsichtbare Schüsseln, deren Inhalt teilweise zu Boden rieselte.

„Ha!", rutschte ihm stolz hinaus. *Das wäre doch gelacht!* Nun führte er beide Hände zusammen und modellierte den Sand zu einem Ball. Da immer mehr und mehr Sand bereits zu Boden rieselte, gab er mehr Druck. Und noch mehr Druck. Und tatsächlich formte sich vor seinen Augen ein rundes Gebilde. Edrian konzentrierte sich noch stärker, sodass er die Anstrengung längst in seinem Gesicht spürte, als würde sich Blut in seinem Kopf stauen. Und plötzlich begann der Sand zu verschmelzen, wodurch er abrupt losließ.

Mit einem ‚Bling' stürzte sein Konstrukt zu Boden und als Edrian es neugierig aufheben wollte, verbrannte er sich unerwartet. Er musste seine Kreation erst ein paar Sekunden auskühlen lassen, bevor er es erneut wagte. Es handelte sich um einen deformierten, transparenten Glasstein, der spiegelglatt war. Er drehte und wandte ihn fasziniert vor seinen Augen. *Ich hab den Sand zu Glas schmelzen lassen!*

Dein Verhalten ist widernatürlich, Edrian. Deine Entwicklung ist weder berechenbar noch zu stoppen.

Edrian sah GOYA an. Er stand nur drei Meter von ihm entfernt und trotz der Dunkelheit konnte er die unruhigen blauen Rauchschwaden in seinem Helm erkennen. Die Augen leuchteten enorm Gold, als hätte jemand in seinem Schädel eine Taschenlampe eingeschaltet, weil sein Gehirn da draußen nach dem Rechten sehen wollte. Es bereitete Edrian Unbehagen.

„Dir gefällt es nur nicht, dass ich deine Fähigkeiten in mir trage." Edrians ganzer Körper war angespannt, da er nicht wusste, wie der Wächter auf seine Aussage reagieren würde. Doch es blieb totenstill. Edrian konzentrierte sich auf den Glasstein in seinen Händen und nutzte ihn als rasendes Wurfgeschoss in GOYAs Richtung, um seine Reaktionsfähigkeit zu testen. Doch ohne auch nur ein Zucken zu gestatten, hielt der Wächter den unförmigen Glasball auf und ließ ihn demonstrativ vor sich in der Luft schweben, um ihn dann vor Edrians Augen zurück zu Sand zerfallen zu lassen. *Was will er damit zum Ausdruck bringen?*, fragte Edrian sich. *Dass ich ihm nicht gewachsen bin?* Edrian wollte das Thema wechseln.

„Und? Fühlst du dich zu deinem Ersatzvater hingezogen? Kommt ihr euch näher?" Edrian konnte nicht verhindern, dass er zu provozieren begann. Denn je ruhiger GOYA wurde, desto unruhiger wurde er selbst. Doch erneut folgte keine Rückmeldung. Daher blieb Edrian nichts anderes übrig, als es den übrigen Reisenden gleichzutun und sich schlafen zu legen. Und dies trotz unbeantworteter Fragen, die ihn quälten.

„Machen wir uns nichts vor. Die glorreichen Zeiten und die Überlegenheit der Vampire ist Geschichte. Dennoch sind wir als solche geboren und ob wir Gewandelten Nachkommen bilden werden oder als Abstrusität eines Tages aussterben, ist ungewiss. Desto mehr muss uns aber bewusst sein, dass zu viel passiert ist und zu viele neue Entscheidungsträger da draußen lauern, um zurück in die Vergangenheit zu kriechen. Das moderne Zeitalter ist angebrochen und es sieht die gemeinsame Verwaltung der Kolonien vor. Selbst wenn wir es heute nicht erkennen oder glauben können, so hat jede Spezies ihre Stärken und Schwächen. Jede hat ihre Existenzbefugnis und wir werden umdenken müssen, um gemeinsam eine bessere Welt zu kreieren." Magnus war stolz auf seinen diplomatischen Zugang, den er viele Stunden zusammengestoppelt, geschliffen und auswendig gelernt hatte. Er musste sicherstellen, dass er keinem Speziesliebhaber auf die Zehen stieg. Natürlich konnte er es nicht jedem recht machen. Womöglich gab es im Publikum, welches das Duell der Gewandelten-Anwärter für den Rat beobachtete, sogar Verweigerer, die nicht wollten, dass alle Spezies gleichwertig regierten. Doch über ihnen harrte eine tickende Zeitbombe, die sich wahrscheinlich erst bei einer Einigung friedlich aus dem Staub machen würde. Und da waren zusätzlich noch Individuen wie Lucil, Silena und Edrian, die bereits zu viele Befürworter hatten, um sie still und heimlich aus dem Verkehr zu ziehen. Diese Optionen gab es schon lange nicht mehr. Daher war Magnus' erstes Ziel als Gewandelter, die Meinung in Toa nach außen zu vertreten. Im zweiten Schritt wollte er sich mit den anderen Ratsmitgliedern der restlichen vier Kolonien kurzschließen und Manipulation streuen, um breitere Entscheidungen beeinflussen zu können. Zuletzt hätte er sicher die Macht, auch weniger beliebte Themen anzusprechen und seinen Willen durchzusetzen. Doch dies alles verlangte Geschick und Geduld. Gerade Zweitere war ihm nicht gegeben, aber da musste er nun durch. Koste es, was es wolle. Er MUSSTE vom Volk gewählt werden und daher war dieses letzte öffentliche Duell seine

Chance, unentschlossene Stimmen auf seine Seite zu ziehen. Und was würde da nicht besser kommen als eine direkte und offene Ansage?

Magnus hat recht. Früher oder später würde sich ein Auflehnen nicht mehr lohnen. So viele von uns gibt es nicht und wir können unseren Wurzeln nicht den Rücken zukehren.

Er ist ein verdammter Heuchler! Die Gewandelten sollten in Wahrheit die Herrschaft anstreben. Immerhin sind sie weiterentwickelt und stärker!

Jedes Mal, wenn er im Publikum Negativgedanken wahrnahm, versuchte er, geschickt zu kontern.

„Manche unter euch glauben womöglich, wir wären die neuen Herrenrasse ... ja genau, seht mich nicht so ungläubig an. Doch wir kennen unsere künftige Entwicklung und Mutation nicht. Vielleicht sind wir auf Forschungen der Sympathisanten oder gar die Hilfe von Menschen eines Tages angewiesen. Es ist weiser, vorerst die Füße stillzuhalten und abzuwarten, was die Zukunft bringt. Noch dazu werden wir wohl kaum Silena dazu bewegen, weitere Blutkonserven zu produzieren. Nicht wahr?"

Er sah verständnisvolles Nicken in der Runde.

„Magnus, liege ich richtig, dass du früher Direktor einer Blutfarm warst? Wäre es nicht pure Provokation, wenn das Volk dich als Sprachrohr im Rat auserwählen würde, wo du doch die Rasse Mensch als Vieh zu schöpfen genutzt und sie gezüchtet hast wie unmündige, mindere Wesen?", kam eine Stimme von der Seite.

Magnus' Zähne mahlten aufeinander und er konnte nicht verhindern, dass seine Finger der rechten Hand sich kurz zu einer Faust vereinten. Er lugte nur beiläufig zu dem einzigen wirklichen Gegner aus der Reihe der Gewandelten: Seyga. Magnus musste nicht lange überlegen, woher diese Worte tatsächlich kamen. Durch Lucils Gedanken und ein verhaltenes Lächeln wusste er, dass es eine geheime Unterredung zwischen den beiden gegeben hatte, um Seyga gegen ihn aufzuhetzen. Doch Magnus versuchte, gelassen zu lächeln. *Du stehst da drüber, Magnus.*

Aber Magnus hat doch damals zum Kampf gegen Asrael vor allen Leuten mobilgemacht. Und er hat dabei keinen Unterschied

gemacht, wer vor ihm gestanden hatte: sei es Mensch, Gewandelter oder Vampir. Alle hat er gleichwertig behandelt. Jeder, der dabei war, kann das bezeugen.

Danke für den Tipp, wer auch immer du sein magst.

„Mein lieber Mitstreiter", Magnus beruhigte seine übereifrige Augenbraue, die vor Freude aufsprang, weil sie wusste, er würde dem Gegner den Wind aus den Segeln nehmen, „dir sollte bekannt sein, dass ich beim Einzug Asraels schwer verletzt dem Hybriden die Stirn geboten habe. Ich war ungeschützt und mitten an der Front, um euch allen Mut zuzusprechen, für unsere Gemeinschaft zu kämpfen." Er seufzte theatralisch aus und erhob sich begleitet mit dem mechanischen Quietschen seiner Stützhilfe. „Ich gehöre nicht zu den Personen, die sich gerne selbst zitieren. Aber all jene da vorne, die direkt neben mir gestanden haben, werden es bezeugen." Magnus sah jeden einzelnen der Zuschauer an und legte seine Hand auf die Brust. „Ich habe euch gefragt: Wie wollt ihr enden, meine Freunde? Wollt ihr nur zusehen oder kämpfen, sodass wir zumindest mit einem großen Knall untergehen? Wenn wir nicht heute zusammenarbeiten, dann werden wir nie wieder die Chance dazu bekommen." Magnus schloss übertrieben lange die Augen, um seinen Worten mehr Nachdruck zu verleihen. „Und nun stehen wir heute erneut hier, um eine Entscheidung zu treffen. Und es liegt an euch …" Magnus richtete seine Aufmerksamkeit nun auf die drei Mitstreiter zu seiner Linken an dem langgezogenen Rednertisch. Einer von ihnen schenkte ihm Bewunderung, einer Verunsicherung und Seyga puren Hass. Dann wies er auf seine Kollegen und folglich auf sich „… auf wen eure Wahl fällt."

Ein tosender Applaus brach los. Ein paar Gewandelte sprangen auf und riefen mit erhobenen Händen laut seinen Namen. Magnus konnte nicht anders, als bereits den süßen Erfolg auf seinem Gaumen zu spüren. Mit einem wissenden, gehässigen Blick strafte er seine Konkurrenz und klopfte sich mental stolz auf die Schulter. Er wusste nun, dass er sie in der Tasche hatte.

Und während er sich setzte und auf den nächsten Seitenhieb wartete, sprangen ihm wieder die Bilder ins Gedächtnis, die ihm in Gegenwart von

Silena so erschreckt hatten. Mit einem Mal überlegte er, ob dies ebenfalls ein Auswuchs seiner neuen Fähigkeit war. Es musste einen Grund haben, warum Silena ihm begegnet war. Magnus glaubte nicht an Vorhersehung oder Schicksal, doch er glaubte an Gleichgewicht. Nachdem er die letzten Monate so viel verloren hatte, leiden musste und in der Rangordnung nach unten gepurzelt war, sollte nun wieder die Sonne aufgehen und seine Zeit anbrechen. Ein breites Grinsen formte sich in seinem Gesicht und er massierte sich abwesend die Finger. Er beschloss, Silena noch mal einen Besuch abzustatten und einen Selbstversuch zu wagen. Er wollte mehr herausfinden, was es mit diesem verschütteten Blutglas und den Visionen auf sich gehabt hatte.

17 | Hoffnung im Reagenzglas

Lathara kam langsamen Schrittes in Lucils Büro. Als er müde zu ihr aufblickte, schob er höflicherweise seine gestreckten Beine von seinem Arbeitstisch und rieb sich seine trockenen Augen.

„Du brauchst dringend Schlaf, Lucil. So kann es nicht weitergehen." Seine treu ergebene Ärztin aus dem fleißigen Team der Sympathisanten begleitete ihn seit den Tests von Apo.Cap und Apo.LYps. Trotz ihres unermüdlichen Einsatzes bei sowohl den gescheiterten Testreihen für synthetisches Blut als auch dem Gegenmittel zur Erkrankung, an der die Garde nach und nach verendete, war sie noch immer voller Tatendrang und Optimismus. Lucil verstand überhaupt nicht, warum sie noch bei ihm war und sich nicht abgewendet hatte, wie so viele andere aus dem Laborteam von Kastin.

„Wem sagst du das? Ich glaube, mein Körper schläft bereits ohne mich." Er lächelte sie an, weil er etwas lockere Normalität bei all dem Stress benötigte. Und sie erwiderte es. Zumindest für einen Augenblick.

„Du kommst mit schlechten Neuigkeiten, nicht wahr?" Lucil kratzte sich am Hinterkopf. Seine brünetten Locken klebten vor Schweiß an ihm und er sehnte sich plötzlich nach einer gesegneten Dusche.

Lathara nickte nur knapp und presste ihre Lippen fest aufeinander. Das tat sie immer, wenn sie nicht wusste, wie sie ihm schlechte Versuchsergebnisse weismachen sollte.

„Du brauchst nichts zu sagen." Lucil nahm einen Stift auf seinem Tisch und begann ihn wiederholt zwischen den Fingern zu drehen und dazwischen auf die Tischplatte zu klopfen. Das monotone Geräusch durchbrach die bedrückende Stille. „Sag mir nur, wie viele Testreihen noch eine Chance haben. Wir müssen unbedingt die Zeit bis zur Rückkehr von Yven überbrücken. Er ist der Einzige, der womöglich noch etwas Übermenschliches ausrichten kann."

Lathara trat nun direkt an seinen Tisch und nahm ihm den Stift aus der Hand. Offensichtlich machte dieser Tick sie nervös.

„Nehmen wir mal an, er hat nicht die notwendigen Apparaturen oder ihm läuft die Zeit davon. Was wäre unser Plan B?"

Lucil zog sich seinen Gürtel enger und überlegte. „Ich schätze, dann müssen wir Silena so weit bearbeiten, dass sie bei diesen Aliens Hilfe ersucht. Sonst sind wir am Ende." Er seufzte tief aus.

„Du musst noch ein weiteres Problem bedenken, das streuen könnte, Lucil. Wenn Yven nicht dahinter kommt, wie dem Sterben ein Ende bereitet wird, können deine Experimente nach außen nicht weiter vertuscht werden. Es war immer leichtsinnig, dich mit diesem Hintergrund in die Öffentlichkeit zu drängen."

„Doch es war nötig, um den Menschen da draußen eine Stimme zu geben. Endlich eine, die sich gegen die Unterjochung und das gezielte Ausrotten wehrt." Er bildete eine Faust, da die Emotionen tief saßen, wenn ihm all die toten Freunde und Familienmitglieder in den Sinn kamen.

„Aber wenn es raus kommt, wird deine eigene Garde vom Rat aufgefordert werden, dich festzunehmen. Du musst in Betracht ziehen, dich aus der Politik zurückzuziehen und unterzutauchen, bevor Rachegelüste auf dich überschwappen. Die Familien der Soldaten werden nicht länger Ruhe bewahren und du weißt das."

Sie legte ihre kühle Hand auf die seine und Lucil musste zugeben, dass es sich gut anfühlte. Diese blauen Ringe um die Iriden leuchteten zart bei dem gedämpften Licht. Doch bei all den weisen Worten wurde ihm bewusst, dass sie recht hatte. Er musste früher oder später eine Flucht in Kauf nehmen, wenn er überleben wollte. Ob sein Volk der Naza ihn wieder uneingeschränkt als Anführer unter den Gebirgszügen von Goritha annehmen würde? Er bezweifelte es. Zu lange hatte er dort die Verantwortung abgegeben und seine Aufträge und seinen Willen nicht mehr per Comlink vermittelt. Mittlerweile würden die Abwesenheit und die weite Entfernung jegliches Pflichtgefühl zu ihm begraben haben.

Plötzlich hörte er im Gang eine Tür zuschlagen und schwere, große Schritte auf sich zusteuern. Lucil schluckte laut und wies Lathara mit kurzem Handzeichen an, rasch zu gehen. Irgendetwas sagte ihm, sein Besuch war alles andere als gut gelaunt. Und er lag richtig. In der nächsten Sekunde stand Baris schwer atmend und übernächtigt vor ihm. Dunkle

Augenringe zierten sein Antlitz und ein Schweißgeruch drang ihm entgegen. *Das kann nichts Gutes bedeuten.*

„Hast du mir etwas zu sagen?", begann Baris durch verkrampfte Lippen. Lucil sprang augenblicklich der Schweiß aus allen Poren. Vorsichtig griff er unter seinen Tisch, wo er einen Taser versteckt hielt für Notfälle.

„Das würde ich mir genau überlegen, Lucil. Diese Bewegung würdest du nicht überleben. Egal, was ich dir schulden sollte." Wie elektrisiert hob er nun beide Hände nach oben.

„Ich weiß nicht, was du hören willst, Baris. Ehrlich. Geht es um Jerrik?"

Baris schlug vor Wut mit den flachen Händen auf den Arbeitstisch von Lucil, der bedrohlich knarrte. „NEIN! Es geht nicht um meinen toten Soldaten, der vor zwei Tagen gestorben ist!"

Lucil konnte nicht verhindern, dass er am ganzen Körper zitterte. Ohne Waffen war er macht- und hilflos gegen den Gardeleiter.

„Gut, ich gebe es zu, wir haben mit den letzten Testreihen erneut keinen Erfolg verzeichnet, obwohl es diesmal vielversprechend …"

Baris rastete aus und wischte mit seinen Händen über die gesamte Tischplatte, um alles darauf Befindliche zu Boden zu schleudern. Papier tanzte durch den Raum und die Hitze stieg merklich in die Luft.

„Verflucht! Wann wolltest du es mir erzählen, Lucil?"

Lucil ging alles im Kopf durch. Natürlich behielt er Essenzielles für sich, aber nichts die Garde betreffend kam ihm in den Sinn.

Baris fasste blitzschnell um Lucils Hals, um ihn zu würgen.

„Soll ich dir auf die Sprünge helfen?"

Plötzlich bekam Baris einen Stoß von der Seite, warf Lucil unachtsam zu Boden und sah in die Richtung des Angreifers.

Ausgerechnet diese Ärztin Lathara hatte eingegriffen. Sie zitterte wie Espenlaub und hatte einen Elektrostab in der Hand. Doch ihr Gesicht war gefasst und zu allem bereit.

„Stopp!", krächzte Lucil, der sich soeben vom Boden hochstemmte und den elektrischen Strom in jedem Muskel spürte. „Bitte, Baris, um was geht es hier?"

Baris musste an seine Tochter Seyla denken, die nichtsahnend gerade in ihrem kleinen Bettchen schlief und dachte, sie leide an einer leichten Erkältung.

„Um was es hier geht? Seyla ist erkrankt. Und rate mal, woran ..." Mit einem Knopfdruck auf seinem Armband wurde ein Bild als Hologramm vertikal projiziert. Es zeigte eine Aufnahme der blauen Adern auf ihrem Rücken. „Du hast nie erwähnt, dass es nun ansteckend ist!"

Lucil sah ihn geschockt an. Offenbar war ihm dies tatsächlich neu.

Silena betrachtete die Flüssigkeit vor sich. Es war wie ein Déjà-vu. Derselbe Auftrag, dasselbe Lokal und die gleichen Zweifel. Sie wusste nicht, wie lange sie die Kraft aufbringen konnte, diesen Vorgang immer und immer wieder zu wiederholen. Sie wusste, dass GOYA geschickt wurde, um sicherzustellen, dass sie ihre Aufgabe wie besprochen erfüllte. Doch sie war sich uneinig, ob er womöglich sogar heimlich mithalf. Und nun war er ausgerechnet in diesem Augenblick bei Edrian und könnte auch ihm Schaden zufügen. *Mach dir keine Sorgen. Edrian ist smart und kann sich zur Wehr setzen.* Die Unsicherheit quälte sie dennoch, denn sie hatte heute bereits zweimal versucht, ihn über den Comlink zu erreichen, aber sie kam nicht durch. Ihre Fantasie stachelte ihre Bedenken noch an, ob es bloß ein Sandsturm wäre, der zwischen ihnen stünde, oder etwas passiert war, wodurch er nie wieder rangehen könnte.

Silena drehte nervös eine ihrer Strähnen um den rechten Zeigefinger. Sie redete sich ein, es wäre für das große Ganze notwendig. Doch in diesem Tempo würde sie nicht weiter kommen, und nachdem es bei Magnus so kläglich gescheitert war, musste sie bei Unbekannten ihr Glück versuchen. Je öfter sie es hinter sich bringen würde, desto einfacher musste es werden. Das war gewiss. Und in diesem Speiselokal waren heute mehr potentielle Personen zugegen, denen sie gleichzeitig das Mittel verabreichen konnte. Daher öffnete sie die kleine Ampulle und ging ans Werk.

Magnus' Späher hatten recht. Silena befand sich an der Bar des besagten Speiselokales. Diesmal war es gesteckt voll und für ihn mühsam, sie durchgehend im Auge zu behalten. Innerlich machte er sich auf die bizarren Bilderflashs bereit. Doch es kam nur Gemurmel von essenden Gästen und das Konvolut an Gedanken war in Summe nur schwer zu filtern. Noch dazu schmerzten zu viele Informationen seinem Kopf, was er hoffte, mit mehr Zeit und Training in den Griff zu bekommen. Und mit einem Mal hatte er Silena wieder auf dem Radar, und was er sah, stellte ihm die Haare im Nacken zu Berge. Mit Ablenkungsmanövern und raschen Bewegungen träufelte sie ein paar Tropfen von etwas Verstecktem in ihrer Hand in zwei Gläser. Dann bekam sie offenbar Panik und benutzte in der Menge ihre Ellenbogen, um schnellen Schrittes zum Ausgang des Lokals zu gelangen. Und ausgerechnet dort hatte sich Magnus platziert, um ihr im Weg zu stehen. Sie schrie vor Schreck kurz auf, als sie ihn erkannte, und wollte sogleich nach links ausweichen. Doch er wollte unbedingt Klärung und auch das gestrige Phänomen mit der mysteriösen Rotblonden war noch nicht aufgedeckt. Er packte sie am rechten Oberarm, um sie zu bremsen, aber in ebendieser Sekunde fuhr ein Stromschlag durch ihn, der von ihr ausgegangen sein musste.

Silena blieb abrupt stehen. Es war dasselbe wie im Raumschiff passiert, als der Anführer der Wächter sie emporgehoben und bedroht hatte. Scheinbar entwickelte ihr Instinkt oder Unterbewusstsein eine Schutzfunktion für sie, um ihr Ungeborenes zu schützen. Es hatte dennoch nichts mit ihrer blauen Macht zu tun. Skeptisch blickte sie nun Magnus an, der einen Sicherheitsabstand zu ihr eingenommen hatte und beide Hände in Aufgabe nach oben hielt. Seine Augen fuhren ihren Leib ab und Silena wusste, er suchte nach der Herkunft dieses Anschlages.

„Was war das gerade?"

„Keine Ahnung, wovon du sprichst, Magnus. Verfolgst du mich oder bist du zu meinem ganz persönlichen Stalker mutiert?"

„Du versuchst abzulenken …'

Silenas Herz schlug ihr bis zum Hals. *Er hat mich ertappt? Wie soll ich da nun rauskommen?*

18 | Label à la carte

Tadeo schlich langsam ins Erdgeschoss. Es war ruhig geworden. Seinem Ermessen nach zu ruhig. Kasia war nach ihrem kläglichen Nährungsversuch beleidigt nach unten gegangen. Zuerst hatte er geglaubt, sie würde einen neuen Anlauf starten oder in der Küche nach den Messern packen, um ihn nun lautstark rauszuwerfen. Doch nichts war passiert. Daher wollte er der Stille auf den Grund gehen. Er konnte sie weder im kolossalen Wohnbereich noch in der Küche oder der einladenden, weitläufigen Bibliothek vorfinden. Sein letzter Versuch führte ihn vor den Zuchtraum, wo er die gurrenden Geräusche des Federviehs heraushörte. Vorsichtig öffnete er die Türe und ein abgestandener Geruch sprang ihm entgegen. Jedoch, seine Suche nahm ein Ende. Er fand Kasia am Boden sitzend, den Hals eines Tieres eingeklemmt in ihrem Mund. Federn lagen neben ihr verteilt und segelten teilweise in der Luft, so eine Unruhe musste sie bei der Jagd hinterlassen haben. Zwei weiteren Tieren hatte sie das Leben ausgehaucht, deren Leiber verwahrlost neben ihr lagen. Kasia atmete schwer und nach ihrem Gesichtsausdruck zu urteilen, mundete es nicht besonders. Bei seinem Anblick verging es ihr sogar noch mehr und sie spie das regungslose Federvieh angeekelt aus.

„Was willst du hier? Wenn es nach mir geht, kannst du verschwinden. Und damit meine ich, ganz raus. Außerhalb dieser Wohnmauern." Sie blickte zur Seite und mied ihn, so sehr schämte sie sich für diese Situation. Tadeo wollte es nicht so belassen. Daher setzte er sich einfach direkt neben sie auf den Boden.

„Ich muss mich entschuldigen. Es steht mir nicht zu, dich zu verurteilen. Ich kenne weder deine Vergangenheit noch die Umstände, wodurch du niemals direkt mit einem Menschen zu tun gehabt hast." Sie drehte sich entrüstet zu ihm und schien sich verteidigen zu müssen, doch er schloss unmittelbar an: „Du brauchst es nicht leugnen."

Kasia musste an ihrer Unterlippe nagen. Sie hätte nie gedacht, dass er sich entschuldigen würde. Sie rechnete es ihm jedoch hoch an.

„Was hat mich verraten?"

Tadeo lachte kurz auf und sie sah ihm an, dass er sich, um ihre Gefühle nicht erneut zu verletzten, sofort wieder zusammenriss.

„Die Tatsache, dass du mich nicht direkt ansiehst, Abstand hältst, mich wie ein primitives Tier behandelst, beleidigst, heruntermachst. Das zeigt deine Verunsicherung. Wenn du bisher mehr mit Menschen zu tun gehabt hättest, hättest du keine Angst vor mir gehabt. Zudem hätte es dir dein Instinkt schwer gemacht, mich auf meine Einladung hin nicht zu beißen."

Kasia seufzte laut. *Was soll ich dazu noch sagen?*

„Ich schätze, hier kann ich dir nicht widersprechen. Was aber ein einmaliges Ereignis bleiben wird."

Durch einen kurzen Seitenblick konnte sie ihn schmunzeln sehen. Er glaubte also nicht daran. Doch sie insgeheim auch nicht.

„Gut, weil ich ein großes Herz habe, würde ich vorschlagen, dass wir es anders versuchen. Wenn es dir so schwerfällt, mich direkt zu beißen und es sooooo schrecklich ist", er zog es unnötig in die Länge, „mir zu nahe zu kommen, wäre ich bereit, mich mit einem Messer selbst zu verletzen, damit du an Blut kommst. Aber nur unter einer Bedingung."

Kasia sah ihn an und versuchte angestrengt den Blickkontakt zu halten. „Welche Bedingung?"

„Wie dir bestimmt nicht entgangen ist, bin ich von genug Narben übersät. Wenn du die Wunde versiegelst, sind wir im Geschäft."

Tadeo hatte sich ein Shirt ihres Vaters – *verflixt, wie konnte er nur!* – und seine offenbar gewaschene, schwarze Hose angezogen. Doch an den freien Armen konnte Kasia noch immer die besagten verheilten Verletzungen in runden und länglichen Formen sehen. Es waren Bisswunden, Wunden womöglich von Nadeln, Schnitten, Kratzern und einige, deren Ursprung sie nicht erahnen konnte und auch nicht wollte. Irgendetwas sagte ihr, dass er kein leichtes Leben geführt hatte. Nicht so wie sie. Sie fragte sich insgeheim, ob sie ihm vielleicht Unrecht getan hatte, ihm auf eine falsche Weise entgegen getreten war und von Beginn an manches einfacher hätte laufen können.

„Also, was sagst du?"

Kasia nickte. „Das würdest du wirklich für mich tun?"

Er verließ gerade den Raum, der direkt an die Küche gelehnt war, und sie hörte, wie er sich ein Messer nahm. Flink folgte sie ihm, weil sie noch immer skeptisch über dieses Angebot war. Und tatsächlich: Tadeo stand seitlich zu ihr und hielt sich ein Messer waagerecht ans Handgelenk. Sie lief rasch zu ihm, holte ein Glas aus einem Schrank und stellte es parat. Kasia konnte nicht fassen, was er bereit war, freiwillig zu tun.

„Warum tust du das für mich?", fragte sie entgeistert, so wenig passte dies alles in ihr Weltbild.

Tadeo betrachtete sie. Er wusste in Wahrheit keine Antwort auf diese Frage. Aus irgendeinem Grund wollte er ihr helfen, daher konzentrierte er sich auf den Schnitt, obwohl alles in ihm sich dagegen wehrte. Er hatte Angst, nicht tief genug für eine Arterie zu schneiden. Andererseits wollte er verhindern, zu viel Blut zu verlieren, falls sie ihren Beitrag nicht leisten würde. Er würde sich dadurch angreifbar machen. Doch er blickte auf den Ring an seinem Zeigefinger der linken Hand und vertraute auf seine Entscheidung.

Der Schnitt brannte kurz und es schoss überdurchschnittlich rasch Blut aus der Wunde, sodass selbst er überrascht war. Kasia nahm seine Hand und ließ das Lebenselixier in das Gefäß laufen. Ihre Augen waren so groß, so sehr dürfte der Hunger soeben Besitz von ihr ergreifen.

„Vergiss nicht, was du versprochen hast, Kasia", erinnerte er sie, um sie nicht an ihren Instinkt zu verlieren, der drohte, das Ruder zu übernehmen. Ihm wurde bereits flau im Magen. Nur für eine Sekunde konnte sie sich von der roten Flüssigkeit zu ihm abwenden und nickte hastig. Doch wahrhaftig, als das Glas halb gefüllt war, biss sie sich selbst ins Handgelenk und übertrug ein paar ihrer Blutstropfen auf seine Schnittwunde, die sich vor seinen Augen wie durch Zauberhand von allein schloss. Die Haut war danach makellos und schmerzfrei wie vorher. Tadeo strich vorsichtig darüber. *Es klappt tatsächlich, so wie es mir erzählt wurde.* Noch nie zuvor hatte sich ein Vampir darüber Gedanken gemacht, ihn vor weiteren Zeichen am Körper zu verschonen. Kasia war die erste. Mit bloßem Speichel der Vampire war dieses Wunder nicht zu vollbringen. Er sah sie so dankbar an wie sie ihn und keine Worte waren nötig.

„Los, worauf wartest du?", forderte er Kasia auf, die das warme Glas wie eine Kostbarkeit in beiden Händen hielt und nur anstarrte.

„Es … es ist so verdammt lange her. Ich kann es nicht fassen. Es muss ein Traum sein." Und mit diesen Worten kostete sie zuerst demütig, doch die nächsten Schlucke waren ungeduldig und gierig, sodass sie es in ein paar Sekunden geleert hatte. Die letzten Tropfen an den Mundwinkeln leckte sie genauso ekstatisch auf, wie er Schokolade genossen hatte, die in der Blutfarm ein seltenes Geschenk gewesen war.

Kasia atmete rasch. Sie spürte, wie das Blut sich in ihrem ganzen Leib verteilte und ihr Wärme und Energie spendete. Ein unendliches Machtgefühl stieg ihr zu Kopf und sie fühlte sich angeturnt von diesem süßlichen Aroma, das sich auf den Geschmacksknospen in ihrem Mund festsetzte. Sie konnte gerade noch so verhindern, nicht vor Lust aufzustöhnen, so ein Genuss war dieses Bouquet. Bis … ihr schlagartig bewusst wurde, dass sie es bereits kannte. Sie erkannte Tadeos Blut. Sie riss die Augen auf und in ihren Gedanken formte sich ein Bild von einem Blutbeutel mit goldenem Firmenlogo in kursiver Schrift. Ein blauer Punkt deutete das Label der höchsten Qualität an und darunter stand der Name des Wirtes, sein Alter und das Datum des Schöpfens:

Tadeo, 24, 12.4.306

„Tadeo 24", rutschte ihr heraus.

Tadeo sah sie verwirrt an und runzelte fragend die Stirn.

„Wovon sprichst du? Was meinst du damit?"

„Du bist heute circa 26 Jahre alt, nicht wahr? Du warst Wirt aus einer Blutfarm und hast zu den renommierten Waren der blauen Labels angehört. Du wurdest gehegt und gepflegt wie eine Rarität."

Kasia konnte genau die Furcht in seinen Augen sehen, die Erkenntnis, dass sie ihm auf die Schliche gekommen war. Denn beiden war eines bewusst: Sein Blut war von unschätzbarem Wert auf dem Schwarzmarkt und jeder würde es ihr aus der Hand reißen.

Tadeo zog sich langsam zurück. Wie konnte es ausgerechnet passieren, dass sie sein Blut von so vielen Wirten in Toa erkannt hatte? Sie musste also tatsächlich gut gelebt haben und hatte es daher nie nötig gehabt, direkt einen Menschen zu beißen. Ihre Familie hatte dies gewiss gemieden. Nun wusste er nicht, ob sie ihm doch zur Gefahr werden würde. Jetzt, wo sie Feuer gefangen hatte.

„Gut, dann weißt du nun, dass du die einmalige Möglichkeit hast, von einer Rarität zu trinken, sofern du weiterhin unsere Vereinbarung aufrecht halten willst. Solltest du allerdings nun auf die Idee kommen, mich gegen meinen Willen festzuhalten oder mich zu deinem ganz persönlichen Blutsklaven zu machen, sei gewarnt. Du wirst es bitter bereuen." Tadeo sprach diese Warnung mit so viel Selbstbewusstsein aus, dass er hoffte, es würde sich tief in ihre Erinnerung einbrennen. Er schnappte sich eine Flasche Wasser aus ihrem Kühlfach und verließ die Küche Richtung ersten Stock. Dabei ließ er Kasia jedoch nicht aus den Augen, um ihre gespannte Körperhaltung und ihre auf ihn fixierten Pupillen einschätzen zu können. Die Treppen hinauf lief er bereits, jede dritte Treppe hinter sich blickend, aber von der Vampirin war keine Spur. Doch das beunruhigte Tadeo weniger als die Tatsache, dass sie ihm nichts erwidert hatte, ab dem Zeitpunkt der Realisierung, wer er wirklich war. Kasia wirkte plötzlich sehr kalkulierend und unter Strom auf ihn. *Sie könnte nun unberechenbar sein und ich bin mit ihr allein in diesem verlassenen Herrschaftshaus. Womöglich würde mich keiner auch nur um Hilfe schreien hören.* Daher musste er auf Nummer sichergehen.

Als er bei Kasias Schlafgemach angelangt war, wollte er gerade die Türe öffnen und sich erneut darin verbarrikadieren, als ihn ein starker Schlag auf den Hinterkopf alles um sich herum vergessen ließ.

19 | Die falsche Zukunft

Aufzeichnungen
Rückgang der Artenvielfalt:
Die Reparatur des Raumschiffes und die Fortsetzung der Reise stehen außer Frage. Ein Fortkommen ist unmöglich. Ohne ausreichende Überprüfung der Bedingungen für die Explantierung der Spezies muss der Vorgang dennoch gestartet werden. Die Gedächtnisbereinigung wurde nur einmalig durchgeführt, ohne Tests für eine lückenlose Umsetzung. Die Atmosphäre kann trotz Vorbehandlung und Immunisierung nicht einwandfrei von allen Spezies angenommen werden. Fehlende Nahrungsquellen und ein falsches Beuteschema deuten sich an. Die ersten Tage müssen mehr Individuen aufgegeben werden, als berechnet.
Heutiger Status:
4.874 Menschen, 3.611 Huraten
7.000 Sporen im umliegenden Bereich des Raumschiffes ausgestoßen
1.500 Tier-Embryos im Labor in Nährbetten gelegt für die Kolonisierung

Orelia riss sich selbst aus dem Albtraum und fand sich schweratmend auf einem nassgeschwitzten Bettlaken wieder. Offenbar war ihr nachts so heiß geworden, dass sie sogar ihre Decke weggestrampelt hatte. Sie strich sich durchs feuchte, wirre Haar und rekapitulierte ihre letzten Eindrücke. Noch immer fühlte es sich für sie an, als wäre sie auf der verzweifelten Suche nach etwas. *Aber was war es noch gleich?* Doch dann formten sich die lebensnahen Bilder direkt in ihrer Erinnerung und der Schrecken kroch von neuem in ihre Knochen. Orelia sah sich selbst durch Toa streifen, auf der Suche nach goldumrandeten Pupillen oder einer einzigen Person, die ihr am Herzen lag. Jedoch konnte sie weder Edrian noch Silena vorfinden. Sie lief schneller durch die Gassen, in denen geschäftige Vampire und Menschen Hand in Hand die Trümmer von Asraels Wüten beseitigten und die Kolonie neu aufbauten. Nichts deutete auf ein feindseliges Verhalten hin. Die Vampire schien kein Hunger mehr zu quälen und die Menschen wirkten wie in der neuen Heimat angekommen und respektiert. Bei einem raschen Blick zum Himmel waren keine Umrisse oder Teile eines Raumschiffes mehr zu erkennen, welches doch in ebendieser Sekunde noch da sein müsste.

Orelia riss sich kurz aus dieser Erinnerung und stieg aus dem Bett, um hinter den dichten, grauen Vorhang ihres Fensters zu blicken. Und eine Gänsehaut ließ grüßen, denn vor ihren Augen war das schwarze, bedrohlich wirkende Gebilde noch immer Teil des Horizontes.

„Wie ist das nur möglich? Ist das nun die Realität?" Orelia stieß im Glas auf ihre Reflexion und wurde erneut in die Erinnerung des farbigen Albtraumes gezogen. Darin stand sie ebenfalls vor einem Fenster in den Gassen von Toa und erblickte ihre Augen. Die einzigen goldumrandeten Augen hier. *Das darf nicht wahr sein!!!* Nun versuchte sie ihre bereits in die Jahre gekommenen Beine neu zu motivieren und hob ihr schweres, bordeauxrotes Samtkleid, um in dieser Erinnerung weiterzulaufen. Am Rande des Hauptplatzes stieß sie plötzlich auf eine jubelnde Menge, um Personen, die aus dem Ratsgebäude kamen, zu huldigen. Es waren ein Vampir und eine Menschenfrau, die als neuer Rat für die Kolonie bekanntgegeben wurden. Orelia schüttelte verwirrt den Kopf. Das letzte Mal war in ihrem Traum noch von drei Köpfen die Rede und ein Lucil und ein Magnus waren sehr vielversprechende Kandidaten gewesen. Doch sie standen nun weder auf der Terrasse des Ratsgebäudes noch waren sie Zuschauer in den ersten Reihen. Und warum war kein Anwärter der Gewandelten unter ihnen? Panik beschlich Orelia, da dieser Traum sich zu real anfühlte. Sie konnte die kühle Luft an ihrer Haut spüren. Sie hörte das knirschende Geräusch ihrer Schuhe auf dem Asphalt und sie roch Essen aus einem geöffneten Fenster über sich, aus dem neugierige Menschen das Spektakel mitverfolgten. Und sie blickte sich um. Sie wollte es einfach nicht wahrhaben, dass kein einziger Gewandelter in der Menge stand. Dieses Bild war eine mögliche Zukunft, die sie sich niemals vorstellen würde. *Also warum träume ich so eine furchtbar verstörende Szene?*

Orelia hatte schlagartig das Bedürfnis, bei Edrian und Silena nach dem Rechten zu sehen. Sie musste sichergehen, dass die beiden nicht verschwunden waren und sie hier alleine zurücklassen würden. Immerhin waren sie die einzigen Personen, die sie als enge Familie einordnete.

Daher entschied sie, trotz früher Stunde den beiden einen Besuch abzustatten.

৵৶

Frisch geduscht und gekleidet fühlte sie sich wieder wohl in ihrer Haut. Als Orelia bereits auf das Wohngebäude von Silena und Edrian zusteuerte, kam sie sich mit jedem Schritt törichter vor, weil die langen Finger des Albtraumes sie mehr und mehr losließen. Der Tagesanbruch setzte ein. Der orangefarbene Mond verabschiedete sich langsam wie ein stiller Beobachter, der ihr an den Fersen hing, als sie plötzlich einen lauten Schrei in einer Seitengasse vernahm. In ihrem Kopf duellierten sich ihr Gewissen und ihr Selbsterhaltungstrieb. Immerhin gehörte sie zur alten Generation, die noch auf Huratus ein Leben bestritten hatte. Also war sie alles andere als jung und agil, um sich zur Wehr zu setzen. Es war auch sicher, dass sie weder in der Kampfkunst geschult noch lebensmüde war, um sich bei einem lautstarken Zwist einzumischen. Dennoch konnte sie die Schreie nicht ignorieren.

„Was willst du von mir? Aaaahhh, geh aus meinem Kopf!!!! Aaaaahhhh!", hörte sie eine hohe Männerstimme kreischen.

Orelia schlich sich vorsichtig in die Richtung, aus der die um Hilfe rufende Stimme kam. Hoffnungsvoll blickte sie um sich, ob ein weiterer Zeuge zur Stelle sein konnte: jedoch Fehlanzeige. Das Schreien wurde mit einem Schlag von einem stetig anhaltenden Kratzen abgelöst, was kein gutes Zeichen darstellte. An der Ecke der Gasse angekommen, hielt Orelia angespannt die Luft an und lauschte, bevor sie wagte, einige Zentimeter um die Kante zu sehen. Am Boden erspähte sie einen zitternden Körper, der die Geräusche verursacht hatte. Doch kein Angreifer war weit und breit zu erspähen. Daher lief sie zu Hilfe und erkannte einen im Sterben liegenden Soldaten der Ratsgarde. Ein Mann, der mit angstverzerrtem Antlitz ins Leere starrte und die charakteristische dunkelblaue Uniform mit schrägem Verschluss trug. Auf den ersten Blick konnte Orelia keine offensichtlichen Verletzungen erkennen, die dem Mann so zu schaffen machen konnten. Keine äußere Einwirkung war ersichtlich. Vorsichtig legte sie eine Hand auf seine Schulter, in der Hoffnung, er würde ihre Nähe wahrnehmen und sich beruhigen. Jedoch nicht auf diese Weise, denn plötzlich hörte der leichte Anfall des Soldaten auf und sein Körper fiel friedlich in sich zusammen. Orelia war fassungslos, da sie zu lange gezögert hatte und ihn womöglich hätte retten können. Sie machte sich Vorwürfe und untersuchte weiter die Ursache für seinen qualvollen Tod. Zuerst öffnete sie seinen Kragen, dann die Jacke. Die Gliedmaßen sahen genauso unauffällig aus wie sein Torso. Das einzig Merkwürdige waren erhabene, blaue Adern auf seiner Stirn, die sie noch nie zuvor gesehen hatte.

20 | Das Schiff

Edrian hätte sich eher gewünscht, diesen alten Koloss nie wiederzusehen. Doch in ebendiesem Augenblick eröffnete sich der Weg zu dem aufgesprengten Schlund des Raumschiffes. Während die Begleitung ihrer Truppe ehrfürchtig innehielt, steuerte Yven zielstrebig auf den Eingang zu, als würde er diesen Weg alltäglich gehen und hätte nicht beinahe den Tod darin gefunden. Für Edrian stellte sich immer mehr die Frage, was noch von dem Vampir in ihm übrig war und welche weiteren Einflüsse hier am Werk waren. Yven ging nicht wie gedacht direkt durch die Öffnung, sondern bog links ab, um sich direkt an dem Wrack entlang durch das Geäst und die Schlingpflanzen zu kämpfen. Da bei den schwachen Ärmchen kaum ein Vordringen möglich war und dieser sture Vampir niemals um Hilfe bitten würde, drängte Edrian sich ebenfalls an der glatten Oberfläche vorbei, um mit seiner Laserkanone – im Dauermodus – dem Grünzeug Herr zu werden.

„Könntest du mir verraten, was du hier vorhast? Wenn du mich an deinem Plan teilhaben lässt, würden wir uns vielleicht leichter tun." Edrian wollte vermeiden, dass der Tonfall genervt rüberkam, aber jegliche Mühe war umsonst.

„Ich kann mich noch erinnern, dass die Gänge, die durch die Bruchstelle zugänglich gemacht wurden, von ISAY zur Sicherheit verschüttet wurden. Daher müssen wir uns den Weg zu einem der Lagerräume von außen freikämpfen. Die Pläne des Raumschiffes sehen einen leicht zu demontierenden Zugang zum Technikschacht vor, der zwar eng ist, aber von dieser Seite können wir zumindest die verriegelte Tür zur Kältekammer öffnen. Damit unsere Mission erfolgreich ist, können wir nur hoffen, dass die Kühlaggregate noch intakt sind. Nach dem Ausgehen der Energieversorgung vor einem Jahreszyklus sollte automatisch ein Sicherheitssystem, welches selbstständig Energiequellen aus der Umgebung extrahiert, gestartet werden. Ob dies passiert ist, bleibt zu hoffen."

Er trägt tatsächlich ISAYs Wissen in sich. Der Allsehende hätte dies erkennen müssen.

Edrian wandte sich zu GOYA, der unangenehm nahe bei ihm stand. Eine persönliche Wohlfühlzone um sich herum kannte das Wesen offenbar nicht. Auch Yven riskierte kurz einen Seitenblick, begann aber dann erneut mit dem Lösen der grünen Natur vom Rumpf des Schiffes.

Es ist nicht besprochen, die Kältekammer zu öffnen. Ich kann dies nicht gestatten.

Edrian wurde von einer unsichtbaren Druckwelle zur Seite geschoben und er sah GOYA mit seinen langen, dürren Beinen an sich vorbeischreiten. Er zielte offenbar darauf ab, Yven vom Eindringen abzuhalten.

„Hey! Darum ging es hier bei dieser Mission. Ihr wolltet doch auch, dass ISAYs Scheitern zur Rettung der Spezies behoben wird. Hinter diesen Mauern steckt die Lösung. Und erzähl mir nicht, dass es euch nach weiteren 300 Jahren Forschung und besserer Technologie nicht möglich ist, die konservierten oder gefrorenen Geschöpfe in diesem Friedhof aufzuwecken." Edrians Finger schlossen sich fester um die Laserkanone, da er auf jegliche Abwehr gefasst sein wollte. Yven beendete währenddessen seine kläglichen Versuche, weiteres Gestrüpp aus dem Weg zu räumen, und starrte GOYA an, der durch Edrians Worte plötzlich stehengeblieben war.

„Mir ist bewusst, dass unsere Einwirkung gegen die Gesetze verstößt und ISAY in euren Augen Fehler verursacht hat, die ihr nun eindämmen wollt. Doch ich versichere dir, es wird kein weiterer Schaden erfolgen und kein Eingriff in das natürliche Wachstum mehr gewagt. Vielmehr wird der Urzustand nur dann herbeigeführt, wenn die ökologische Nahrungsquelle für alle Spezies gewährleistet ist. Erfrage dies beim Allsehenden und er wird mir freie Hand geben." Yven erklärte dies mit so viel Selbstbewusstsein, als wüsste er bereits, dass über diese Erklärung der Zugriff mit Bestimmtheit gestattet werden würde. Und scheinbar passierte tatsächlich etwas. Die transparente Schutzglocke über GOYAs Kopf wurde von dem blauen Nebel so stark in Besitz genommen, dass das Wesen nicht mehr darin zu erkennen war. Der Anzug sackte plötzlich zur Seite und stabilisierte sich am Raumschiff. Edrian fragte sich, ob das

Wesen noch darin enthalten war oder nicht. Doch zur Probe hinzufassen, getraute er sich nicht.

„Verflucht, was treibt er da?", entfuhr es Edrian, während er einen weiten Bogen um den Anzug hin zu Yven machte, um diesem weiter bei der Suche nach dem Deckel zum Technikschacht zu helfen.

ৡৣ

Der Gewandelte und die Vampire blieben beim Eingang zum Technikschacht zurück. Die pralle Sonne hatte sie alle weniger mobil gemacht und die Sonnenblocker wurden regelmäßig neu aufgetragen. Der Gewandelte amüsierte sich hingegen darüber, während er die Hitze sichtlich genoss.

Da der Gang eng und beschwerlich war, wusste Edrian, dass das Herausschleppen der Proben sehr mühselig werden würde. Die Kühlboxen mussten aufgrund ihrer Größe vor der Luke stehenbleiben und er hoffte, dass es keine weiteren Überraschungen für sie geben würde. Von GOYA war keine Spur und Edrian rechnete sogar damit, dass der leblos wirkende Anzug noch immer an die Raumschiffwand gelehnt war, wie vor zwei Stunden.

„Weißt du, wo GOYA gerade ist oder was er genau macht?", rutschte Edrian heraus, der Yven im Schacht nachkroch. Dieser war unerwartet flink unterwegs und musste den Plan des Schiffes direkt vor Augen haben, um sich nicht zu verlaufen.

„Meinst du jetzt physisch oder psychisch?", wollte dieser wissen, ohne sich umzudrehen.

„Ähm, ich verstehe nicht", gab Edrian verwirrt zurück.

„Gut, dann weiß ich es nicht."

Edrian stieß lautstark Luft aus seinen Lungen und war genervt. Er bekam nie etwas Informatives aus Yven heraus.

Wenige Meter später kam der Vampir an eine Stelle, die er mit ungeschickten Fingern zu bearbeiten versuchte.

„Warte, lass mich das machen. Ich nehme an, das ist der Ausstieg zum Kälteraum?", fragte Edrian, bevor seine Finger die Oberfläche auf Öffnungsmöglichkeiten inspizierten.

„Nicht ganz. Aber zur Vorhalle und dem angrenzenden Labor. Der Kälteraum ist so kompakt abgekapselt, dass keine zugänglichen Schächte daran anliegen. Ich kenne den Weg hinein und ich schätze auch, dass wir im Vorraum interessante Proben finden werden und technisches Equipment im Labor, das nützlich für uns sein könnte."

„Wenn du das sagst …", seufzte Edrian und fand endlich einen Ausgang aus dem Schacht, der wieder einen Schachtdeckel darstellte, der durch bestimmtes Schieben und Drücken einrastete beziehungsweise sich öffnete.

Der Raum war stockdunkel. Der Technikschacht war bisher durch die offene Luke mit Licht durchflutet worden, das mit jedem Meter nachgelassen hatte. Aber hier schien die Sonne keinen Zugriff mehr zu haben, daher stellte Edrians seine Augen auf die Dunkelheit ein. Er vernahm nun lediglich blau leuchtende Symbole an den Wänden. Sie waren nur sehr zart, was nicht unbedingt ein Indiz dafür sein musste, dass das Raumschiff noch immer mit Energie versorgt wurde. Dennoch hoffte er es.

Kaum war Yven in dem Raum angelangt, begannen seine Finger verschiedene Punkte an den Wänden zu berühren, sodass die Schriftzüge stärker leuchteten, als würden sie freudig geweckt. Nur wenige Sekunden später öffnete sich ein Steuerpult aus einer Blende, aus dem kühle Luft aufstieg. Scheinbar versuchte das Schiff, die Atmosphäre der Wächter wiederherzustellen, was für Yven und Edrian nicht unbedingt erfreulich war. Somit mussten sie rasch arbeiten und hoffen, dass ständig Frischluft von außen zirkulieren würde.

„Ich nehme an, das ist ein gutes Zeichen, Saft hat das Ding auf jeden Fall. Kannst du Wirtstiere von Huratus nach ihrem Lagerort auflisten und vielleicht noch nahrhafte Pflanzen? Und vor allem herausfinden, ob sie in gutem Zustand für einen Transport sind?", drängelte Edrian, während er sich staunend umsah. Der Raum wurde nun immer heller und war wie eine Kuppel gebaut, zu der die leuchtenden Schriftzeichen vertikal aufstiegen und sich bewegten. Es wirkte wie funkelnde Sterne in der Nacht.

„Ich arbeite daran, Edrian. Es wird nicht lange dauern."

Yven strich in Sekundenschnelle über das transparente Steuerpult, das aus der spiegelglatten Wand gefahren gekommen war. Es erzeugte holografische Bilder und Listen vor seinen Augen, die sich öffneten und wieder schlossen. Es hatte den Anschein, als könnte der Vampir mit einem fotografischen Gedächtnis alle nötigen Informationen kopieren. Gänsehaut war bei Edrian vorprogrammiert.

„Hast du Angst?", kam es lapidar aus Yvens Mund, ohne dass er sich zu Edrian umdrehte. Dieser war baff, weil er den Bezug zu ihrem letzten Gespräch nicht fand. Er runzelte nachdenklich die Stirn. „Warum sollte ich Angst haben?"

„Diese neue Gabe, meine ich. Flößt es dir kein Unbehagen ein, dass du dich durch Silenas Blut nun weiterentwickelst?"

Edrian rätselte, worauf Yven hinauswollte. Dennoch begann er, die Frage einsickern zu lassen.

„Denkst du denn, die Wächter billigen eine Mutation mit ihrem Blut, die sich unbestimmt weiterentwickelt? Außer Kontrolle gerät und sich womöglich auch paaren und vermehren kann?"

„Ha!", rutschte Edrian heraus, der nun mehr amüsiert als beunruhigt über Yvens Fragestunde war. Er strich sich sein Haar aus der Stirn und stellte sich nun direkt neben den tippenden Vampir, um seine Aufmerksamkeit zu erhalten. Diesmal glückte es, er drehte seinen Kopf, um zu ihm aufzublicken.

„Die Wächter hätten ausreichend Chancen gehabt, Silena oder mich das Zeitliche segnen zu lassen. Es wäre ihnen ein Leichtes gewesen, uns alle auszuradieren und die Unreinheiten dem Boden gleichzumachen. Doch … sieh her", Edrian wies mit seinen Händen von oben nach unten über seinen Leib, „offenbar dulden oder brauchen sie mich sogar. Und was das Vermehren betrifft, mein Freund: Ich denke mir, mit deiner Intelligenz müsste dir bewusst sein, dass so unterschiedliche Spezies und DNA nicht kompatibel sind. Selbst Magnus, der Verrückte, hat versucht, im Labor eine Kreuzung zwischen Mensch und Vampir zu testen. Und wenn sogar diese Grundstruktur sich nicht verbinden lässt, was sollen da ein paar Alien-Gene ausrichten?"

Yven verzog bei Edrians Ansprache nicht mal eine Miene. Nicht einmal ein Zwinkern war zu erkennen. Doch dann folgte ein kurzes Zucken seines Schädels und er stotterte leicht: „We-wenn du das sagst, Ed-Edrian."

Aus irgendeinem Grund fühlte sich diese Antwort alles andere als befriedigend an. Eigentlich konnte es Edrian egal sein. Doch die Worte aus Yvens Mund wiederholten sich immer und immer wieder in seinem Kopf, als wären sie eines Tages noch von Bedeutung und sollten sich dafür ins Gedächtnis brennen.

21 | Déjà-vu

W ie ist das nur möglich? Du bist doch ein Hybrid! In dir muss ein Monster heranwachsen." Magnus sah Silena entgeistert an. „ Womöglich genauso wie sie ihn nach dieser Aussage. Sie hatte mit einer ganz anderen Meldung gerechnet. So etwas wie „Ich habe gesehen, was du getan hast" oder „Was hast du schon wieder hier verloren?", aber wie konnte er von ihrem Nachwuchs erfahren haben? Niemand außer den Wächtern wusste davon.

„Könnten wir das Gespräch bitte an einem weniger ungünstigen Ort weiterführen?", flüsterte sie, während sie nun dichter an ihn herantrat. Magnus ließ sie nicht aus den Augen und seine Lippen waren zu einer dünnen Linie gepresst. Dann nickte er und drehte sich auf seinen Fersen um, um Schutz in einer der nächsten Seitengassen zu suchen. Er trug einen olivfarbenen, schillernden Anzug, der stark verknittert war. Dieser zog ein paar Fäden, die durch das Wetzen der Metallstützen an seiner Hüfte entstanden. Der ehemalige Farmbesitzer war sich offenbar sicher, dass Silena ihm wortlos Folge leisten würde. Und was blieb ihr auch anderes übrig? Sie musste sicherstellen, dass Magnus Stillschweigen bewahrte. Etwas, wovon sie ohnehin noch nicht wusste, wie sie es bewerkstelligen sollte. Magnus war hinterhältig und berechnend. Alles, was ihm einen Vorteil verschaffte, reizte er aus, ohne Rücksicht auf Verluste.

„Gut, kannst du mir erklären, woher du weißt, dass ich schwanger bin, Magnus?"

Magnus ging seine Optionen durch. Er könnte Silena verheimlichen, was er sah, und sich auf seine ausgeprägten Instinkte und Erfahrungen in der Menschenzucht berufen. Er könnte ebenfalls seine Hilfe anbieten und ausnutzen, dass ihr Kind womöglich Dinge sah oder wusste, die sich später als sehr hilfreich herausstellen könnten. Dabei konnte er sich überhaupt noch nicht sicher sein, was diese Visionen bedeuteten. Eventuell war Silena aber auch manipulierbar … Doch bei diesen Gedanken sprang ihm mental die eiskalte Fratze von Asrael entgegen, der ihn ohne zu zögern eliminiert hätte. Dieses blasse Gesicht aus seiner Vergangenheit, die weißen Haare und die glühenden Augen, die niemals gezögert hatten. Auch ihn hatte er leichtsinnigerweise manipulieren und ausnutzen wollen. Damals war es nach hinten losgegangen. Asrael schien aber auch geistig zurückgeblieben und hilfesuchend zu sein. Alles Attribute, die Silena gerade vor ihm nicht ausstrahlte. Sie war intelligenter als ein Vampir einem Menschen zugestehen würde, und durch die DNA der Wächter hatte sie mehr Macht als irgendeine andere Person auf diesem Grund und Boden. Magnus zögerte noch immer. *Wahrheit oder Lüge? Woher weiß ich, dass sie schwanger ist?*

Schlagartig kamen wieder diese Bilder in seinem Kopf zustande. Genau wie am Vortag. Magnus erlitt kurz eine Reizüberflutung, da die Eindrücke zu rasch hintereinander folgten. Er strich sich verzweifelt mit beiden Händen durch das gegelte Haar und versuchte, sich zu konzentrieren. Er sah Gewandelte in einer Kolonie verenden. Egal, wo sie gerade waren, sei es zu Hause, unterwegs oder beim Arbeiten. Einer nach dem anderen kippte ohne ersichtlichen Grund um. Starre Blicke und offene Münder zeichneten ihre Gesichter aus. Die Augen wirkten trüb und schockiert, als wäre der unsichtbare Angreifer so furchterregend gewesen. Regungslos lagen sie da und immer mehr fielen um wie verwelkte Pflanzen und säumten die Böden der Stadt.

Magnus' Beine begannen zu zittern, was ein metallenes Geräusch verursachte. Er stützte sich rasch gegen die Wand und versuchte Gesehenes aus seinen Gedanken zu vertreiben.

Silena hatte das Bedürfnis Magnus zu helfen. Er schien urplötzlich einen Schwächeanfall zu erleiden. Dabei hatte er in ihren Augen immer unverwüstlich gewirkt. Doch irgendetwas hatte ihn aufgeschreckt. Sie wusste nur nicht, was. Vorsichtig legte sie eine Hand auf seine Schulter, während Magnus sich vehement die Augen rieb und abwesend wirkte.

„Ist alles in Ordnung mit dir? Schmerzen dich deine Beine?" Silena wollte am liebsten die Worte wieder zurück inhalieren und ungeschehen machen. Niemals hätte sie für möglich gehalten, dass sie Mitleid mit ausgerechnet dieser Person haben könnte, die ihr mehrfach nach dem

Leben getrachtet hatte. Kein anderer als Magnus hielt sie untätig im Arm, als eine Klinge in ihrem pochenden Herzen gesteckt hatte. Kein anderer hatte ihr ohne Sedierung die Eierstöcke entreißen wollen, um ausreichend Nachwuchs mit ihr züchten zu können. Bei diesen Erinnerungen zog sie rasch ihre tröstende Hand von seiner Schulter, als hätte sie sich verbrüht. Es war ihr peinlich, dass Emotionen sie für einen Moment lang so schwach hatten werden lassen. *Oder liegt es an meinen Hormonen durch die Schwangerschaft?*

Mit einem Mal sah er sie fragend an, als wäre Einsicht in sein Gehirn getropft: „Sag mir, siehst du die Zukunft?"

„WAS?!" Silena verstand die Welt nicht mehr. *Dreht Magnus gerade durch?*

Vor Magnus erschien eine bildhübsche junge Frau mit rotblondem Haar, die Silena wie aus dem Gesicht geschnitten war. *Ob das ein Abbild ihrer erwachsenen Tochter ist?*, fragte er sich insgeheim. Sie war in mehrere transparente, weiße Stoffe gehüllt, die ein schulterloses Kleid bildeten. Das Material bewegte sich wie zart vom Wind angetrieben, während ihr Haar bewegungslos blieb. Sie war – wie sollte es auch anders sein – von blauem Licht umgeben und auf seine Frage hin nickte sie unmissverständlich. Doch in Magnus regten sich Zweifel. *Das muss Humbug sein!* Er wollte nicht erneut einem Fehler erliegen.

„Woher weiß ich, dass du die Wahrheit sprichst?", musste er unbedingt wissen und sprach direkt den Fötus an.

Silena blickte nun um sich und hob fragend ihre Augenbrauen.

„Ich habe gar nichts gesagt."

Als Antwort schickte die Frau ihm Bilder von einer Sitzung im Ratsgebäude. In der Reihe des Führungstisches sah er Lucil, den Vampiranwärter Trudo und sich selbst sitzen. Scheinbar wurde das Urteil gefällt, keinen Sympathisanten zusätzlich Zutritt zu politischen Entscheidungen zu gewähren. Denn vor Magnus' Augen fand die feierliche Kundmachung der neuen Ratsmitglieder statt, die lediglich aus diesen drei Personen bestand.

Magnus schüttelte den Kopf, denn mit dieser Vorhersehung – sollte es tatsächlich eine sein – konnte der Embryo ihn nicht beeindrucken.

„Ist das alles? Das kann ich mir auch selbst ausmalen. Immerhin stehen die Chancen recht gut für mich. Mehr hast du also nicht zu bieten?"

In Silenas Ausdruck wandelte sich Ratlosigkeit nun zu Wut. Doch Magnus war zu sehr gespannt auf eine andere Reaktion, sodass er sie für sich mental ausblendete. Und Magnus' Provokation zeigte auch beim Nachwuchs Wirkung, denn die Bilder wurden nun offensiver und übten Druck auf seine Schläfen aus. Er bekam seine Ex-Freundin Kasia zu Gesicht, die in einem verwahrlosten Zustand hinter einer Tür, die sich für ihn öffnete, auf ihn wartete. Sie wirkte hilfesuchend und verzweifelt. So hatte er sie nie im Leben zuvor gesehen. Sie war aus gutem Haus und immer gepflegt gewesen, ihre Kleidung makellos und fast unbezahlbar. Warum also sollte sie ihm eines Tages auf diese Weise entgegentreten?

„Ich glaube dir nicht", rutschte ihm mehr hinaus, als er tatsächlich von sich geben wollte. Zu sehr war er überrascht, dass dieses ungeborene Leben die Fähigkeit hatte, in seinen Erinnerungen zu kramen und Illusionen zu erzeugen, die er als wahrscheinliche Zukunft einordnen würde. *Das ist einfach nicht möglich.*

Plötzlich schrie ihn Silena an: „Bist du völlig übergeschnappt? Sprichst du überhaupt mit mir?!"

Und dieser abwertende, laute Ton holte Magnus wieder ins Hier und Jetzt zurück. Erstens schuldete er Silena noch eine Antwort und zweitens sollte sie ihre Zunge hüten. Sie war die letzte, die so mit ihm umspringen durfte. Ärger stieg in ihm auf.

„Nein, meine Liebe, ich bin mehr als klar, was ich von dir nicht behaupten kann. Deine Schwangerschaft ist nicht zu leugnen. Ich rieche sie Meter gegen den Wind und bald wird es sich herumsprechen und Unruhe erzeugen. Was aber viel törichter war, in einer stark besuchten Bar wildfremden Personen etwas ins Glas zu schütten, das offenbar nicht gesundheitsförderlich ist. Lass mich raten … dasselbe hast du gestern bei mir versucht. Nicht wahr?"

Silena war sprachlos. Magnus drängte sie gerade in die Ecke. Und was sollte sie tun? Einen Gewandelten in einem Stützgerüst mit einer geballten, blauen Energiekugel mitten in der Stadt den Garaus machen? Wie wollte sie ihn zum Schweigen bringen? Soviel sie wusste, hatte er seine Finger wieder bei politischen Angelegenheiten im Spiel und seine Abwesenheit würde Fragen aufwerfen. Noch dazu … sie war nicht so ein Mensch. Sie konnte nicht einfach Personen umbringen, die ihr im Weg standen oder Schwierigkeiten verursachen würden. Abrupt musste sie ihren Gedankengang unterbrechen, denn das stimmte so nicht. Zumindest konnte sie es nicht direkt und bewusst. Selbst bei einem Ekelpaket wie Magnus nicht. So ein Mensch würde sie nie werden wollen.

„Was genau willst du von mir, Magnus?", wollte sie nun nervös wissen.

„Meinst du für mein Schweigen?", kam die listige Antwort. Seine Augen waren zu Schlitzen geformt und glänzten berechnend.

„Ha, nichts auf der Welt könnte dich zum Schweigen bringen. Du wirst immer ausschließlich auf deinen Vorteil achten und würdest niemals für wahr halten, dass es einen Grund gibt, warum ich das tue. Selbst wenn es hier um das Leben von so vielen geht." Silena sah ihn nun kalkulierend an und wartete auf eine Reaktion.

„Tja, ich würde sagen, es wird dir nicht viel übrig bleiben, als dich mir anzuvertrauen und es darauf ankommen zu lassen. Fakt ist, falls es kein guter Grund ist, werde ich es melden. Solltest du einfach verschwinden, werde ich dem Ganzen nachgehen. Auch wenn es meine letzte Handlung ist, Silena." Und als wäre dies nicht schon ernst genug gemeint, schritt er nun beschwerlich zurück auf die Hauptstraße in Richtung Eingang der Bar. Silena bekam Panik. *Was er nun vorhat?* Sie lief ihm nach, um ihn aufzuhalten.

„Warum soll ich ausgerechnet dir vertrauen?", rief sie ihm durch gepresste Lippen nach.

„Weil du offenbar keinen anderen im Moment hast." Er wandte sich im Gehen um, sah sie eindringlich an und so abgrundtief sie ihn auch hasste, musste sie ihm zumindest in diesem Punkt recht geben. Sie hatte niemanden, dem sie sich anvertrauen konnte, und die Last auf ihrem

Rücken war schwer. Dennoch bedeutete dies nicht, sich dem erstbesten Heuchler auszuliefern, der ihr über den Weg gelaufen kam. Doch ihr Zögern versetzte Magnus erneut in Bewegung und letztendlich betrat er die Bar. Silena schlug das Herz bis zum Hals. *Was will er tun? Wird er die Gläser ausschütten, den Kellner warnen oder die Gewandelten gegen mich aufhetzen? Soll ich loslaufen?* Sie wünschte sich Edrians Beistand. Er wüsste Rat.

„Gut, Magnus!!! Ich sag es dir!"

Und als hätte er es bereits gewusst, tauchte sein Gesicht mit einem überbreiten Lächeln beim Eingang wieder auf.

„Ach … ist das so, meine Liebe?"

22 | Sucht, Lust und Ernüchterung

Unbeholfen und zittrig zog sie den Stoffschal am Bettende fest, so gierig und hungrig war Kasia. Sie bekam ihre Finger nicht unter Kontrolle. Ihre Ungeduld machte sie zur eigenen Geisel und in ihrem Mund bildete sich so viel Wasser, dass sie fast daran erstickte. Um keinen Fehler zu machen, kontrollierte sie beide Knoten an Tadeos Handgelenken ein zweites Mal, da sie davon ausging, dass der Mensch nicht lange bewusstlos bleiben würde. Und noch mal würde sie sich so einen törichten Angriff von hinten nicht erlauben. Nur sein Blut, das ihr zu Kopf gestiegen war, trieb sie dazu.

Als Kasia nun rittlings auf ihm thronte, blickte sie hinter sich auf seine Beine, die sie zu Beginn ebenfalls fixieren wollte. Doch der Ruf des Blutes in seinen Adern wurde immer aufdringlicher. Wie ein Pulsieren in ihrem Kopf, das lauter wurde und es einfach machte, all ihre Zweifel und Ängste fallenzulassen und sich auf den bewusstlosen Körper unter sich zu konzentrieren. Tadeo fühlte sich so warm und stark an. Als sie ihre Sicht auf Wärmefelder umstellte, konnte sie sein tapferes Herz schlagen sehen. Ihre Ohren vernahmen das Pochen und sie konnte riechen, wie das Blut nahe der Hautoberfläche entlangraste, um sie um den Verstand zu bringen. Und schlagartig wurde ihr bewusst, dass es nun endlich bevorstand … ihr erstes Mal. Sie würde einen Menschen beißen und von ihm trinken. Die Gedanken um Schmutz, ekelerregende Parasiten oder Bazillen war wie weggefegt. Alles, was blieb, war der unerbittliche Hunger und der Drang, ihre Zähne direkt in Tadeos Fleisch zu jagen. Egal wo. Solange es jetzt sein würde. Kasia konnte nicht fassen, dass die Vorstellung sie so sehr erregte, dass sie dabei feucht wurde. Sie starrte auf die sich zart bewegende Ader an seinem Hals. Da Tadeo mit leicht geöffnetem Mund und geschlossenen Lidern nach links geneigt auf ihrem Kissen lag, war die rechte Seite so verführerisch entblößt, dass sie sich bereits die Lippen leckte. Ihr Blick wollte weiter ziehen, doch ausgerechnet das Shirt ihres Vaters an ihm zu sehen, machte alle lustvollen Gedanken, die gerade zu sprießen begannen, zunichte. Wie hysterisch krallte sie daher ihre Nägel in das verhasste Stoffstück, um es

Tadeo mit einem Ratz vom Leibe zu reißen. Schwer atmend sah sie nun auf diesen trainierten, wenn auch gezeichneten Körper. Vom Hosenansatz hinauf war ein leichter dunkler Flaum an Haaren, der sie magisch anzog. Mit zitternden Fingern wollte sie darüber streichen, doch die dunkle Stimme in ihr flüsterte ihr widerlich ins Ohr: *Das turnt dich an, nicht wahr? Haare, wo eigentlich keine sein sollten, wie von einem nicht zu bändigenden Biest, das du zähmen willst. Hahaha!!!*

Mit einem Mal zog sie ihre Hand zurück und ließ ihre Finger stattdessen über den Brustkorb hinauf zum rechten Schlüsselbein direkt zu seinem Hals gleiten. Während die gute Stimme in ihr sie warnte, dass Tadeo nicht lange unter ihr schlummern würde, krächzte die dunkle Stimme nach mehr … viel mehr! Ihre Augen konnten nur auf diese pochende Ader starren, die sie lockte und umgarnte und Kasia wie ferngesteuert immer näher heranzog. Bis ihre Lippen endlich diese warme, weiche Haut berührten. Schon allein der Geschmack trieb sie in den Wahnsinn, wodurch es unvermeidlich schien, ihren Mund zu öffnen und mit voller Leidenschaft zuzubeißen. Und der erste erbeutete Schluck ihres Lebens sollte unvergessen bleiben. Kasia genoss diesen intimen Augenblick viel zu sehr. Sie legte sich mit ganzem Körper auf Tadeo, ihre Hände umschlangen seinen Oberkörper und sie konnte nicht anders, als dem Verlangen nachzugeben. Wie von Sinnen rieb sie sich an ihm, weil sein Geruch und die warme Haut unter ihr sie in Ekstase trieben. Sie würde sterben, um diese Erfahrung immer und immer wieder zu erleben. Mit einem Mal wirkten das Leben und der gesamte Inhalt so klar wie noch niemals zuvor. Dies alles sollte und musste so sein. In ebendiesem Augenblick begann der erste Atemzug einer Existenz, wie sie ursprünglich geschaffen worden war. Kasia war glücklich.

Tadeo bekam kaum Luft. Ein Stechen an seinem Hinterkopf und seinem Hals wurde ihm bewusst. Als er benommen versuchte, die Augen zu öffnen und sich zu orientieren, wurde er in seiner Bewegung gehemmt. Es dauerte ein paar Sekunden, bis seine Pupillen sich auf seine Umgebung fixieren konnten und er sich in Kasias Bett wiederfand. Seine Hände waren festgebunden und ihm war schwindlig, obwohl er bereits auf dem

Rücken lag. Sein Kreislauf spielte offenbar verrückt. Erst als er probierte, sich nach links zu wenden, erkannte er die bedrohliche Situation, in der er sich befand.

Die Vampirin lag direkt auf ihm und presste sich mit voller Kraft gegen ihn. *Sie trinkt von mir!!!* Ihre Hände strichen gierig über seinen nackten Oberkörper und sie wirkte außer Atem, so sehr nahm sie der Blutgewinn mit. Sie war sogar so abgelenkt, dass sie sein Erwachen nicht mitbekommen hatte, was Tadeo womöglich zuspielte. Er versuchte keine zu raschen Bewegungen unter ihr zu vollführen, wusste aber, dass ihm die Zeit davonlief. Er benötigte sein Blut für sich, um vor ihr fliehen zu können. Mit kräftigem Zerren am rechten Handgelenk spürte er, wie das Material des Stoffschals ermüdete und begann zu reißen. Doch selbst dieses Geräusch ließ Kasia nicht aufschrecken. Tadeo hielt kurz inne, um die nächsten Bewegungen exakt einzustudieren. Es musste auf Anhieb sitzen.

Eins, zwei, drei!

Tadeo riss sich von der rechten Fessel los und vollführte mit einem Satz eine 180-Grad-Drehung, um direkt auf Kasia zu landen, die nun in seinen Armen eingekesselt und durch seinen Körper stabilisiert wurde. Mit einem Schlag ließ sie von ihm ab und sah ihn alarmiert mit offenem Mund an. Er spürte, wie viel Energie sie ihm bereits abgezapft hatte, und hatte Mühe, seine Reserven zu mobilisieren. Doch sie bebend unter sich zu fühlen, stachelte ihn an. Sein Blut hing an ihren Lippen und die Angst stand ihr mitten ins Gesicht geschrieben. Kasia machte keine Anstalten sich zu wehren, als sei sie im ‚Sich-totstellen-Modus'. Dennoch entdeckte Tadeo noch etwas anderes. Sie hatte rosige Wangen, als sei sie peinlich berührt, bei etwas Unzüchtigem, Verbotenem erwischt worden zu sein. Erst da wurde ihm bewusst, dass ihre Beine um seine Taille geschlungen waren und noch immer nicht losließen. *Woran hat sie gerade gedacht?*, rätselte er nun neugierig. Instinktiv drückte er seinen Oberkörper nun hoch, um sie besser im Blick zu haben. Dabei presste sein Gewicht nun intensiver in ihren Schritt, was sie kurz stöhnen ließ. Tadeo war einerseits überrascht und im nächsten Augenblick amüsiert, da Kasias Gesichtsausdruck nun Bände sprach. Sie wollte sich nur verfluchen für diese peinliche Aktion.

Sie ist tatsächlich erregt! Aber Tadeo musste feststellen, dass diese Offenbarung für ihn alles interessanter gestaltete. Er war einer Vampirin nie so nahe getreten und ihm war noch nie bewusst gewesen, dass sein Blut solch eine Wirkung auslösen könnte. Es gab ihm das Gefühl von Macht über sie, was ihn wiederum anturnte. Einmal im Leben war nicht er der Sklave, dem genommen wurde. Diesmal durfte er spielen, genießen und womöglich selbst nehmen. Dieser Gedanke ließ ihn hart werden. Dabei konnte der Moment nicht unpassender sein. Dennoch war die Neugier stärker und er wollte die Situation intensiver auskosten und testen. Zumindest solange sie in dieser ekstatischen Hilflosigkeit gefangen schien. Mit vollem Bewusstsein schob Tadeo Kasia nun seine Erregung in den Schritt. Er konnte fühlen, wie ihre Finger sich in seinem Rücken festkrallten und ihr Atem sich beschleunigte. Ihre Augen wirkten verwundert und überfordert. Sie war offenbar zwiegespalten, warum ihr Körper anders reagierte, als ihr Kopf es befehligte. Schon allein dieser Ausdruck war zu verführerisch und er musste schmunzeln.

„Das scheint dir zu gefallen."

Kasia musste sein schelmisches Grinsen wahrnehmen. Ihr ganzer Leib schrie nach IHM. Nach einem Menschen! Sie konnte keinen klaren Gedanken mehr fassen und hätte in diesem Augenblick alles mit ihm gemacht. Sich sogar von ihm unterjochen und beherrschen lassen. Bis dieses selbstgefällige Schmunzeln aufgetaucht war, das sie ihm sogleich aus dem Gesicht wischen wollte. Jegliche Botenstoffe, die sie vor wenigen Sekunden noch völlig kirre und willig gemacht hatten, verpufften ins Nichts und ließen Kasia ihre ausweglose Situation erkennen. Mit einem Mal begann sie sich zu wehren und fädelte ihre Hände unter Tadeos Achseln heraus, mit dem Vorsatz ihn zu kratzen. Sie fauchte ihn an und krallte sich so fest in seine Brust, dass sie ihn laut zum Schreien brachte. Doch dann passierte es viel zu schnell. Kasia musste fassungslos den ersten Schlag ihres Lebens kassieren, der sie ausgerechnet ins Gesicht traf. Ihr Kopf platze beinahe und anstatt ihn erneut zu kratzen, strich sie sich die schmerzende Wange vor Verwunderung.

„Du hast mich geschlagen!", entfuhr es ihr, weil sie es noch immer nicht glauben konnte. *Wie kann er es nur wagen?*

„Korrekt, du Genie", spuckte Tadeo wütend zurück und fing an, mit der rechten Hand am Knoten des linken Handgelenks zu werken. Sie wusste, dass er bald frei sein würde, und dann stand ihre Zukunft in seiner Gnade. Andererseits verfolgte sie seine Gesichtszüge. Seine Lider begannen zu flattern und er war blass. Ein Blick auf seinen Hals bestätigte, dass sein Blut in kleinen Striemen weiter entwich und er demnächst in Ohnmacht fallen würde. Das wäre ihre Chance, das Ruder herumzureißen.

Doch alles sollte ganz anders kommen. Gerade als Kasia versuchte, unter Tadeo rauszurobben, hörte sie Geräusche beim Eingangstor. Sie könnte wetten, ein Öffnen und Schritte im Vorraum zu vernehmen. Plötzlich flog etwas lautstark zu Boden und zerschellte.

Jemand ist im Haus!

23 | Ethnischer Grundsatz

Aufzeichnungen:
Populationsrückgang

Die Atmosphäre streckt den Großteil der Tier- und Pflanzenwelt nieder. Die Huraten ziehen die Menschheit als Nahrungsquelle heran. Die Anzahl der Menschen schwindet, zusätzlich ist die Fertilität der Huraten rückläufig.

෨෪

Der Krieg in eigenen Reihen überdauert bereits elf Jahreszyklen und streckt den Großteil des Bestandes nieder. Das Leben von Wächtern muss aufgegeben werden, um die Lebenserhaltung für einen Letzten zu gewährleisten. Die Ordnung muss wiederhergestellt werden, wodurch die Zucht von Hybriden zur Bereinigung genehmigt wird. Es herrscht ein Ausnahmezustand. Die Verhinderung der Ausrottung hat oberste Priorität.

207. Jahreszyklus:
3.212 Menschen, 7.811 Huraten

෨෪

Blutfarmen zur Zucht von Menschen werden von Huraten errichtet. Dennoch geht die Anzahl der vor allem freilebenden Exemplare zurück.
285. Jahreszyklus:
2.512 Menschen, 8.276 Huraten

෨෪

308. Jahreszyklus:
2.398 Menschen, 6.597 Huraten, 891 Gewandelte
62 infizierte Menschen, relative Stabilität durch Tod und Neuübertragung

෨෪

Es war ein beschwerlicher Weg. Die elektronischen Kühlboxen trugen zum Großteil ihr Gewicht zwar selbst, doch das Durchkommen im Dschungel zwischen den engmaschigen Schlingpflanzen und den dicht gewachsenen Bäumen war eine Nervenprobe. Vor allem für Edrian, den die Hitze grantig machte. Er hasste die Feuchtigkeit an seiner Haut, die die Kleidung aufdringlich werden ließ, und die lange Trennung von Silena setzte im zusätzlich zu. Er zweifelte immer mehr, ob er zu streng mit ihr ins Gericht gegangen war. Dabei wollte er sie in ebendiesem Augenblick nur sicher und wohlbehütet in seinen Armen wissen. Edrian vermisste ihren Geruch und ihren Atem, wenn sie neben ihm schlief. Nie hätte er gedacht, dass er sich so rasch an eine enge Bindung gewöhnen würde oder sie gar für ein ausgeglichenes Sein benötigte. Wie gerne würde er ihre Stimme hören oder einem ihrer Flirtversuche erliegen. Edrian musste schmunzeln, da seine Fantasie ihm ein paar hübsche Erinnerungen vorspielte.

Doch die Ablenkung wurde schier unterbrochen, als Yven vor ihm erneut einen Anfall erlitt, umkippte und am ganzen Körper zitterte.

„Die Verhinderung der Ausrottung hat oberste Priorität; das Reinhaltegebot der Spezies ist unumgänglich; Experimente im Genpool reiner Objekte ist untersagt, außer in Notfällen und nach Genehmigung; …", brabbelte Yven ohne Punkt und Komma vor sich her, indes er ins Leere starrte.

Edrian seufzte, zog seine gefüllte Wasserflasche aus der Gurthalterung, öffnete sie und schüttete eine große Portion auf die zitternde Masse zu seinen Füßen. Yven kam zu sich, sprang auf, als ob es um Leben und Tod ginge, und sah sich um. Dies kostete Edrian nur ein müdes Lächeln, während er an ihm vorbeischritt und weiter Richtung Toa und Hoverlader ging, der am Rande der Wüste abgestellt wartete. Hinter sich hörte er Yven nachlaufen, was er am unbeholfenen Gang heraushörte.

„War das unbedingt nötig?", wollte er außer Atem wissen und gesellte sich nun direkt neben Edrian, der seine Gesellschaft nicht gerade schätzte.

„Sag du es mir. Hätten wir neben dir ein Lager aufstellen und deinen Aussetzer abwarten sollen?" Er sah ihn nun neugierig an und musterte ihn von oben bis unten. Das Wasser hatte sein beigefarbenes Shirt vollgesaugt und war auf der dunkelbraunen Hose genau so verlaufen, als hätte er seine Notdurft nicht halten können. Daher konnte Edrian nicht anders als einen Mundwinkel hochzuziehen.

„Ich erkenne keine Komik darin. Aber gut. Sind meine Ausfälle so präsent?", fragte Yven nun vorsichtig und blickte kurz zurück, als ob er GOYA im Auge behalten wollen würde. Dieser hatte nach der Bergung der gefrorenen Proben aus dem Raumschiff mit einem Mal wieder mobil vor ihnen gestanden.

Edrian kam dieser Satz aus Yvens Mund das erste Mal etwas natürlicher und nicht programmiert vor. Daher seufzte er auf und wischte sich den Schweiß von der Stirn. Die zirpenden Insekten in diesem Teil des Dschungels waren sehr lästig und flogen zu jeder Körperöffnung und feuchten Stelle, die sich ihnen bot. Der Boden war leicht durchnässt, sodass das Laufen anstrengender ausfiel als gewöhnlich, und die Luft war schwer, wog süßlich in der Nase.

„Ich weiß nicht, was du als präsent bezeichnest, aber ich denke, dein Körper verarbeitet die Informationen aus dem Stromschlag noch immer. Ich frage mich, ob es eine Überreaktion ist, die dich den Rest deines Lebens begleiten wird oder eines Tages ausheilt."

Es wurde bedrückend still neben ihm und Edrian befürchtete, dass Yven das Thema wechseln würde.

„Mich wundert, dass du Silena in diesem Zustand erneut zurückgelassen hast. Lucil hat mir von Asrael erzählt. Ich hätte damit gerechnet, dass die Trennung dich geläutert hätte."

Edrian ließ die Worte sacken. Er war verwirrt: „Was meinst du mit ‚in diesem Zustand'?"

Als keine direkte Äußerung folgte, riss Edrian der Geduldsfaden. Er wollte verhindern, dass er erneut keine Antwort auf seine Frage erhielt, so wie Yven es meist pflegte zu tun. Abrupt blieb er stehen, um Yven mit drohendem Blick zu mustern.

„Ahhhh … nun ist es offensichtlich, warum Silena dich einfach ziehen ließ. Es war gar nicht deine Idee, sondern ihre. Liege ich richtig?", erläuterte Yven und sah ihn überheblich an.

Es nagte an Edrian und er hatte nicht minder Lust, Yven kurz einen leichten Schlag auf den Hinterkopf zu verpassen, damit er endlich ausspuckte, worauf er hinaus wollte.

„Und weiter? Du fängst an mir auf den Zehen herumzutanzen und dagegen bin ich allergisch." Mit einem drohenden Finger wackelte er nun vor Yven und spürte, wie ihm Blut in den Kopf stieg, weil er sich zusammenreißen musste.

Yven sah ihn emotionslos an. „Du weißt es also gar nicht. Erstaunlich. Ich dachte, durch die Mutation wären deine Sinne geschärfter, als sie es als Vampir ohnehin schon waren."

Edrians Hände wurden zu geladenen Fäusten, wenngleich er wusste, dass sein Gegenüber um zwei Köpfe kleiner und ein Vielfaches schwächer war als er. Die Äste um sie herum bogen sich weg, als würden sie wie gespannte Waffen auf Abruf stehen. Yven reizte ihn bedenkenlos und genau diese Tatsache trieb Edrian in den Wahnsinn.

„Spuck es endlich aus!! Wovon, verflucht, sprichst du da?!", brüllte er ihn ungehalten an. Doch im gleichen Moment wurde Edrian von einer unsichtbaren Macht wie eine Puppe zur Seite geschoben und GOYA brachte sich ins Spiel.

Es ist dir nicht bestimmt, es zu wissen, Edrian.

„Was soll das denn nun wieder bedeuten, ,es ist mir nicht bestimmt, es zu wissen'?! Sollte mich deine Meinung interessieren, dann lasse ich es dich wissen, Glasmurmel. Bis dahin verdunkle die Scheiben und lass die Erwachsenen ausreden. Bitte! Danke." Mit einem Mal hatte er seine Telekinese im Griff und schob seinerseits GOYA einfach ins Gestrüpp, bis er außer Sichtweite war.

„Das hättest du besser nicht tun sollen, Edrian", flüsterte Yven mechanisch, ohne den bewegten Blättern hinterher zu blicken. Nur Edrian versuchte im Schatten Bewegungen aus GOYAs Richtung zu erkennen. Und in der nächsten Sekunde stand GOYA auch schon wieder neben ihnen. Die blauen Rauchschwaden in seinem Helm wirbelten um die goldleuchtenden Augen wild umher. Doch Wächter schienen keine Emotionen zu haben, sonst hätte Edrian ihm Wut andichten können, die er nun auf ihn loslassen würde. Fehlanzeige.

Die Mission muss fortgeführt werden. Dieses Gespräch ist nicht sinnvoll.

Edrian war sogar überrascht. Sein Wutausbruch blieb unbescholten und mit einem Mal verlor er jeglichen Respekt vor dem Wesen, obwohl er wusste, dass es von der gleichen blauen Macht wie Silena gespeist wurde.

„Also, was weißt du, Yven, was ich laut GOYA nicht erfahren soll? Was ist mit Silena? Mutiert sie etwa auch?" Edrian konzentrierte sich wieder auf den Vampir, der offenbar mental die Gegebenheiten studierte. Yven hingegen konnte seine Aufmerksamkeit nicht von GOYA lenken.

„Was habt ihr mit ihr vor, dass ihr sie verheimlicht?" Yven wirkte berechnend und ignorierte Edrian komplett.

Die Stille wurde lauter und Edrian brachte die Situation zur Weißglut. „Mir reicht es! Wenn mir nicht auf der Stelle gesagt wird, was hier verschleiert wird, gehe ich keinen Schritt mehr weiter und ihr könnt eure Proben alleine nach Toa schleifen!" Demonstrativ ließ er seine Fracht mit Wucht fallen.

Im Augenwinkel sah er die anderen Wegbegleiter, die während der Auseinandersetzung zuerst getuschelt und die Kühlboxen von ihren Schultern gefädelt hatten. Nun hielten sie jedoch gespannt den Atem an, weil sie wussten, das Edrian nicht nur der potentielle Beschützer bei möglichen Angriffen durch Tiere oder Personen war, sondern so viele Kühlboxen schleppte wie drei von ihnen zusammen. Sein Ausfall würde die Mission zum Scheitern verurteilen und genau mit dieser Furcht arbeitete Edrian. Wobei er damit rechnete, dass dies für GOYA irrelevant wäre.

„Silena erwartet ein Kind", brachte Yven heraus und blinzelte keine Sekunde.

„Ich wurde vor die Wahl gestellt …", begann Silena zu erzählen. Magnus war erleichtert, dass sie sich nun in der Bar in einer stillen Ecke unterhielten und die Stützauflagen seines Bewegungsapparates nicht mehr in seine Nieren drückten. Zu langes Stehen war ihm unangenehm. Er betrachtete Silena nun genauer. Sie wirkte übermüdet, die Haare struppig und verwahrlost. Selbst ihre Kleidung – ein weites, weißes Shirt und eine kurze, hellblaue Shorts – schien einem neuen Knitterlook zu folgen.

„Mir wurde erklärt, dass die Mutation der Gewandelten weder vorhersehbar noch zu stoppen sei. Dass das Risiko bestünde, dass Kreuzungen möglich werden und eine Vermischung der Spezies eine undefinierbare Gefahr bedeuten könnte. Nur durch die Beigabe der Gene der Wächter und die verbotenen Experimente von ISAY sei dies möglich geworden." Silena spielte unbewusst mit ihren Fingern im Haar und wagte es offenbar nicht, Magnus in die Augen zu blicken. Stattdessen betrachtete sie die Oberfläche des Tisches vor sich und schien die Erinnerungen vor sich abzuspielen.

„Ihre oberste Priorität sei der Schutz der reinen Spezies. Sie machten mir bewusst, dass der Fehler sich streuen würde, bis er nicht mehr einzudämmen sei. Sie meinten, dann würde ihnen nichts anderes übrig bleiben, als allem Leben auf Perlon 2 ein Ende zu setzen. Die Angst des Kontrollverlustes durch unvorhersehbare Entwicklungen ihrer eigenen DNA schien größer zu sein als der gute Vorsatz, sterbende Rassen oder unschuldige Spezies des eigentlichen Perlon 2 vor dem Tod zu bewahren."

Silena schluckte schwer und Magnus erkannte, dass ihre Stimme brach, weil ihr die hervorgekramten Bilder solche Furcht bereiteten. Doch er wusste nicht, wie er ihr bei diesem Problem behilflich sein sollte. Alles, was zählte, war die Wahrheit. Denn die Richtung, in die die Erzählung hinsteuerte, betraf auch seine Existenz. Sein Leben. Und ihm schwante Böses, denn wenn es um reine Rassen ging, dann fiele er hier eindeutig durch den Rost.

„Sie haben also bewusst dein Gewissen angesprochen, da du verantwortlich für den Beginn der Mutation bist", sagte er trocken und erhielt sogleich ihre vollste Aufmerksamkeit. Silena strich sich eine Strähne nervös hinters Ohr und ihre Pupillen wurden glasig.

„Danke, dass du mich daran erinnerst."

„Keine Ursache."

Silena riss kurz ungläubig die Augen auf, konzentrierte sich dann aber wieder auf die Einrichtungsgegenstände vor sich. Der Tisch war liebevoll gedeckt mit einer kleinen Pflanze, die sie abzulenken schien.

„Also, vor welche Wahl haben sie dich gestellt? Was ist in dieser Flüssigkeit, die du austeilst? Ist es langsam wirkendes Gift, das du nur den Gewandelten unterjubelst? Wie vielen hast du das bereits heimlich eingeflößt?"

Silena schlug mit der Faust wütend auf den Tisch.

„Denkst du tatsächlich, dass es mir leichtfällt?" Am liebsten hätte sie Magnus ins Gesicht gespuckt, wäre aufgestanden und gegangen. Wenn sie schon diesen schweren Schritt bereit war zu gehen, sollte er nicht noch zusätzlich in offenen Wunden bohren.

Magnus strich sich sein gegeltes Haar zurück und rückte seinen Stehkragen zurecht. Diesmal war es ein hellgraues Hemd mit schwarzen Dreiecken als Zierleisten.

„Schon gut, erzähl weiter", gab er kurz und knapp von sich. Silena rollte mit den Augen und bereute soeben ihren Entschluss, sich Magnus anzuvertrauen. Er brachte kein einziges nettes Wort über die Lippen.

„Okay. Könntest du B.I.T.T.E. fortfahren?"

Kann er meine Gedanken lesen? Sie sah ihn nun skeptisch an und kurz hatte sie den Eindruck, er würde sich ertappt vorkommen. Dann fuhr sie fort: „Die Wächter gaben mir den Auftrag, den Gewandelten diese transparente Flüssigkeit über ein Getränk oder eine Speise zu verabreichen." Demonstrativ zeigte sie ihm die Ampullen, die in einer kleinen metallenen Box in ihrer Hosentasche verstaut lagen. Sie alle waren nur halb so groß wie ein Finger und durch einen durchsichtigen Schraubverschluss zu öffnen. Silena konnte sehen, wie Magnus versuchte, die Anzahl zu zählen. *Es sind exakt 28 Ampullen und danach sollte ich mehr erhalten.*

„Ich schätze mal, es sind 28. Jede für eine Person?"

Silena sah ihn verwundert an. Magnus wurde ihr unheimlich.

„Nein, sie sagten, drei Tropfen je Gewandeltem reichen aus. Mehr können nicht schaden, jedoch weniger wären ein Problem." *Und ich hoffe, sie haben tatsächlich die Wirkung, die die Wächter behauptet hatten ...*

„Und du glaubst ihren guten Intentionen nicht? Habe ich recht? Welche Wirkung haben sie der Lösung angedichtet?"

Silena stieß resignierend Luft aus der Nase.

„Sie behaupteten, das Mittel würde die Weiterentwicklung der Fähigkeiten stoppen und die Gewandelten ..." Silena zögerte und sah Magnus vorwurfsvoll an. Sie konnte genau sehen, wie eine innere Nervosität ihn quälte. Seine berüchtigte Augenbraue begann wild zu zucken und er bändigte sie beiläufig, ohne zu zwinkern, da er auf das Ende ihres Satzes hoffte.

„Das Mittel soll die Gewandelten flächendeckend unfruchtbar machen, um sicherzustellen, dass sie sich nicht vermehren."

Magnus' Unterkiefer sprang vor Entsetzen auf. Er konnte nicht fassen, was sie da sagte. Vor allem ergab ihr Handeln für ihn überhaupt keinen Sinn.

„Und bei diesem Auftrag kamen dir keine Zweifel, was dies für dich und Edrian, aber vor allem für deine ungeborene Tochter bedeutet? Denkst du etwa, sie lassen dich einfach so gehen und weiter Luft atmen? Was mir besonders schleierhaft ist ... willst du allen Ernstes Edrian dieses Zeug unterjubeln, ohne zu wissen, was es tatsächlich im Organismus eines Gewandelten anrichtet? Und das alles, weil du glaubst, dafür sterben dann weniger Personen? Klingt das logisch für dich?"

Und mit einem Mal wurde Magnus heiß und kalt. *Wie konnte ich nur so unvorsichtig sein?*

„Wieso Tochter?", wollte Silena nun wissen und ihre Augäpfel wurden zu blau glühenden Bällen.

24 | Das große Sterben

Lucil sah Lathara ungläubig an.

„Und diese Überlieferung ist korrekt?", wiederholte er. „Die Gewandelte kann also mit Sicherheit bezeugen, dass der Soldat nicht von allein gestorben ist? Er soll angegriffen worden sein, bevor er starb, und sie konnte nicht sehen, wer es war?"

Lathara verneinte wortlos und stand gespannt mit verschränkten Armen vor seinem Arbeitstisch.

„Die Fälle häufen sich, die letzten drei Soldaten sind ohne Anwesenheit anderer tot vorgefunden worden, obwohl ihre Symptome noch nicht so weit fortgeschritten waren. Das sieht nicht mehr nach Zufall aus. Dann plötzlich tauchen Fälle von Menschen auf, die unsere Mixtur mit Silenas Blut nicht erhalten haben und dennoch die Zeichen der Erkrankung aufweisen. Sehe nur ich das oder scheint da jemand nachzuhelfen, um mir Angst zu machen?", rätselte Lucil laut vor sich hin, ohne eine Antwort zu erwarten. Er rieb sich fest das Gesicht, um die Müdigkeit zu vertreiben, was langsam zur Gewohnheit wurde. Er konnte, seit sich alles zuspitzte, nie länger als vier Stunden am Stück durchschlafen und dieser Mangel machte sich bei seiner Konzentration immer stärker bemerkbar.

„Oder jemand will dich bewusst unter Druck setzen", ergänzte Lathara und sah ihn wieder mit diesem ‚Wann-schläfst-du-dich-endlich-aus?'-Blick an.

Lucil verharrte in seiner unorthodoxen Sitzposition mit einem Bein am Schreibtisch und dem zweiten angewinkelt darüber gelegt. Was Lathara eben gesagt hatte, ließ seine Alarmglocken angehen. Daher betätigte er zum wiederholten Mal seinen Comlink in der Hoffnung, er würde Yven endlich in der Wüste erwischen. Während er auf ein Zeichen wartete, sprach er Lathara nochmals an: „Konnte man inzwischen eine Verbindung zwischen Seylas Symptomen und den Soldaten finden? Ist es nun ein Virus, der streuen kann?"

„Leider haben wir noch nichts Neues. Aber ich schätze, zwei weitere Fälle in den Auffanglagern für Menschen in Toa sind keine Ausnahme mehr", ergänzte sie im seufzenden Ton.

„Hallo? Lucil, kannst du mich hören?", ertönte Yvens Stimme aus dem Comlink.

Lucil fiel ein Stein vom Herzen. Er scheuchte die Sympathisantin mit einer schiebenden Hand aus dem Raum. Rasch setzte er seine Beine wieder auf dem Boden ab und stützte seinen bleischweren Kopf auf eine Hand, während er das Gespräch führte.

„Ich kann dir nicht sagen, wie erleichtert ich bin, deine Stimme zu hören, alter Freund. Bitte berichte mir Positives, denn bei mir läuft alles schief, was nur schieflaufen kann. Ich könnte wirklich Aufmunterung brauchen."

Aus dem Comlink kam nur ein Rauschen, was Lucil nervös machte. *Habe ich ihn verloren?*

„Hallo? … Yven? Bist du noch dran?"

„Doch, aber du wolltest eine positive Rückmeldung haben und ich bin mir nicht sicher, ob ich dir eine geben kann …"

Lucil seufzte laut ins Telefon und sein Herz rutschte ihm in die Hose. *Bitte sag so etwas nicht.*

„Gut, dann fang wenigstens mit den positiveren Aussichten an, bitte."

„Wir konnten – meines Erachtens nach – funktionstüchtige Embryos von fünfhundert Tieren und Pflanzen der Erde und von Huratus bergen. Ich habe sicherheitshalber je zweihundert Eizellen und ausreichend Samenzellen der Menschen und Vampire mitgehen lassen, um für später eine gesunde und reine Blutlinie zu gewährleisten. Leider ist es mir aber nicht möglich sicherzustellen, dass wir die Proben heil nach Toa bringen und es uns gelingt, mit unseren unzureichenden Gerätschaften Aufzuchten zu ermöglichen. Ich kann auch noch nicht vorhersehen, welche der Tiere sich tatsächlich als Wirtstiere für die Vampire entpuppen. Dafür ist mir aus den Logbüchern zu wenig bekannt. Wie laufen denn deine Erfolge mit dem Klonen oder Züchten von Heaven? Wenn du dort bereits lebensfähige Exemplare vorweisen kannst, kommen wir gewiss rascher voran."

Lucil seufzte in den Comlink: „Das ist das einzig Positive, das sich die letzten Tage ergeben hat. Well und Nuke haben zumindest Klone in einer Aufzuchtszelle, die lebensfähig scheinen. Dennoch versuchen sie mit dem Erbgut zu experimentieren, denn auf Dauer ist das Klonen keine Lösung. Weißt du vielleicht, ob von Heaven auch Embryos bei den gefrorenen Exemplaren dabei sind, die ihr eingepackt habt?"

„Ich habe speziell darauf geachtet, dass wir alle Embryos dieser Spezies einpacken, da sie die einzige Garantie als Wirtstiere für später darstellen. Auch sehe ich hier das größte Potential, dass wir es mit unserem Equipment bewerkstelligen können, diese Spezies nachzuzüchten."

„Wenigstens etwas." Lucil konnte sich dennoch nicht freuen. Noch war die Karawane nicht bei ihnen eingetroffen. Noch war die gekühlte, wertvolle Fracht nicht unter seinen Fittichen. Und solange das Problem mit Seylas Erkrankung und die Heilung der Symptome der Soldaten wie eine geladene Laserkanone auf seine Stirn gerichtet waren, würde er nicht gut schlafen können.

„Lucil? Willst du mir nun endlich sagen, was passiert ist? Nach meinem Erwachen bist du nicht damit rausgerückt. Ich kann nur behilflich sein, worin ich eingeweiht bin. Um ehrlich zu sein, ahne ich, dass es einen Grund hat, warum du in Kastins Labor eingezogen bist. Und irgendetwas sagt mir, dass es nicht mit Heaven oder synthetischem Blut zusammenhängt."

Lucil bekam eine Gänsehaut. Die Art und Weise, wie Yven in ihm las, ließ ihn zweifeln, ob der Stromschlag nicht auch seine Hirnaktivitäten gesteigert oder zusätzliche Synapsen hatte entstehen lassen.

„Du liegst mit deiner Einstellung richtig. Leider, wie ich zugeben muss. Denn ich habe mich mit Experimenten von Silenas Blut in solche Schwierigkeiten gebracht, dass die Schlinge um meinen Hals sich bedrohlich zuzieht. Und der Einzige, der mir noch da heraushelfen kann, scheinst du zu sein, mein alter Freund." Lucil wollte gerade loslegen, als ihm Yven ins Wort fiel: „Sprich besser nicht weiter. Es gibt Ohren, die dies nicht erfahren sollten. Nun kommen wir auch zur schlechten

Nachricht: Ich kann nur hoffen, dass ich es überhaupt bis zu dir schaffe, denn ich stehe unter direkter und indirekter Beobachtung der Wächter."

25 | Demütigung

„Jetzt, kannst du also plötzlich beißen? Was fällt dir nur ein, mich bewusstlos zu schlagen und ans Bett zu fesseln? Unter anderen Umständen hätte ich mich geschmeichelt gefühlt, doch ich habe dir von Anfang an gesagt, ich werde mich wehren", fuhr Tadeo Kasia an. Mit diesen Worten löste er sich wacklig von seiner letzten Fessel und legte seine Hand auf ihr Gesicht. Sie schien abgelenkt zu sein und starrte zur Schlafzimmertüre. Er wollte um jeden Preis ihre Aufmerksamkeit.

„Ich bin in Gefangenschaft geboren und hab fast mein ganzes Leben dort verbracht – ich sterbe eher, als dein Blutsklave zu sein! Nur damit du es weißt!"

Schritte waren eindeutig über die Stiegen in den ersten Stock zu vernehmen und je näher sie kamen, desto erleichterter war Tadeo. Sie waren gekommen, um ihn zu holen. Begleitet wurde ihr Eintreffen mit zerschellenden Gegenständen, die gegen die Wände donnerten oder zu Boden fielen, bis die Schlafzimmertüre nicht einfach nur geöffnet, sondern direkt aufgetreten wurde. Kasias Antwort auf das Erscheinen seiner vier Kollegen war ein hysterisches Kreischen, welches vom Anführer der Gruppe – Derwin – mit einem Faustschlag in ihre Magengrube beendet wurde. Die Vampirin schnappte nach Luft und ihre Augen traten vor Schmerz hervor, als Derwin erneut ausholte. Doch Tadeo konnte das nicht mit ansehen und fasste rasch nach dem Handgelenk, das gerade beschleunigte.

„Bitte, lass es sein. Es ist genug."

Derwin schien minder zufriedengestellt, packte Tadeo am Kragen und zog ihn zu sich heran. Tadeo roch verfaulende Zähne, die dem Anführer teilweise bereits herausbröckelten. Derwin war nicht wie er einer Blutfarm entsprungen, sondern ein Freiläufer, der sich seiner erbarmt hatte und ihn in der Truppe aufnahm, sofern er seinen Beitrag leisten würde. Ohne ihn würde Tadeo gewiss auf der Straße verrotten.

„Wie lange wolltest du uns noch warten lassen, Tadeo? Was habe ich dir über den Ablauf der Plünderungen gesagt? Zuerst nach möglichen Gefahrenquellen Ausschau halten, dann den Vampir einlullen und zuletzt den verdammten Senderring betätigen, damit wir zuschlagen können. Doch du warst viel zu lange regungslos", fuhr er ihn an und Tadeo fiel es schwer in seiner Gegenwart zu atmen, so sehr stank er aus dem Maul.

„Ich wollte auf Nummer sicher gehen. Das Haus schien mir zu groß, als nur von ihr allein bewohnt zu sein …", begann Tadeo vorsichtig.

„Du bist nicht zum Denken geschaffen, wie es scheint. Wir dachten bereits, dass du zum Blutbeutel geworden bist, und haben schon Pläne geschmiedet, nach Maset zu gehen. Also, lass dir das nächste Mal nicht zu lange Zeit, sonst bist du auf dich allein gestellt. Hast du mich verstanden?!" Der letzte Satz kam mit faulendem Sprühregen und auch das faltige, vernarbte Gesicht bot keine angenehme Ablenkung. Derwin war erst zweiundvierzig Jahre alt, doch durch den kahlgeschorenen Kopf und den ausgemergelten Körperbau wirkte er viel älter. Tadeo trat respektvoll einen Schritt zurück und taumelte leicht. Ihm wurde wieder bewusst, wie schwindelig ihm war.

Kasia konnte es nicht fassen. Sie hielt sich ihren schmerzenden Magen und rang nach Luft, während vier fremde Menschen sich an ihren Möbeln zu schaffen machten. Sie filzten alle Schubladen und Kästen und warfen alles unachtsam zu Boden, um sich nur Schmuck und für sie anscheinend nützliche Gerätschaften anzueignen. Sie hinterließen ein Chaos und viele ihrer geliebten Erinnerungen an ein völlig anderes Leben gingen vor ihren Augen zu Bruch. Tränen kündigten sich bereits an, als der physische in psychischen Schmerz umschlug. Sie wollte gerade ausgerechnet bei Tadeo um Gnade flehen, als einer der Bande, der klein und fettleibig war, direkt zu ihr kam, um ihr ohne Vorwarnung mit einem Messer einen Schnitt an der linken Schulter zu verpassen.

„Du musst noch etwas gut machen, Kleines."

„Aua!" Kasia konnte die Tränen nicht mehr zurückhalten und legte ihre Hand schützend über die klaffende Wunde. Doch der ungehaltene Angreifer wischte unbeeindruckt Blut, das an ihrer Haut entlanglief, ab, um es in der nächsten Sekunde über Tadeos Bisswunden zu streichen.

„Du kannst mir später danken, Tadeo. Und nun sag schon, ist die Kleine es wert?" Er fing an, obszöne Bewegungen mit der Hüfte zu vollziehen, und legte seine Hände verschränkt in den Nacken. „Du weißt, wie ich das meine." Ein unangenehmes Kichern mit Aussetzern wie bei Schluckauf folgte, woraufhin bei Kasia kurz ein Brechreiz entstand. Diese sexuelle Anspielung war einfach zu bildhaft für ihre Fantasie.

Wieder versuchte sie Augenkontakt zu Tadeo aufzunehmen und hoffte auf Verschonung. Wenn, war er der Einzige, dem sie Mitleid zugestehen würde. Die anderen vier Männer waren eindeutig gefährlich und ihr Leben war ihnen mit Bestimmtheit nichts wert. Und da sah er sie tatsächlich an. In seinen Augen war Betroffenheit, doch im nächsten Augenblick plötzlich eisige Kälte.

Also Fehlanzeige. Er wird mir nicht helfen. Und ich kann nicht fassen, dass dies alles ein geplantes, abgekartetes Spiel gewesen ist. Er hatte ohnehin nie vor zu bleiben. Obwohl sie es besser hätte wissen müssen, schmerzte sie diese Erkenntnis.

Ihr Blick lastete schwer auf Tadeo. Es nagte an seinem Glauben an das Gute in jedem Wesen. Ja, sie hatte ihn von oben herab behandelt. Ja, sie hatte ihn auch bewusstlos geschlagen und gefesselt. Nicht zuletzt hätte sie ihm beinahe das Leben genommen. Aber trotz allem versank er in diesen weißen Augen und konnte nichts finden, das er hassen könnte. Daher wollte er auch nur die Sachen nehmen und tunlichst verschwinden. Er musste alles hinter sich lassen und vergessen, dass es jemals passiert war. Letztendlich hatte er Glück gehabt, dass er noch lebte und wieder frei war. Das war alles, was zählte.

„Was sollen wir mit ihr machen, Boss?", hörte Tadeo und blickte rasch zu Derwin, in der Hoffnung, er würde kein Gemetzel starten. Doch dieser würdige ihr keinen Blick und ihm wohlgemerkt auch nicht. Er verließ das Schlafzimmer und schritt mit einem vollgefüllten, verschmutzten Bündel über die Schulter geworfen dem Treppengeländer entgegen.

„Sie betrifft uns nicht. Lasst sie leben."

Tadeo war erleichtert, denn selbst wenn sie ihm egal sein konnte, ihren Tod wollte er dennoch nicht. Solch ein erbarmungsloses Leben war er noch nicht gewohnt und er wollte ein wenig Zivilisiertheit bewahren.

Daher verfolgte er seine Kollegen, die misstrauisch immer wieder in Kasias Richtung lugten, aus dem Raum. Er spürte direkt ihren bohrenden Blick, weil sie offenbar still nach Antworten bettelte. Er konnte sie regelrecht hören: *Warum hast du mir das angetan?* Denn als Tadeo die Treppen hinabschritt, konnte er die Zerstörungswut der Truppe selbst live miterleben. Sie schlitzten die edlen Möbel auf, zerfetzten Teppiche am Boden und räumten glitzernde Dekogegenstände in ihre Säcke. Dann banden sie das Federvieh aus dem Lagerraum zu lebenden Beuteln. Sie ließen nichts unberührt, und als er sich am Treppenabsatz umdrehte, stand Kasia an der obersten Treppe und lauschte. Sie sah die Verwüstung um sich, wirkte verzweifelt und stabilisierte sich am Geländer. Bittere Tränen konnte er in ihrem Antlitz erkennen, doch er besann sich darauf, dass sie ihn ohne zu zögern ausgesaugt hätte. Und er ihr nichts mehr schuldete. Absolut nichts.

Kasia zitterte am ganzen Leib. Mit jedem Schritt weiter nach unten wurde ihr mehr von der Beschädigung im Erdgeschoss offenbart. Während die Menschen hintereinander ihr Haus verließen, blieb Tadeo noch kurz im Türrahmen stehen, um zu ihr aufzusehen. Ein Impuls veranlasste sie, direkt auf ihn zuzulaufen und sich vor seine Beine zu werfen. Alles war vernichtet und sie war nun ohne Geldmittel und Nahrung in einem zerstörten Heim. Und das mutterseelenallein. Sie blickte in diese erschöpften und wütenden Augen und ihr wurde bewusst, dass er seine Warnung in ebendiesem Moment wahrmachen wollte. Daher flehte Kasia ihn an: „Bitte, verlass mich jetzt nicht. Ihr habt mir alles genommen. Ich habe nichts mehr zum Überleben. Ich weiß, dass ich dir Unrecht getan habe, aber bitte hab ein Herz."

Ihre Lippen zitterten aus Angst vor seiner Antwort und vorsichtig suchten ihre Finger Kontakt an seiner Hose. Sie hockte nun auf ihren Knien und jede Sekunde dauerte ewig. Tadeo hob sein Haupt und schien noch auf eine weitere Erklärung von ihr zu warten.

„Es tut mir leid. Tadeo … ich brauche dich. Bitte!" Sie kam sich erbärmlich und schwach vor. Doch sie wusste, wenn er jetzt gehen würde, wäre es um sie geschehen. Sie hatte niemanden da draußen.

„Nichts, was du besitzt, könnte mir von Wert sein. Was willst du mir bieten, was ich nicht habe?", fragt er herausfordern und ihr waren diese Worte mehr als nur bekannt. Es waren ihre eigenen gewesen. Kasia verstand, dass er ihr eine Retourkutsche geben wollte. Daher stand sie langsam auf, bemühte sich um einen lasziven Ausdruck und schlang ihre Arme kurzerhand um Tadeos Hals, um ihn zärtlich zu küssen. Doch er drückt sie abrupt von sich: „Das ist wirklich ein kläglicher Versuch dafür, dass du bereits auf der Welt warst, bevor ich noch als Spermium existiert habe. Im Übrigen küsst du miserabel."

Die dunkle Stimme in ihr verspottete sie: *Wie tief bist du nur gesunken, Kasia? Wie kannst du dir das bieten lassen? Dein Vater würde sich in Grund und Boden für dich schämen!* Aber die Verzweiflung war stärker als ihr Rückgrat und daher fiel ihr nur noch eine Möglichkeit ein, ihn umzustimmen. Sie schob vor seinen wachsamen Augen erst einen, dann den anderen Pannesamtträger ihres edlen kobaltblauen Kleides von den Schultern. Kasia ließ es fallen und enthüllte sich vor Tadeo splitterfasernackt. Und diesmal schien sie in seinen Augen zu erkennen, dass er über diesen Zug mehr als nur überrascht war. Langsam glitten sie über ihren bebenden Körper. Kasia hatte solche Angst vor seiner Ablehnung, versuchte in seinem Blick zu lesen und hoffte, ihm gefiele, was er sah. Doch er ließ sich nicht in die Karten sehen. Sein Streifzug hinterließ glühende Spuren an ihrer Haut. Urplötzlich wünschte sie sich sogar, dass er Feuer fing, um sich zu nehmen, was sie ihm bot. Nur um nicht allein in dem verwüsteten Haus zurückzubleiben, ohne Schutz, ohne Nahrung, ohne Sicherheit, dass es ein Morgen für sie gab. Und da plötzlich geschah es. Er näherte sich ihr und ihr Herz raste vor Aufregung.

Tadeo lehnte sich nun ganz dicht zu ihr, sodass sein Atem beim Sprechen über ihre Wangen tanzte. Er musste sich eingestehen, dass sie unglaublich gut roch, als würde sie täglich mehrmals in ihren reinigenden Duftkreationen eingeweicht liegen. Ihre Lippen waren nur noch einen Hauch von Zentimetern voneinander entfernt: „Und? Wie fühlt es sich an, sich für Nahrung zu prostituieren? Erbärmlich – nicht wahr? Du hättest mich niemals festhalten dürfen. Dich zu verschonen, war das äußerste der Gefühle. Mehr kann ich für dich leider nicht tun." Er überlegte, ob er nun einen Schritt zu weit gegangen war, doch in seiner Truppe würde eine Vampirin nicht geduldet oder womöglich sogar geschändet werden. Sie war hier viel besser aufgehoben und konnte diese Tatsache aus Angst nur noch nicht erkennen. Er aber schon. Tadeo erkannte erneut Tränen in ihren Augenwinkeln und so verschwand er – ohne Kasia.

26 | Zukunftsroulette

Silenas rechtes Knie wippte nervös und das erste Mal in ihrem Leben kaute sie an ihren Nägeln. Dass Magnus sie einfach so ohne Antworten abgefertigt hatte, klang beim ersten Hinhören plausibel und vertrauenswürdig. Doch je mehr Zeit verstrich, desto naiver kam sie sich dabei vor. Sie hatte sich von ihm einlullen und abspeisen lassen. *Wie dumm kann ich eigentlich sein? Ausgerechnet ihm vertrauen? Du wirst es nie lernen, Silena*, ging sie selbst mit sich ins Gericht. Sie sah noch immer vor sich, wie Magnus plötzlich an sein Comlink gegangen war. Im ersten Augenblick schien er erleichtert über die Ablenkung gewesen zu sein, im nächsten Moment wirkte er abwesend, dann überrascht. Silena konnte sich noch genau daran erinnern, wie seine Pupillen sich verengten und sie den Atem anhielt, als würde diese Stille ihr ein Mithören ermöglichen. Was natürlich nicht der Fall war. Die Sekunden schienen langsamer zu werden, bis Magnus den Empfänger verabschiedete. Dann stand er unbeholfen vor ihr auf, um sich mit beiden Händen auf den Tisch zu lehnen und sich im Geheimen mit ihr zu besprechen.

„Ich weiß genau, dass du mich nicht gehen lassen willst, bevor ich meine schuldigen Antworten dagelassen habe. Und auch, dass du der Ansicht bist, ich verschweige dir etwas. Ich kann dir im Augenblick nur versichern, dass ich rasch zum Rat muss, da ich zum Ratsmitglied ernannt wurde." Danach hatte Magnus sich aufgerichtet und seine Finger über den Hemdkragen streichen lassen. Sein Ordnungsfimmel hatte offensichtlich wieder durchgegriffen. Er war mit einem überheblichen „Du kannst mir später gratulieren" fortgefahren und dem Versprechen, sie nach seinem Termin direkt vor dem Ratsgebäude zu treffen, um ihr endlich alle Antworten zu geben. An diesem Punkt war Silena sogar stolz auf sich gewesen, da sie Magnus vor dem Verlassen der Bar noch am Handgelenk gepackt und ihn gewarnt hatte, falls er das Abkommen nicht einhalten würde. Sie hatte ihn ein wenig ihrer Energie spüren lassen, was ihm einen Denkzettel verpassen sollte. Bildete sie sich zumindest ein. Bei dem Gedanken sackte sie mehr in sich zusammen, da Magnus womöglich nun breit grinsend in Sicherheit verschanzt saß und sich über ihr

154

Vertrauen halb totlachte. Andererseits bekam sie auf ihre letzte Frage „Woher weiß ich, dass du dich daran halten wirst?" die Rückmeldung „Weil ich offengesagt in deiner Nähe derzeit sicherer bin als irgendwo sonst." Gerade dieser Satz spielte sich immer und immer wieder in Magnus' tiefer Stimme ab, um sie zu verunsichern und zum Grübeln zu bringen.

Silena saß in ihrem Appartement und blickte auf Toa hinab. Es war still da draußen. Zu still. Die Kolonie war erstmalig von einem merkwürdigen Nebel überzogen, der leicht gelb war, als hätte sich der Wüstensand in die Stadt verirrt. Zu sehr wirkte alles wie die Ruhe vor dem Sturm auf sie. Sie dachte über Magnus' Meinung zu ihrem Auftrag nach. Immerhin hatte sie nun doch einer Vielzahl an Gewandelten das Mittel verabreicht. Die abendlichen Streifzüge durch Bars, Lokale und Restaurants hatte sich bezahlbar gemacht. Die Ampullen leerten sich, aber Silena wusste auch, dass Toa nicht die einzige Kolonie war und sie Wege finden musste, um auch nach Stratus, Maset und Co. zu gelangen. Sie stellte sogar fest, dass, je öfter sie das Prozedere des heimlichen Verabreichens hinter sich brachte, die Aufgabe leichter geworden war. Dem gegenüber lag jedoch ein schwerer Steinhaufen auf ihren Schultern, der von Mal zu Mal drohte, sie in den Abgrund zu reißen. War sie tatsächlich dabei, nur der geheime Handlanger der Wächter zu sein, oder tat sie Gutes für die Allgemeinheit? Magnus hatte mit seiner Ansprache eindeutig Zweifel gestreut, die sie nun um den Verstand brachten. Dabei wollte sie nur alles wieder geradebiegen und den Spezies ein gemeinsames, ruhiges Leben gewährleisten. Letztendlich hatte Edrian womöglich recht, dass es nicht in ihrer Macht stand, alles und jeden zu retten. Irgendwo kam wohl ein Punkt, wo auch sie Hilfe benötigte oder sich eingestehen musste, dass sie trotz der Alien-DNA nicht unfehlbar war.

Plötzlich vernahm sie ein Läuten an ihrer Tür. Kurz machte Silenas Herz einen Sprung. *Ist Edrian endlich zurück?* Doch er hätte sich mit Sicherheit auf dem Comlink gemeldet, sobald er die Grenze der Kolonie erreicht hätte. Trotzdem lief sie der Tür entgegen, denn direkter Besuch konnte nur vom Rat oder einer ihr bekannten Person stammen ... Orelia?

Als Orelia Silenas erleichtertes Gesicht sah, wusste sie, dass ihre Albträume doch mehr der drohenden Zukunft ähnelten, als ihr lieb war.

„Ich ahnte es. Irgendetwas stimmt nicht. Wo ist Edrian?" Auf ihre Frage hin hob Silena überrascht die Augenbrauen.

„Wie meinst du das – du ahntest es? Edrian ist erneut die Reise zum gestrandeten Raumschiff der Wächter angetreten. Leider habe ich ihn bis jetzt nicht erreicht." Die Art und Weise, wie Silena sich ausdrückte, wirkte nervös und gehetzt, als hätte sie Angst, ihre Gefühle zu offenbaren. Etwas bedrückte sie. Ohne Frage.

Orelia schritt nun durch die geöffnete Türe, da Silena scheinbar zu zerstreut war, sie hineinzubitten. Noch in Gedanken versunken schloss sie sie hinter ihr. Orelia blieb nichts anderes übrig, als mit beiden Händen Silenas Gesicht zu umfassen und sie direkt anzusehen. Mit einem Mal fokussierten Silenas Augen sie und wurden glasig.

„So wie es aussieht, bin ich zur rechten Zeit gekommen, meine Liebe. Ich muss gestehen, dass ich selbst überrascht bin über die Erkenntnis, aber ich sehe und weiß wohl mehr, als mir bewusst ist. Es ist mir zum Beispiel nicht verborgen geblieben, dass du Nachwuchs in dir trägst."

Mit diesen Worten kullerten die ersten Tränen und Silena lehnte sich nun gegen sie in der Erwartung, umarmt zu werden. Einem Wunsch, dem Edrians Mutter sofort nachging. Orelia spürte die Erleichterung unter der zart bebenden Haut.

„Vielleicht hätte ich doch früher kommen sollen, Silena. Es tut mir unendlich leid."

„Edrian weiß nichts davon und ich habe ihn einfach ziehen lassen. Ich bin ein furchtbarer Mensch. Er hätte verdient es zu erfahren und jetzt … wer weiß, ob er von dieser Expedition zurückkehrt."

Orelia drückte sie nun rasch weg, um sie direkt anzusehen. „Das darfst du nicht einmal denken", sagte sie ernst, nahm sie bei der Hand und führte sie nun selbstverständlich in den Wohnbereich, wo sie sich zeitgleich mit ihr in die weiche Sitzgelegenheit mittig des Raumes hineinfallen ließ. Die Wohnung wirkte noch so leer und unbewohnt im Vergleich zu ihrem Zuhause und sie wunderte sich, woran dies lag. Es fehlten persönliche Gegenstände, Pflanzen oder Dekoration, dabei hatte die Zeit, seit ihr gemeinsames Leben hier gestartet hatte, ausgereicht, um mehr Wohnlichkeit darin zu verstreuen.

Silena schien sich nun zu fassen, rieb sich die letzten Tränen aus dem Gesicht und wurde hellhörig.

„Woher weißt du es, Orelia?", kam es nun etwas skeptisch zurück. Orelia holte tief Luft und überlegte, ob die Wahrheit von Silena angenommen werden würde. Sie konnte es ja selbst kaum glauben, wenn sich nicht immer wieder Details aus ihren Träumen bewahrheiten würden.

„Ich habe es gesehen … in meinen Träumen."

Silena ließ die Worte sacken und wartete auf eine Erklärung, die nicht kam.

„Das verstehe ich nicht. Wie meinst du das?" Sie zog die Stirn kraus und ihre Augen zeichneten mit Bestimmtheit ein stilles Fragezeichen.

Orelia legte nun im mütterlichen Stil eine Hand auf die ihre und sah sie eindringlich an.

„Ich weiß, dass das verrückt klingt, doch ich träume in letzter Zeit immer häufiger. Die Inhalte sind wild durchgemischt, aber alle haben mit Toa, den Wächtern, dem Rat, den Spezies, aber vor allem mit dir zu tun." Orelia massierte leicht ihre Finger, als würde sie sie damit beruhigen wollen.

„Du hast also geträumt, dass ich ein Kind erwarte?" Diesmal folgte ein Nicken als Rückmeldung.

„Du meinst, deine Träume hängen mit der Realität zusammen, obwohl du sie nicht direkt gesehen hast?" Silena fiel es schwer, ihre Überraschung zu verbergen.

Nun ließ Orelia langsam wieder ihre Hand los und zog beide ihrer Hände in den Schoß zurück, als würde ihr die nächste Antwort schwerfallen. Ihre Lippen waren streng zu einer Linie gezogen und machten dem straff nach hinten gebundenen Dutt Konkurrenz.

„Nein … vielmehr beläuft es sich offensichtlich darauf, dass die Dinge, die ich in meinen Träumen sehe, die Zukunft widerspiegeln. Sie sind noch gar nicht passiert."

Silena wurde von einer Gänsehaut überzogen, denn aus irgendeinem Grund zweifelte sie keine einzige Sekunde an dem Wahrheitsgehalt dieser Offenbarung. Nachdem sie Edrians Mutation live miterlebt hatte und gewiss auch Magnus eine ihr unerschlossene, neue Gabe besaß, schien nichts mehr unmöglich.

Auf einmal begann Orelia zu lächeln und ihre Finger zog es langsam zu Silenas Unterleib. Zuerst wusste sie nicht, was das werden sollte, als ihr bewusst wurde, dass sie gerade eine überglückliche und stolze werdende Großmutter vor sich sitzen hatte.

„Ich freue mich so für euch, Silena", erklärte sie mit strahlendem Ausdruck. Und mit einem Mal fiel Silena ein Stein vom Herzen, da das Geheimnis nun keines mehr war und eine ihr nahestehende Person mehr als positiv über dieses Ereignis gestimmt war. *Dann muss doch auch Edrian sich darüber freuen. Muss er doch einfach, oder?* Und als hätte Orelia ihre Gedanken gelesen, nickte sie freudig.

„Ja, meine Liebe, Edrian wird dich auf Händen tragen und mit geschwollener Brust jedem davon erzählen, ob er oder sie es nun wissen will oder nicht."

Beide mussten bei dieser Vorstellung lachen. Doch die Freude währte nicht lange, da Silena nun eins und eins zusammenzählte.

Silena blickte sie erschrocken an und Orelia ahnte, welche Fragen nun auf sie berechtigterweise herabrieseln würden.

„Du bist aber nicht wegen des Babys gekommen, stimmt's? Geht es um Edrian? Hast du ihn in einer bedrohlichen Situation gesehen? Oder geht es um … um meinen Auftrag?" Das nervöse Schlucken war unüberhörbar und diesmal war Orelia überrascht.

„Du hast recht, dass es nicht der alleinige Grund war, aber von einem Auftrag habe ich ehrlich gesagt nichts gesehen. Jedoch habe ich eine Zukunft gesehen, die ich wohlgemerkt nicht erleben will." Orelia konnte die Theatralik in ihrer Stimme nicht verhindern, da bei der Erwähnung des Traumes sofort die Bilder vor ihrem geistigen Auge von neuem aufflackerten.

Diesmal war es Silena, die näher an sie heranrückte und als Beistand einen Arm um ihre Schultern legte.

„Was hast du gesehen, Orelia?"

„Eine Welt ohne Gewandelte. Jedoch in einer Kolonie, die friedlich die Trümmer beseitigt und zusammen ein Leben aufbaut. Aber das besonders Befremdliche war, dass niemand mehr da war, den ich kannte. Alle waren spurlos verschwunden und ich bin alleine herumgeirrt."

Orelia sah nun direkt in Silenas Augen. „Auch du und Edrian …"

Silenas Gänsehaut hatte es sich nun gemütlich gemacht. Eine Attacke folgte der nächsten und sie versuchte, die Erzählung mit ihrem Auftrag in Verbindung zu bringen. Sie überlegte, ob ihr Verabreichen diese Zukunft erklären würde oder ihr Versäumen, falls sie damit nun aufhören würde? Was könnte die Wächter dazu veranlassen, die Gewandelten letztendlich auszulöschen? Für immer.

„Was ist das für ein Auftrag, von dem du gesprochen hast? Ich schätze, er ist der Grund dafür, dass du in Sorgen und Zweifel versinkst." Silena wusste, dass sie es nicht leugnen konnte. Vor allem jetzt, da ein mutierendes Orakel neben ihr saß. Sie atmete tief ein.

„Die Wächter haben mir einen Auftrag gegeben, den ich nicht ablehnen konnte. Es geht darum, die Mutationen der Gewandelten einzudämmen und … das ist wohl der harte Teil daran …" Silena zögerte und versuchte aus Orelias Reaktion zu lesen.

„Und es soll sichergestellt werden, dass die Gewandelten sich nicht fortpflanzen können, damit der für sie entstandene Schaden oder Fehler nicht streuen kann", ergänzte Orelia, als wüsste sie es bereits. „Und nun plagen dich Zweifel, ob du hinter dem Rücken der Gewandelten diese Entscheidung für sie treffen sollst, in der Annahme, du tust das Richtige. Für alle. Ohne eigentlich einen Beweis dafür zu haben, dass du keinen anderen Schaden anrichtest. Habe ich recht?"

Und wie recht sie hatte. Silena war geschockt, wie simpel und einfach es aus Orelias Munde klang und wie schnell sie die Zusammenhänge erkannte. Ihr war erneut zum Heulen. Orelia verstand zu gut, was in ihr vorging.

„Warum erleichterst du dein Gewissen nicht und führst deinen Auftrag an mir aus? Denn ich kann dir versichern, dass ich in der Zukunft zugegen bin. Daher egal, was du mir gibst, ich werde es überleben. Und wenn es mir nicht schadet, dann auch nicht den anderen." Silena war bestürzt, dass Orelia ohne einen Gedanken daran zu verschwenden so aufopfernd agieren würde. Daher verneinte sie rasch mit ihrem Kopf, da sie gerade jene Personen, die ihr am Herzen lagen, als Letztes damit konfrontieren wollte. Vor allem hätte sie es dieser Personengruppe gebeichtet und nicht einfach so heimlich ein paar Tropfen in ein Glas fallen lassen.

„Es ist meine freie Wahl und, wer weiß, vielleicht war DAS der Grund, warum ich heute bei dir bin." Orelia lächelte sie selbstbewusst an. Sie zeigte keine Anzeichen von Furcht oder Zweifel. Und genau dafür bewunderte Silena diese Frau. Sie war eine der wenigen, die noch auf Huratus geboren worden war, und sie wirkte wie eine Heldin auf sie. Daher griffen Silenas zitternde Finger in ihre Hosentasche und fischten eine Ampulle der Wächter heraus. Sie demonstrierte die Flüssigkeit Orelia.

„Bist du dir wirklich sicher?"

Orelia öffnete die Hand und nickte.

„Aber vorher hätte ich noch gerne mehr über mein Kind erfahren, Orelia. Was hast du in deinen Träumen gesehen?"

27 | Mit anderen Augen

Tadeo schlurfte mühselig hinter seinen Kollegen her. Die Siegesbeute aus Kasias Villa wurde von Meter zu Meter schwerer auf seinen Schultern, doch er wollte sich nichts anmerken lassen. Derwin und die anderen wirkten noch immer uneingeschränkt und agil und er wollte nicht als Schwächling dastehen. Andererseits waren die anderen knappes Essen, schlechte hygienische Versorgung, mangelnden Schlaf und überdurchschnittlich harte Bedingungen gewohnt. Tadeos schwerste Arbeit hatte vor seinem Ausbruch aus der Blutfarm daraus bestanden, das reife Obst rasch zu essen, bevor es zu gammeln beginnen konnte. Und das war nicht unbedingt eine Fähigkeit, mit der man in so einer Gruppe stahlharter Rowdys punkten konnte. Doch zum Glück hatte das Schicksal Erbarmen mit ihm, denn Tiglitz – Derwins rechte Hand in der Gruppe – brach plötzlich ohne ersichtlichen Grund zusammen.

„Boss …", stammelte er mit schwacher Stimme und lehnte sich schwer atmend gegen die nächstgelegene Hausmauer. Tadeo nutzte die Gunst der Stunde und warf seinen Beutel zu Boden, um rasch zu Hilfe zu eilen. Er hockte sich vor den blassen Kumpanen, dessen Augen trüb und desorientiert wirkten. An seinem wuchernden Bart sammelten sich Schweißtropfen und auch sein dunkelbraunes, struppiges Haar war durchgeschwitzt. Ob es jedoch an der Hitze der Mittagsstunde lag, war zu bezweifeln.

„Ganz ruhig, Tiglitz, wahrscheinlich bist du nur dehydriert", gab Tadeo laut von sich, während sich die anderen drei der Truppe neugierig um sie scharten. Tadeo wollte sich einmal nützlich und tüchtig fühlen, vor allem nach der Standpauke in Kasias Gegenwart. Er beträufelte übereilig die Lippen des geschwächten Mannes, doch Derwin schien völlig unbeeindruckt über seine rasche Hilfeleistung zu sein.

„Zur Seite, Tadeo!" Er schob ihn unsanft weg. „Tiglitz bekommt keine Luft, wenn du ihm so auf die Pelle rückst. Lass mich sehen, alter Kumpel, wo liegt das Problem?"

Und als Tadeo nun aufstand und die drei Männer so dicht um Tiglitz stehen sah, wurde ihm bewusst, dass er fehlplatziert und unerwünscht war. Egal, wie viel Mühe er sich wohl geben würde, er bliebe immer der Außenseiter, um den sich am wenigsten geschert wurde. Diese Einsicht verletzte ihn, denn in der Farm war er verehrt und auf Händen getragen worden. Nur die Gefangenschaft und die Unfähigkeit, für sich selbst zu entscheiden, hatten ihn damals dazu verleitet, das ‚Dadraußen' gegen das ‚Dadrinnen' um jeden Preis eintauschen zu wollen. Auch die Tests, Experimente und das regelmäßige Schöpfen sollten ein Ende nehmen. Doch in letzter Zeit häuften sich seine Zweifel, ob es ihm wirklich so schlecht gegangen war. Dabei fiel sein Gedanke auf Kasia. *Ob ich bei ihr womöglich auch ein besseres Leben hätte haben können? Und dennoch frei, unbestimmt? Oder wäre ich nur abhängig gewesen und unter ihrer Kraft zugrunde gegangen?*

Tja, mein Freund, das wirst du wohl nie erfahren. Auch nicht, ob zwischen euch beiden mehr hätte laufen können … außerdem ist es nicht sicher, ob du den heutigen Tag lebend beendet hättest, strafte ihn nun sein Gewissen. Eine Wortmeldung, auf die er getrost hätte verzichten können. Denn er war sich ohnehin nicht mehr sicher, ob er zu forsch gegen sie vorgegangen war. *Es war unnötig …*

„Verdammt, sieh dir das an, Boss! Diese blauen Adern waren mir bereits beim letzten Duschen bei ihm aufgefallen …", begann Adis verunsichert.

„Aha, ihr duscht also gemeinsam? Oder warum glotzt du sonst auf seinen Hintern?", gab Fendi – der Vierte im Bunde – belustigt von sich.

Tadeo sah Adis rot anlaufen. In der nächsten Sekunde lag der Verspottete auch schon auf Fendi, um ihn mit der Faust ins Gesicht zu schlagen. „Halt dein verfluchtes Schandmaul!"

Doch Derwin hatte für solche unreifen Schlägereien untereinander nichts übrig, schob seine fette Schulter sofort dazwischen und brüllte sie beinahe taub: „Das bringt uns nicht weiter, also nervt mich nicht!!!"

Adis rieb sich sein Ohr und runzelte wehleidig die Stirn.

„Ich wollte auch nur festhalten, dass diese blauen Dinger von einem zum anderen Tag einfach da waren und sich ausgebreitet haben. Mehr hab ich dazu nicht zu sagen."

Fendi grinste provozierend zurück und äffte Adis Mimik dabei nach. Während Derwin unbeeindruckt die besagten Adern betrachtete, die Tiglitz an der Hüfte hinauf unter dem Shirt über seinen Rücken und nun sichtbar über die Schulter weiter wuchsen.

„Ihr findet das wohl komisch, nicht wahr? Ich allerdings habe Gerüchte gehört über eine unheilbare und sich ausbreitende Krankheit."

Tiglitz riss nun verängstigt die Augen auf und schien die letzten Reserven zu mobilisieren. Er drückte sich hoch, um wieder aufrecht vor seiner Truppe zu stehen.

„Alles in Ordnung, Boss", stammelte er.

Derwins Augen wurden zu kalkulierenden Schlitzen. Dann schlug er seinem tapferen Untergebenen auf die Schulter.

„Taffer Mann, doch ich gehe kein Risiko ein. Ich kenne da ein Labor, wo Menschen und Sympathisanten zusammenarbeiten. Die sollen sich das sicherheitshalber mal ansehen."

Tadeo bekam eine Gänsehaut. Er zog alarmiert sein verdrecktes Shirt vom Oberkörper, um an seiner Haut nach blauen Anzeichen Ausschau zu halten. Er war verunsichert und überlegte, wie der Rest seines Körpers wohl aussehen würde, wo er keinen Überblick hatte. Dies war zugegeben ein weiterer Punkt, der ihn zweifeln ließ, ob er sich gerade zur richtigen Zeit am richtigen Ort befand.

Magnus ließ die Worte Revue passieren. Er konnte es noch immer nicht glauben. Er saß hier im Ratsgebäude an dem Tisch, der politischen Entscheidungsträgern vorbehalten war, und diesmal war es nicht zur Werbung seiner Person. Auch nicht, um als interimistisches Mitglied die Neuigkeiten in der Kolonie entgegenzunehmen, sondern vom unabhängigen Wahlabgeordneten die Ergebnisse der ersten offiziellen Ratswahl in Toa zu erhalten. Und kein Geringerer als er selbst war einer davon. Und wie ein Déjà-vu saßen da noch Lucil als Vertreter für die Menschen und Trudo als Verfechter der Vampire neben ihm. Sie waren unbestritten viel zufriedener mit dieser Offenbarung als er. *Ob hier ein*

abgekartetes Spiel abgeht? Oder sind die Bilder von Silenas Tochter tatsächlich Eindrücke der Zukunft?

Magnus' Zweifel führten ihn in Versuchung, in den Köpfen der Anwesenden auf die Suche nach der Wahrheit zu gehen. *Wurde gemogelt oder ist die Wahl nach rechten Dingen zugegangen?*

Ich kann es nicht fassen! Endlich konnte ich mich einmal durchsetzen und die Masse für mich gewinnen!, kam von Trudos Seite.

Die Besuche und Reden in diversen Stadtteilen und Wohneinheiten haben sich letztendlich bezahlt gemacht. Andererseits hätte ich aber auch an dem gesunden Verstand der Wahlberechtigten gezweifelt, wenn sie die Konkurrenz genommen hätten, dachte sein verhasster Vertreter der Menschen.

Magnus hätte Lucil nur zu gerne von seinem hohen Ross herunter gestoßen. Doch er redete sich ein, dass er noch so oft die Gelegenheit bekommen würde, ihn vor Publikum zu degradieren. Am heutigen Tage war die Öffentlichkeit ohnehin ausgesperrt worden und die paar anwesenden Mitarbeiter im Ratsgebäude würden seinem Sarkasmus nur wenig Auftrieb geben. Daher schwieg er und konzentrierte sich nunmehr auf seine temporäre Aufgabe der Ratsleitung, die jedem der drei Mitglieder für eine festgelegte Amtsperiode zustand. Eine Protokollführerin und zwei Beobachter aus dem Wahlkomitee standen als Zeugen und Hilfen zur Seite.

„Gut, dann möchte ich als erste Amtshandlung des Rats alle Mitglieder im Team begrüßen und hoffe auf eine gute und ausgeglichene Zusammenarbeit. Um die Leitung fair zu gestalten und jedem gleichermaßen Zutritt als Sprecher zu gewähren, würde ich eine Rotation von einem halben Zyklus vorschlagen", gab Magnus bekannt und versuchte, abwechselnd jedem seiner Kollegen in die Augen zu blicken, um Respekt anzuzeigen.

„Ich würde einen Viertelzyklus vorsehen", kam es wie aus der Pistole geschossen aus Lucils Mund, was für Magnus das Misstrauen ihm gegenüber unterstrich. *Nicht unbedingt ein guter Anfang*, dachte er sich und probierte, seine ansteigende Unruhe hinunterzuwürgen. Denn nichts anderes war von Lucil zu erwarten.

Magnus blickte in die Runde.

„Gut, ich bin einverstanden. Wie siehst du das, Trudo?"

Mir ist alles recht, solange der Mensch nach mir dran kommt.

Magnus nickte unbewusst, als es ihm Trudo vormachte. Er war sich nun sicher, dass er eine stille Allianz gegen Lucil bewerkstelligen und Trudo sofort dazu zu begeistern sein würde.

„Dann kommen wir zum schlagenden Punkt Nummer eins auf unserer To-Do-Liste: die ansteigenden Todesfälle. Ich habe einen aktuellen Bericht von Well und Nuke zu diesem Thema. Es ist aufgefallen, dass die ersten Todesfälle ausschließlich aus den Reihen der Ratsgarde stammten und nun vier weitere quer durch Toa außerhalb dieser Berufsgruppe in Zusammenhang gebracht wurden. Hier droht uns eine versteckte, streuende Gefahr, der wir rasch Herr werden müssen." Magnus konzentrierte sich nun wieder auf sein mentales Gehör, denn sein Instinkt sagte ihm, dass vor allem Lucil bei diesem Thema nervös werden würde. Heute musste der Tag sein, an dem Magnus Antworten aus ihm herausquetschen würde. Denn allem Anschein nach tickten die Zeiger bedrohlich laut.

Lucil konnte die ersten Schweißperlen an seiner Stirn spüren. Ihm ging Latharas Gesichtsausdruck nicht aus dem Sinn, die ihn betroffen vor exakt dieser Situation gewarnt hatte. *Ich hoffe, Yven kommt morgen wieder in Toa an und dann kann ich den Mist hinter mir endlich ein für alle Mal wegräumen. Und ich bete, Baris hält solange dicht. Viel länger kann ich das nicht mehr verheimlichen und vor allem der lästige Mistbock Magnus scheint etwas zu riechen.*

„Lucil? Kann es sein, dass du uns in diesem Punkt Neuigkeiten unterbreiten willst? Weiß dein Labor vielleicht schon mehr, wie dieser Virus entstanden ist oder sich verbreitet?" Magnus knetete seine Finger vor ihm und ein süffisantes Grinsen tanzte kurz über seine Lippen.

Wie ich ihn hasse …

„Wells und Nukes erster Verdacht, dass es mit Silenas Blut im Zusammenhang stehen könnte, hat sich leider nicht bekräftigt. Tja, was soll ich sagen, die Wissenschaft kann nun mal auch nicht alles erklären." Lucil biss sich auf die Zunge, denn er merkte zu spät, dass diese Antwort nicht gerade professionell oder für die Allgemeinheit hilfreich war.

Magnus' rechte Augenbraue zog sich so hoch, als wollte sie ihre Missgunst unterstreichen.

„Ach … ist das so?"

Ja, so ist es, motzte Lucil innerlich nach und versuchte nun mehr auf Trudo zu blicken, um seine steigende Nervosität bei Magnus nicht zu sichtbar zu machen. Dieser las viel zu sehr aus ihm, was Lucil missfiel.

„Aber ich habe eine gute Neuigkeit", strahlte Lucil nun und redete sich selbst ein, dass eine Notlüge keine tatsächliche Lüge war. „Wir haben zumindest ein Gegenmittel für den Virus gefunden, wenn die Erkrankung in den ersten 48 Stunden diagnostiziert wird." Lucil strich hurtig die Schweißperlen von seiner Stirn und zog sich seinen Gürtel straffer.

Doch Magnus sah ihn so bohrend an, dass jegliche Ablenkung verschenkte Mühe schien.

„Dann gratuliere ich, Lucil."

Gerade als Lucil ausatmen wollte und auf ein neues Thema hoffte, schoss Magnus aber nach: „Mir scheint, der Gardeleiter Baris und du, ihr seid gut aufeinander zu sprechen. Da er den Überblick über die sterbenden Mitarbeiter gewiss bewahrt hat, könnte ein direktes Gespräch mit ihm womöglich Aufschluss darüber geben, wer als Erstes erkrankt ist, wie die Symptome frühzeitig zu erkennen sind und wie sich die Erkrankung gestreut hat. Denkst du nicht auch, Lucil?"

Lucils Augen wurden immer größer und Magnus hatte ihn, wo er ihn haben wollte. Er stand in der Ecke, denn Baris dürfte sein wunder Punkt sein.

Ich muss das verhindern oder zumindest hinauszögern. Lucil, lass dir was einfallen, und zwar rasch!

„Gut, ich sehe, wir sind uns einig." Magnus wandte sich nun an die Protokollführerin. „Könnte man Baris rasch für die nächste Sitzung als Zeugen laden? Ich hätte sehr wichtige und vielversprechende Frage an ihn zu richten."

166

Magnus zog sich die Hemdränder unter seinem Blazer hervor und grinste über beide Ohren. Er war siegreich gewesen und hatte es geschafft, dass Lucil erstmalig keine eloquente Retourkutsche hatte erwidern können.

„Tja, womöglich bist du auf deinen Meister gestoßen, kleines Menschlein", musste er sich selbst loben, als er hinter sich die glorreichen, schweren Tore des Ratsgebäudes schloss und sich auf den Heimweg machte. In Gedanken versunken legte er sich bereits die Fragen für Baris zurecht und plante einen Termin mit Trudo in den nächsten Tagen ein, um seine Machtposition im Rat zu stärken. Als er in die erste Seitengasse abbog, um dort einen kleinen Transportlader zu besteigen, hörte er jemanden seinen Namen rufen: „Magnus … Magnus? Hier bin ich!"

Es war eine Frauenstimme und zuerst konnte er sie nicht zuordnen. Bis er auf ein sehr dünnes Gestell blickte, gehüllt in ein kobaltblaues, verschmutztes Kleid mit einer wallenden, rotbraunen Mähne. Die goldenen Knöpfe und Ziernähte auf dem Gewand deuteten auf hoheitliches Blut hin. Doch die Vampirin war barfuß und versteckte sich im Schatten einer über ihr thronenden Terrasse. Magnus sparte sich seinen Geruchssinn einzusetzen, bis die Person kurz in den Lichtkegel der Sonne stieg. Sie umging die drohende Gefahr, da sie entweder dem Sonnenschutz nicht vertraute oder keinen aufgetragen hatte. Magnus fand keine andere als Kasia vor sich.

„Ich fasse es nicht … Was ist nur aus dir geworden? Haust du nun in der Gosse?", rutschte ihm ungalant aus dem Mund, bevor er sich zügeln konnte. Seine Ex-Freundin und er waren gewiss nicht gut auseinandergegangen, dennoch hatte sie diese Mundart nicht verdient.

Kasia sah diesen ausgemergelten Mann in vormals edler Kleidung, der sich nur dank eines mechanischen Stützapparates aufrecht halten konnte. Magnus schien zwar durch einen breiteren Muskelaufbau als Gewandelter durchzugehen, doch es fehlte die Substanz, diese Kraft zu füllen. Es überlappten sich ihre Erinnerungen an ihre gemeinsame Zeit, als sie sich gegenseitig mit Blutlabeln der höchsten Klasse beschmiert und abgeleckt hatten. Momente, in denen sie sich geschlossen über das niedere Volk amüsiert und lustig gemacht hatten. In so vielen Punkten hatten sie sich auf Anhieb verstanden. Magnus strebte damals nach Macht, mehr Einfluss und Geld. Alles, was sie wollte, war sein Ehrgeiz und die Zusage, sich fest an sie zu binden. Sie sah sich an Nachwuchs arbeiten und in einem Herrschaftshaus um organisatorische Kleinigkeiten für ihn kümmern. Sie wollte das Glanzstück an seiner Seite bei jeder öffentlichen Feierlichkeit sein, von ihm präsentiert und auf Händen getragen werden. Für ihn hätte sie sogar Schuhe dabei angezogen. Immerhin konnte sie ihm mit guter Herkunft zu neuen Kontakten in den obersten Ebenen verhelfen. Auch in den anderen Kolonien. Zumindest hätte ihr Vater dazu beigetragen. Doch alles sollte ganz anders kommen. Magnus wollte mehr als nur eine Vampirin und hatte seine Gelüste in Form von Geruch und Bissspuren stupide vor ihr präsentiert. Er wurde unverfroren und es tat ihm kein bisschen leid. Immer häufiger wurde sie von öffentlichen Empfängen durch ihn ausgeladen oder bei wichtigen Anlässen verschmäht. Magnus hatte einfach andere Pläne. Egoistisch und eigensinnig. Ohne. Sie.

Und als die bunten Bilder der Erinnerung über sie hinwegfegten, blieb letztendlich nur der äußerlich zerbrechlich wirkende, mitleiderregende Mann für sie übrig, der sich nur durch seine scharfe Zunge als IHR Magnus deklarieren konnte.

„Da redet genau der richtige, Magnus. Hast du dich heute schon im Spiegel betrachtet? Die Wirkungen des Blutes von Objekt Silena 2 hat wohl nicht lange angehalten oder hat dich das Leben so hergenommen?"

„Nur weil du es nicht vollbracht hast, meine Liebe? Wie ich sehe, hast du nun doch keine bessere Partie abbekommen. Kein Bindungsschmuck eines fixen Partners glänzt an dir, kein geschwollener Leib, was für eine Tragödie." Theatralisch setzte er einen geschockten Ausdruck auf und legte seine Hände auf sein Gesicht vor Bestürzung.

Kasia hasste sich für diesen Schritt. Wie hatte sie auch annehmen können, Magnus wäre die einzige Person, die sie noch aus dem Sumpf ziehen könnte? Er war einfach die letzte Person, die dies vollbringen würde, selbst wenn sie es könnte. Doch gerade, als ihr Stolz den Weg zu gehen wies, war ihre Verzweiflung stärker und so ließ sie es über sich ergehen.

„Gut, hast du dich nun genug über mich lustig gemacht? Geht es dir jetzt besser? So wie ich es vernommen habe, bist du Ratsmitglied. Meine Gratulation. Und das war's auch schon. Ich wollte nicht mehr dazu sagen." Kasias Würde hatte gesiegt. Mit dieser Antwort würde sie leben können. Sie war vernünftig und huldigend geblieben ohne sich zu erniedrigen. Daher trat sie nun den Heimweg an, denn eine neue Lösung musste auf den Tisch. In ihrem Haus war sie nicht mehr sicher und die letzten wertvollen Reserven mussten in die richtigen Hände gelangen, um zu Geld zu werden. Was ihr jedoch noch viel lieber wäre, wäre die Möglichkeit, Schutz unter einem anderen Dach bei ihresgleichen zu finden. Die Wahrscheinlichkeit, dies über Magnus zu erreichen, hatte sie in exakt in dieser Sekunde verworfen.

Er wird mir niemals helfen. Es war ein Fehler.

Magnus konnte es nicht fassen. Kasia war tatsächlich bereit, ihr kleines Streitduell kampflos aufzugeben. Doch als er nachladen wollte, kam ihm dieses Bild mit einem Mal zu bekannt vor. Genau dieser Hintergrund, exakt diese Montur an ihrem Leib, die düstere Szenerie … Es war jene Erinnerung, die ihm von dem übernatürlichen Nachwuchs Silenas vermittelt worden war.

„Sie hatte in beiden Fällen recht", flüsterte er vor sich hin, als die Erkenntnis beinhart zuschlug. *Ich bin Ratsmitglied geworden und Kasia ist hier, um nach meiner Hilfe zu fragen.*

„Kasia, warte!", rief er ihr nach, in der Hoffnung, sie würde nicht erwarten, dass er die Distanz zwischen ihnen nun allein hinter sich bringen müsste. Dass ausgerechnet dieses Bild vom Embryo übermittelt wurde, konnte kein Zufall sein. Womöglich sah es sein Schicksal vor, dass sich ihre Wege exakt hier trafen.

28 | Von Fehlern betrogen

Aufzeichnungen:
Es entwickeln sich unvorhersehbare Begabungen unter den Spezies. Die Beobachtung und Klassifizierung ist in einzelnen Fällen nicht mehr möglich und übersteigt sogar die mentalen Fähigkeiten der Wächter. Sie müssen gebändigt werden, solange dies noch möglich ist. Der Ursprung ist das Blut von Apo.Lyps.

„Vorsicht, Edrian! Wenn du die Kühlboxen so in den Hoverlader wirfst, geht vielleicht etwas zu Bruch! Ich kann verstehen, dass du unpässlich bist …", sprach Yven vor sich her, als er bemüht war, Edrian bei seinem Treiben einzubremsen. Dieser hob eine nach der anderen Kühlbox wie Luft über sich, um sie unsanft in die hinterste Ecke des Laders zu werfen. Doch bei dem Wort ‚unpässlich' hielt er inne, drehte sich zu Yven und konnte genau spüren, wie das Blut in seinen Adern kochte.

„Unpässlich? UNPÄSSLICH!? Wütend, hasserfüllt, da gäbe es so einiges, das besser passt. Für mein Verständnis gibt es keinen Gefühlsausdruck, der beschreiben könnte, wie gerne ich euch alle hier in Grund und Boden stampfen möchte! Ständig diese Heimlichtuerei. Das stinkt einfach gewaltig zum Himmel. Dass ich Silena am Comlink nicht erreiche, ist gewiss auch kein Zufall! Entweder du oder die Glasmurmel da drüben blockiert das Signal. Ich gehe sogar so weit, dass es von Anfang an geplant war, mich von ihr zu isolieren. Irgendetwas braut sich in Toa wieder zusammen und ich soll nicht dabei sein! Womöglich hängt es auch damit zusammen, dass Silena sich gezwungen fühlte, mich auf diese Reise zu schicken. Und eines kann ich euch sagen, mittlerweile rieche ich Verräter, wenn sie in meiner Nähe sind." Edrian konnte nicht anders, als mit jeder Bewegung seines drohenden Fingers gleichzeitig den Hoverlader hochzuheben und fallen zu lassen. Er hatte seine Fähigkeit nicht unter Kontrolle, der Druck in seinem Kopf war einfach zu groß, aber es interessierte ihn auch kein bisschen. Es ballte sich so viel Energie in ihm zusammen, dass es bereits wehtat.

Du verlierst die Kontrolle. Deine Einmischung ist nicht erwünscht.

Edrian drehte sich nun zu GOYA, der seine Kräfte einsetzte, um Edrians nervöses Treiben zu bremsen. Der Sand unter dem Hoverlader begann aufzuwirbeln durch versteckte Mächte, die sich duellierten. Dies versetzte Edrian noch mehr in Rage.

„Es ist genug, ich lasse mir von dir nichts sagen! Es war ein Fehler und ich war nur ein gutmütiger Idiot, es nicht vorher zu erkennen. Was erwünscht ist oder nicht, kannst du meine Sorge sein lassen. Egal wie dein Auftrag auch lautet, ich fahre nun unverzüglich zu Silena und wer mich aufhält, wird es bitter bereuen." Edrian ließ nun keinen der beiden aus den Augen, da er ein Aufbäumen sogar begrüßte, um die Einladung zu haben, seinen Emotionen freien Lauf zu lassen.

Während Edrian, GOYA und Yven in gespannter Haltung vor der Ladeluke ausharrten und sich studierten, nutzten die anderen Helfer die Chance, ihre Bündel und Boxen rasch in die noch freien Lücken zu schieben. Sie wagten keine Verzögerung, denn das drohende, unnatürliche Gewitter lag in der Luft. Jeder konnte es spüren.

Edrian verging jedoch die Lust und setzte sich in Bewegung, um sich auf die Fahrerseite des mobilen Untersatzes zu begeben.

„Edrian, ich bin nicht der Feind! Bitte beruhige dich! Natürlich wollen wir alle so schnell wie möglich zurück nach Toa. Keiner wird dich dabei aufhalten." Yven hielt seine Hände beschwichtigend in die Höhe und versuchte, sich zwischen GOYA und ihn zu stellen, da ihm wohl bewusst war, dass eher von dieser Richtung eine unpassende Reaktion folgen könnte.

„Na dann ist alles gesagt. Ich steige nun ein und fahre. Was ihr macht, ist mir gleich."

Wenn du Apo.LYps an ihrer Auftragserfüllung hindern solltest, wird es deine letzte Handlung sein.

Edrian war gerade mit einem Bein im Gefährt, als diese Drohung bei ihm einsickerte. Mit dieser Meldung hatte er seine Bestätigung, dass Silena in Schwierigkeiten war. Denn wenn sie von den Wächtern einen Auftrag erhalten hatte, ohne ihn einzuweihen, dann war er mitunter ein Druckmittel, um sie zum Gehorsam zu zwingen. Und sie wollte ihn damals nur aus der Gefahr raushalten. Er wandte sich wieder GOYA und Yven zu, die hinter ihm standen, und fletschte die Zähne. Seine Muskeln begannen nervös zu zucken, als gierten sie bereits nach einer physischen Auseinandersetzung. Edrians Konzentration lag nur auf den glühenden goldenen Augen, die sich wie er auf das Unvermeidliche vorbereiteten. Die blauen Rauchtentakel in seinem Anzug bäumten sich auf und bliesen dadurch den Schutzanzug mehr auf. Der Wächter wirkte robuster und größer als zuvor, was Edrian jedoch nur minder beeindruckte. Egal wie groß und stark er war, er war gewiss noch nie in einen direkten Kampf verwickelt gewesen. In einem ungeschickten Augenblick würde ihm seine blaue Energie nicht zur Seite stehen, und nur bis zu diesem Moment musste Edrian durchhalten. Da war er sich sicher.

„Oh nein. Dieser Zustand sieht nicht gut aus", gab Yven nun lauter von sich und trat dabei ein paar Schritte zurück. „Was auch immer er gerade gesagt hat, bitte lass dich nicht zu einer Dummheit hinreißen! Edrian, GOYA ist stärker, du kannst ihn mit deinen Fähigkeiten nicht bezwingen. Noch dazu ziehst du den Zorn des Mutterschiffs auf uns. Siehst du nicht, dass er die Augen und Ohren für sie widerspiegelt? Mit deinem Handeln gefährdest du Silena viel mehr!"

Und obwohl Yvens Worte nur wie ein Echo in den hintersten Hirngewinden widerhallten, ergab es plötzlich Sinn, was er sagte. Doch Edrian war zu sehr beschäftigt, seinen Angriffsmodus runterzufahren, um zu bemerken, dass Yven nun seine Überredungskünste bei GOYA selbst austestete.

Yven durchforstete seine mentale Datenbank. Er wusste, dass er die Informationen nicht immer so gezielt abrufen konnte, wie es nötig war. Die Katalogisierung in seinem Kopf war für ihn konfus und nicht nachvollziehbar, aber zumindest wusste er, dass es diese Informationen irgendwo gab. Er rief Bilder von ISAY ab, die belegten, dass es rasche Transportwege gab und die Wächter über Technologien verfügten, die einen Hoverlader mehr als nur übertrafen. Was ihm jedoch fehlte, war die mentale Fähigkeit der Kommunikation und das Wissen über die Gepflogenheiten dieser Spezies, Verhandlungen zu führen oder eine Umstimmung herbeizuführen. Er konnte nur auf seinen Urinstinkt als Vampir zurückgreifen.

„Ich weiß, du siehst ISAYs Handeln als großen Fehler, doch Zerstörung ist nicht der richtige Weg. Wenn die Vampire und Menschen hier friedlich zusammen als Einheit funktionieren sollen, müssen diese gekühlten Exemplare so schnell wie möglich unbeschadet nach Toa gelangen. Also, entweder du beobachtest im Stillen ohne Auseinandersetzung oder du hilfst uns, rascher voranzukommen. Vielleicht sind unsere Ziele und Bestrebungen nicht so verschieden, wie du denkst, GOYA."

Doch die Reaktion war ganz anders, als Yven es erwartet hätte. Er lauschte, doch mehr als eine zarte Brise und das Tuscheln der Gewandelten und Sympathisanten hinter ihm war nicht zu vernehmen. Die Hitze drückte bereits und sein Sonnenschutz verflüchtigte sich im Stillen, als der Anzug des Wächters erneut in sich zusammenfiel und wie eine leere Hülle mit schwarzem Glasvisier wirkte. Nur noch der Wind rüttelte sanft an dem Material und erzeugte wohl bei allen einen bitteren Beigeschmack.

„Sie ist tot! Hörst du? Mein kleiner Stern – TOT! Du hast auf allen Linien versagt, Lucil! Mir reicht es! Ich werde es melden vor jedem gottverdammten Gremium und bei jeder sich bietenden Gelegenheit. Ich werde deinen Namen so tief in den Dreck ziehen, darauf spucken und Leute mit meiner Meinung mitreißen, wie es nur geht. Nur damit du lange leidest und niemals vergisst, wem du das Leben zur Hölle gemacht hast!"

Baris' Augen traten hervor und Lucil roch den minzigen Atem seines Gegenübers, während er um Luft röchelte.

„Baris, bitte …", krächzte er und wollte sich rechtfertigen. „Ich kann beweisen …" Lucil versuchte, mit seinen Fingern unter den festen

Würgegriff zu gelangen, um sich etwas mehr des kostbaren Sauerstoffs zu angeln, während die alarmierte Ratsgarde danebenstand und hin- und hergerissen war, wen sie nun in Lucils Büro festnehmen sollte: Lucil, der ihnen diesen Job quasi ermöglicht hatte, oder ihren Leiter, dem sie die Treue geschworen hatten? Hinter ihnen schrie Lathara um Aufmerksamkeit, weil die Situation zu eskalieren drohte. *Damit hilfst du aber kein Stück*, musste Lucil innerlich seufzen.

„Lass es mich … bitte erklären", röchelte Lucil und fühlte seine Beine nicht mehr. Die Augenlider waren nur noch schwer offen zu halten und ihm flimmerte das Bild vor sich.

„Ich. Bekomm. Keine. Luft", flüsterte er und hatte das Gefühl, seine Augäpfel rollten sich nach hinten in die Stirnhöhle. Doch scheinbar war Baris' Neugier größer und er ließ unvorbereitet los. Lucil fiel lautstark zu Boden und kauerte sich zu einem Embryo. Er hustete sich die Atemwege frei, während Lathara zu ihm stürzte und leicht seinen Kopf hob, um ihm das Atmen zu erleichtern.

„Seid ihr alle vollkommen übergeschnappt?!", keifte sie hinter sich, ohne Lucil aus den Augen zu lassen. Ihr streng zurückgekämmtes, schwarzes Haar war partiell zerzaust. Vermutlich hatte sie es sich gerauft vor Verzweiflung. Ihre Augen wirkten hektisch und strichen über jede Einzelheit seines Gesichtes. Wie einstudiert kontrollierte sie seinen Puls, beobachtete offenbar seine Pupillenreaktion und … *sie macht sich tatsächlich Sorgen um mich.* Lucil war tief bewegt. Nie hätte er es für möglich gehalten, dass eines Tages ein Vampir – pardon, eine Vampirin –, ausgerechnet der Feind, mit dem er aufgewachsen war, sich um sein Wohlbefinden Sorgen machen oder sogar in irgendeiner Art Emotionen für ihn aufbringen könnte.

„Wie konnte ich dich nur nicht sehen, Lathara", rutschte ihm krächzend heraus und er war unsicher, was er damit aussagen wollte.

„Was? Stimmt etwas nicht mit deinen Augen?", fragte sie beunruhigt und hob eines seiner Lider zur Kontrolle.

Baris prustete laut durch die Nase, so genervt war er.

„Das ist ja rührend, aber was wolltest du mir vor deinem Beinahekollaps nun sagen?"

Baris' Fäuste waren gespannt an seinen Hüften geparkt und sein Kiefer mahlte nervös, sodass seine Lippen nur noch eine dünne Linie bildeten. Seine Garde reihte sich nun loyal direkt hinter ihm auf und blickte stur geradeaus. Nicht einmal ein einziger Atemzug war zu hören.

„Der Virus streut erst seit der Ankunft der Wächter. Ist das nicht merkwürdig? Und dann zeigt der neueste Bericht … Lathara, könntest du bitte?" Lucil massierte sich seinen geschundenen Hals und deutete auf ein Stück Papier, das teilweise über die Kante seines Arbeitstisches ragte und das er vom Boden aus sehen konnte. Folgsam verstand sie seinen Auftrag und überreichte Baris den Beweis, dessen Inhalt sie bereits kannte.

„Dass sich diese Erkrankung nicht über die Luft überträgt. Es. Ist. Unmöglich", gab er ausdrücklich bekannt und musste kurz husten. „Jemand anderes steckt dahinter und scheint mir das in die Schuhe schieben zu wollen." Und als er Baris beim Lesen des Dokuments beobachtete, konnte er erstaunte Augen erkennen. Offenbar war sein Gemüt besänftigt. *Zumindest vorerst.*

29 | Intuition der Wahrheit

Magnus schrie kurz auf und sah blaue elektrische Impulse, die wie langbeinige Insekten über seine metallene Gehhilfe tanzten. Er hatte den Energieschlag nur kurz gespürt, doch das Kribbeln hielt an. Es erinnerte ihn daran, dass er ein Versprechen nicht eingelöst hatte, für das er nun bezahlen musste.

„Was war das?", rutschte Kasia heraus, als sie der elektrischen Impulse ebenfalls gewahr wurde. Doch während er sich zur Richtung des Angriffs umdrehte, vergaß er zu antworten. Denn alles, was er im Schatten der Gebäudemauern auf sich zukommen sah, war ein lodernder, spuckender, kopfgroßer Energieball, der auf seiner Augenhöhe thronte. Magnus kippte der Unterkiefer auf und er rang um Worte, da ihm sein Unterbewusstsein bereits den Geruch von verkohlter Haut in die Nase blies. Doch Silena kam seiner Wortmeldung zuvor: „Dachtest du wirklich, du bist der Einzige? Hast du tatsächlich geglaubt, ich würde es nicht herausfinden?"

Sie schien unglaublich wütend zu sein, was Magnus daran zweifeln ließ, dass es sich rein um das Vergessen ihres Gesprächstermins nach seiner Ernennung zum Ratsmitglied handelte. Ihre Augäpfel begannen nun ebenfalls blau aufzuflackern und verdeckten dadurch ihre schwarze Pupillen, was ihr einen unheimlichen Touch verlieh.

Kasia, die er gerade eben noch davon überzeugt hatte, für sie ein neues Domizil zu organisieren, ließ einen Schrei los und wollte flüchten – „Das ist SIE!" –, doch Magnus packte ihr Handgelenk wie eine Rettungsboje.

„Ich ... ich habe keine Ahnung, wovon du sprichst, Silena", versuchte er mit ruhiger Stimme zu vermitteln.

„Du kannst sie sehen, deswegen wusstest du von meiner Schwangerschaft und vor allem, dass es eine Tochter ist."

Magnus riss ungläubig die Augen auf und seine rechte Augenbraue begann, hektisch zu zucken. *Wie kann sie es wissen? Spricht ihre Tochter auch mit ihr oder jemand anderem? Jetzt bloß keinen Fehler machen, Magnus!* Er wagte nicht, weiter zu sprechen.

„Du entwickelst also die Fähigkeit, die Zukunft zu sehen und fragst mich allen Ernstes, ob ich sie selbst sehen kann? Dann hättest du sehen müssen, dass ich es nicht gut auffasse, wenn du mich vor dem Ratsgebäude einfach vergisst. Ich spüre meine Beine nicht mehr, so lange habe ich hier ausgeharrt."

Silena versuchte, sich zu beruhigen, und rief ihre Macht in ihr Innerstes zurück, denn sie hatte das Gefühl, dass dieser Ausbruch ihrem Ungeborenen womöglich nicht als gutes Beispiel dienen würde. So ein sprießendes Leben konnte selbst im Mutterleib mehr mitbekommen, als sie ahnen würde, und sie wollte nichts riskieren, wenn es nicht ums Überleben ging.

Magnus sah sie indes mit hoch erhobenem Haupt an. Nur sein Zeigefinger, der die zuckende Augenbraue glatt strich, wies auf seine versteckte Unruhe hin. Diese zitterte merklich, während Magnus selbst keine Miene verzog. Er ließ die Vampirin los, die Silena schon einmal gesehen hatte, sie konnte sich jedoch nicht mehr erinnern, woher. Doch ein Blick auf die blanken Füße half ihrem Gedächtnis nach.

„Ich kenne dich … Du bist damals ins Institut eingebrochen, in dem meine Blutbeutel für Freiwillige zur Wandlung verabreicht wurden. Es wurde geschlossen, weil der Rat die Langzeitwirkungen hinterfragte und Zwangswandlungen missbilligte. Es hatten dort Plünderungen und Einbrüche stattgefunden und ich habe dich auf frischer Tat ertappt."

Die braunhaarige Vampirin sah sie nun verdutzt an. Scheinbar erinnerte sie sich nun auch an jene Begegnung.

„Du wolltest den Frieden bringen und hast uns stattdessen Chaos gebracht", gab die blasse Schönheit ohne zu blinzeln bekannt. Und Silena konnte nichts zu ihrer Verteidigung sagen, denn wo sie recht hatte, hatte sie recht. Daher konzentrierte sie sich erneut auf Magnus.

„Wie kommst du darauf, dass ich die Zukunft sehe?", fragte er nun interessiert. Seine Finger spielten ungeduldig mit seinen Hemdrändern, was nicht das Bild erweckte, als hätte er etwas zu vertuschen. Silena war verunsichert, ob nur ein guter Schauspieler vor ihr stand oder es tatsächlich etwas anderes war, das ihm von ihrer Tochter erzählt hatte. *Sein Geruchsinn? Seine Intuition?*

„Also, woher weißt du dann, dass es ein Mädchen ist? Vor dir wusste ich das selbst nicht einmal." Ihre Skepsis lag unverkennbar in der Luft.

Magnus erschien wieder das rotblonde Ebenbild von Silena direkt vor ihm. Ihr wehendes Kleid bedeckte beinahe den gesamten Boden und ihre Mimik war starr. Sie öffnete nicht den Mund, dennoch hörte er sie sprechen.

Ich werde Aurora heißen.

„Du meinst Aurora? Ich finde es viel interessanter, dass du offenbar herausgefunden hast, dass die Gewandelten Fähigkeiten entwickeln, Silena, und dass es da draußen jemanden gibt, der allen Ernstes die Zukunft kennt. Warum stehen wir dann noch hier und kennen keine Lösung für Dinge wie das", Magnus schlug mit beiden Armen demonstrativ und wütend auf seine Gehstütze „oder das da?" Dann wies er mit dem Zeigefinger gen Himmel. Niemand musste nach oben blicken, um zu verstehen, wen er meinte.

„Aurora? Sie heißt Aurora? Davon hat man mir nicht erzählt. Und du lenkst wieder vom Thema ab. Du hattest mir Antworten versprochen, Magnus!"

Magnus wurde nun ein Bild von Lucil wie ein Hologramm vorgeführt. Es war wie ein Abbild auf Wasser, das sich wellenförmig senkrecht bog.

Sie muss die Wahrheit erfahren.

„Ich verstehe nicht, die Wahrheit worüber?"

„Geht das schon wieder los, Magnus?!" Silena brüllte ihn geradezu an und im Augenwinkel sah er erneut Kasia einen Schritt zurücktreten.

Wenn du leben willst, bring sie zu ihm.

Magnus musste schlucken.

„Okay, meine Liebe, Kasia und ich hatten ohnehin vor, Lucil einen Besuch abzustatten. Also, warum begleitest du uns nicht und du erzählst mir, wer die Zukunft sieht."

„Ich gehe hier keinen Schritt weiter, sofern du nicht endlich mit der Wahrheit rausrückst, Magnus!"

Magnus wartete auf ein Bild, das ihm den Blondschopf verneinend oder bejahend zeigen würde, doch es wollte nicht auftauchen. Um Aurora blieb es stumm und reizlos. Magnus seufzte lautstark.

„Gut. Ich kann die Zukunft nicht sehen, aber sie wohnt in dir. Deine Tochter Aurora spricht zu mir. Offen gesagt ist sie die Einzige, die ihre Gedanken bewusst und freiwillig mit mir teilt, seit ich diese neue Gabe entwickle."

Kasia wurde in diesem Wohnkomplex abgesetzt wie ein Haustier, das abgeschoben wurde, oder Müll, der beseitigt werden musste. Zuvor hatte sie erstaunt den Gesprächen von Silena und Magnus gelauscht, als sie im Transportlader zu dritt zu einem großen Bürokomplex gefahren wurden. Dort befand sich ein gewisser Lucil samt riesigem Labor und Wohneinheiten von Sympathisanten und Menschen. Sie hatte auch die Gespräche am Comlink mit diesem Lucil mitgehört, in dem ihr Kommen angekündigt und darüber diskutiert wurde, ob noch Platz für Kasia frei wäre oder nicht. Sie hatte an dem Punkt bereits befürchtet, in einem der besagten Auffanglager der Menschen, die aus den Wüsten oder den Blutfarmen entwichen waren, zu landen. Das hätte sie Magnus niemals verziehen und wohlgemerkt auch nicht zugetraut. Es musste also etwas Erlesenes sein. Magnus hatte diesen Lucil noch bedroht und unter Druck gesetzt, dass er als Ratsmitglied nicht mehr nur auf seinen eigenen Hintern schauen durfte und er seine Kooperation lobend bei der nächsten Sitzung erwähnen würde. Ein ‚Bitte hilf mir' oder ‚Ich weiß nicht, wo ich sie sonst unterbringen soll' fiel dabei nicht, obwohl Kasia wusste, dass es so war. Magnus war einfach nur zu stolz, um offen zuzugeben, dass er alle Möglichkeiten ausgeschöpft hatte und die Liste an Verbündeten nach seinem Umzug von Stratus nach Toa und seinem tiefen Fall in der Gehaltsliste gesunken war. Zweifellos würde der neue Posten ihn wieder die Erfolgsluft schnuppern lassen, selbst wenn es etwas Zeit benötigen würde. Da war sich Kasia gewiss. Doch augenblicklich drehte sich seine Unterstützung nicht mehr um sie. In einer Sekunde war er ihr noch nachgelaufen und hatte mit enormer Selbstkontrolle versichert, er würde ihr nun uneingeschränkt zuhören und ihr behilflich sein, falls sie das wünschte, und in der nächsten war sie nur unnötiger Ballast geworden. Von dem Moment an, als Objekt Silena 2 aufgetaucht war. Dennoch rieb sich Kasia die Oberarme und blickte sich um. Zumindest hatte sie erreicht, was sie wollte. Sie war unter einem sicheren Dach und nicht mehr alleine. Alles, was sie nun noch vollbringen müsste, war, Anschluss zu finden und dies wenn möglich bei Ihresgleichen.

Kasia schritt durch eine große Halle, die zuerst fast leer wirkte, bis sie zu einer Art Empfang stieß. Dort saß eine Menschenfrau mit einer Brille, die sie darüber hinweg skeptisch musterte. Ihre Mundwinkel waren leicht nach unten gezogen, die Lippen wie ein Kussmund nach vorne gespitzt und ihr brünettes Haar unordentlich zu einem Dutt gebunden.

„Kann ich behilflich sein?", kam eine tiefe, herablassende Stimme.

Aus Gewohnheit blickte Kasia zu Boden und fand dort ihre blanken Zehen wieder, die sich vor Nervosität versuchten, in den grauen, kalten Marmorboden zu krallen. Nur mit Mühe konnte sie sich einreden, aus Höflichkeit aufzublicken und zu lächeln, selbst wenn ein Appetithappen vor ihr mehr zu reden hatte als sie persönlich.

„Mein Name ist Kasia. Ein Freund", sie räusperte sich, „mein Freund … ich meine …" Kasia drückte ihre vor sich gefalteten und verschränkten Finger so fest, dass es weh tat. „Magnus, das ernannte Ratsmitglied der Gewandelten, hat hier mit einem gewissen Lucil vereinbart, dass ich komme."

Totenstille. Die Dame sah sie noch immer mit zu Schlitzen geformten Augen an.

„Ich bin Sympathisantin und werde keinen Ärger machen." Kasia biss sich nach dieser Lüge auf die Zunge. Alles in ihr schämte sich gerade, da sie sich nie, nie, niemals bewusst, schon gar nicht öffentlich, als Menschenfreund deklarieren würde. Sie war, was sie war: eine Vampirin und sie war stolz auf diese Tatsache.

Doch dieses eine Wort öffnete ihr plötzlich alle Türen. Nicht nur zum Lächeln der Empfangsdame, sondern auch zu den Bereichen, die hinter dieser simplen, in grau gehaltenen, düsteren Halle gelegen waren. Und dort brodelte das bunte Leben. Es roch stark nach gekochten Nahrungsmitteln, Kräutern und Blumen. *Hier gibt es Blumen?* Kasia war überrascht, da sie in der Wüste nicht überlebten und daher sehr kostbar waren. Noch viel mehr überwältigte sie jedoch das Bild, das sich ihr bot. Sie erlebte eine völlig neue Wahrheit. Die Wahrheit, dass Menschen und Sympathisanten auf ein und demselben Platz miteinander lebten, sprachen, lachten, feierten und stritten, als würde es keine genetischen Unterschiede zwischen ihnen geben. Menschenkinder kicherten und jagten sich durch die Gänge, verschwanden in Räume und liefen in die Arme von verlernten Vampiren, die sie freudig begrüßten und das Spiel nicht weiter aufhielten.

So viele Kinder! Menschen sind viel fruchtbarer als wir, musste sie traurig feststellen. Unbewusst glitt ihre rechte Hand auf ihren Unterleib, der dieses Glück nicht erzeugen wollte. Die Wände waren bunt bemalt, vor allem die Türrahmen jedes weiterführenden Raumes in einer anderen Farbe. Es stach beinahe in den Augen, so viel Farbe auf einem Platz zu sehen. Glitzernde Teppiche waren aufgelegt, in Ecken lagen zwar stark beanspruchte, aber weiche Kissen zum Ausruhen. Dort entspannten Sympathisanten und lasen in Büchern oder Liebende hielten sich zärtlich im Arm. Es wirkte absolut futuristisch auf sie. Es war eindeutig zu viel Realität auf einmal, um es zu verdauen. Erst als zwei halbwüchsige Kinder auf sie zustürmten, wurde sie panisch und nahm einen Sicherheitsabstand ein. *Was wollen die nur von mir?* Sie war angewidert von so viel offener, strahlender Freundlichkeit. Die Kinder hatten zerzauste Haare und bunte Farbe war ins Gesicht gepinselt.

„Willkommen. Bist du neu?"

„Weißt du schon, wo du schlafen wirst? Hast du etwas zum Tausch für Blut?"

Aus den Mündern purzelten Fragen heraus, ohne Atempause. Kasia war völlig überfordert, bis eine Menschenfrau zu ihnen lief und sie von dem übereifrigen Empfangskomitee befreite. Mit einem breiten Lächeln begrüßte sie Kasia.

„Du scheinst gerade angekommen sein. Sorry für die beiden Rabauken. Sie sind mit Süßigkeiten vollgestopft und werden wohl die nächsten Stunden ihren Zuckerschock verdauen."

Dann ging sie einfach mit den beiden Halbwüchsigen im Schlepptau.

Ich muss hier raus, so viel Nähe steh ich nicht durch. Noch dazu habe ich solchen Hunger!

Kasia versuchte, sich unauffällig zwischen den geschäftigen Personen durchzuschmuggeln, und tippte beiläufig einen Sympathisanten, der in ein Gespräch vertieft war, an, um ihn „Entschuldigung, wo ist denn hier ein Raum mit Tieren für den Verzehr?" zu fragen. Dieser sah sie kurz eindringlich an, musste dann schallend lachen und deutete auf eine Tür ganz hinten rechts.

Kasia sparte es sich zu danken oder abzuwarten, bis sein Lachanfall beendet war. Sie fühlte sich wie eine Aussätzige, unpassend und fehl am Platz. Denn natürlich würden hier nur wenige Sympathisanten Tierblut verzehren, wenn es doch freiwilligen Tausch gegen Menschenblut gab. *Wie habe ich nur denken können, dass Magnus einen adäquaten Unterschlupf für mich finden würde?*

Sie lief – oder besser gesagt –, sie flüchtete in besagte Richtung und riss die unverschlossene Türe auf, um sie lautstark hinter sich ins Schloss rasten zu lassen. Dabei scheuchte sie eine ganze Schar schlafendes Federvieh auf, das flügelschlagend und kreischend herumsprang. Instinktiv wollte Kasia nicht nur ihrem Hunger ein Ende setzen, sondern auch dem bunten Lärm. Ein kurzer Blick in die Runde ließ sie erleichtert ausatmen, sie war allein. Sie wollte endlich wieder Ruhe und verträgliche Farben um sich wissen, um zu relaxen und runterzukommen. Wild fasste sie gleich drei Tiere am Genick und brach sie gleichzeitig, um sich mit ihrer Beute direkt an einer Wand zu Boden gleiten zu lassen. Wie und ob sie für diese Nahrung aufkommen musste, wusste sie nicht. Doch ihr war es im Augenblick egal und sie würde es darauf ankommen lassen, ob sie jemand diesbezüglich ansprach. Kasia war einfach nur erschöpft.

Selbst wenn die Schlafregale der Tiere düster und in desolatem Zustand waren und die Böden voll Kot und Federn, fühlte sie sich hier wohler als in dem bunten Märchenwald da draußen. Die Tiere beruhigten sich und hatten sich ins letzte Eck verzogen. Nur noch ein leichtes Gluckern und Scharren war zu hören. Kasia schloss erleichtert die Augen und biss in das erste Tier.

Endlich Ruhe.

෨ ෬

Tadeo musste seinen Kopf frei bekommen. Tiglitz lag auf einer Untersuchungsliege im anderen Komplex dieses Gebäudes und wurde von mehreren Ärzten und Assistenten gepiesackt und gequält. Er wollte dabei nicht länger zusehen und konnte ohnehin nicht helfen. Noch dazu war es erfrischend hier zu sein. Es war sauberer, die Laune der Menschen war gehoben und er mochte das Flair, das diese bunte Umgebung verströmte. Die Sympathisanten gingen viel respektvoller mit den Menschen um als jene in der Blutfarm und die Menschen zeigten absolut keine Furcht. Es war so ein angenehmer Anblick, dass Tadeo sich sogar hätte vorstellen können, hier zu bleiben, anstatt mit der Truppe auf Beutezüge zu gehen. Er hatte ohnehin nie zu ihnen gepasst.

Doch der Schein trog, was er schneller feststellen musste, als ihm lieb war. Ein neugieriger Mann kam auf ihn zu und sah ihn grimmig an. Ohne Einladung packte er nach seinem Arm, um sein weites Shirt bis zum Oberarm hochzuziehen. Allen in der Nähe Stehenden blieb natürlich nicht verborgen, um welche Art Narben es sich an seiner Haut entlang handelte.

„Na, was haben wir denn da? Frischfleisch. Aus welcher Blutfarm stammst du? Kommt mal her, Leute, wir haben noch einen Überlebenden aus den Horrorzeiten."

Tadeo spürte plötzlich flache Hände, die ihm auf die Schulter und den Rücken klopften, von Personen, die sich nun um ihn geschart hatten. Es fühlte sich so an, als wollten sie ihr Beileid damit ausdrücken und ihre Verbundenheit durch ein gleiches Schicksal. Er wurde nervös, denn er wusste nicht, wo das hinführen sollte. Tadeo wuselte durch sein Haar und blickte sich um.

„Ich komme aus der Blutfarm Laruz", erklärte er wahrheitsgetreu.

„Zur Seite! Lasst mich ihn ansehen, ich komme auch von dieser Müllhalde", kam eine kratzige Männerstimme aus der Menge, die sich soeben für diese teilte, um ihr Platz zu schaffen. Er schien sehr alt zu sein, ein Auge war erblindet, das zweite von einem hängenden Lid leicht eingeschränkt. Ihm fehlten fast alle Zähne und über seinen Kopf verlief eine brutal hässliche Narbe, die ihn verunstaltete. Tadeo ahnte nichts Gutes. Dieser Mann war gewiss nicht so alt, wie er aussah, sondern eher von den harten Zeiten im Zucht- und Schöpfbereich um seine Lebensenergie gebracht worden. Tadeo schluckte laut und wollte der Situation eigentlich nur entrinnen. Und da war es. Dieser Gesichtsausdruck. Zuerst neugierig, dann skeptisch und zu guter Letzt verächtlich.

„Wenn ich eines weiß, dann warst du entweder niemals in Laruz oder du gehörtest zu den Elitekreuzungen, die sie verhätschelt und gefüttert haben mit den exquisitesten Leckereien, während unsereiner gefoltert, gequält und genötigt wurde."

Alle Augenpaare waren nun angespannt auf Tadeo gerichtet, die Blicke wurden wütend und herablassend.

„Ja, kein Zweifel. Seht euch nur seine feine Haut an, seine gepflegten Fingernägel und sein gesundes Haar. So einer wie er hatte ein höheres Label. Womöglich war er sogar der Liebessklave einer werten Herrschaft."

Ein Gelächter ging nun los und mehrere Hände hinter ihm begannen, ihn grob zu schubsen.

Ich muss hier raus!, riet ihm sein Überlebensinstinkt.

„Kommt schon, Leute, das kann nicht euer Ernst sein", predigte einer in der Menge Vernunft. Doch Tadeo wollte es nicht drauf ankommen lassen und tunlichst eine Konfrontation vermeiden. Tadeo hob seine Hände in Aufgabe und versuchte langsam, ganz langsam aus der Masse rauszutreten, während ihn keiner aus den Augen ließ.

„Wo willst du hin, du Schönling? Hast du noch keinen Sympathisanten gefunden, auf dessen Schoß du dich legen kannst?", kamen nun die verächtlichen Worte. Doch Tadeo wandte sich ab, um sich nun mit Hilfe seiner Ellenbogen einen Weg aus dem Tumult zu erkämpfen.

184

„Aus dem Weg! Platz da."

Je mehr er aus dem Zentrum der Menschen rauskam, desto leichter kam er voran. Und desto schneller wurde er, bis er lief. Die erste unauffällig wirkende Tür riss er auf, um sich dahinter zu verschanzen. Lautes Kreischen von Federvieh, das ihn verängstigt ansprang, ließ ihn mit den Armen rudern, um sich die kleinen Bestien vom Hals zu halten. Dabei verabsäumte er, auf den Boden zu achten, und stolperte über etwas.

Ausgerechnet Tadeo stieß gegen ihre Füße und flog beinahe auf sie. Kasia hielt bereits schützend ihre Arme hoch, als sich ihre Augen trafen.

30 | Blauer Puls, der schwindet

Aufzeichnungen:
Sie kommen der Antwort näher. Die Zeit zur Fehlerbehebung wird knapp.

Baris wischte sich eine neugierige Träne aus dem Augenwinkel. Schwäche war das Letzte, was er nun zum Ausdruck bringen wollte. Vor einem Tag hatte er noch am Sterbebett seiner Tochter Seyla gesessen. Nun ereilte ihn die Nachricht, dass auch seine Frau das Zeitliche gesegnet hatte. *Wie konnte sie es nur vor mir verheimlichen? Wie konnten mir die Anzeichen nicht auffallen? Sie hat bis zuletzt mein Bestes gewollt und ist stark für die Familie geblieben. Sie war meine einzige Stütze. Nun muss ich alles für Rora sein. Vater und Mutter.* Die blauen Adern hatten erneut geliebtes Leben ausgehaucht.

Dann blickte er seinen Soldaten Mika an, der direkt neben ihm stand und etwas betreten aus der Wäsche glotze.

„Worauf wartest du noch? Mobilisiere die anderen! Der Alarm ist eben erst losgegangen. Keine Ahnung, wie viel Zeit uns bleibt, unseren Kumpel lebend da rauszuziehen."

Baris hoffte, dass Lucils Vorschlag, den Soldaten der Ratsgarde einen Peilsender mit Notruf zu verpassen, der bei einem Angriff in einer Millisekunde per Knopfdruck ausgelöst werden konnte, Früchte trug. Dass alles so rasch gehen würde, hätte er nicht für möglich gehalten. Dabei zog es ihn viel mehr nach Hause, um seiner Frau höchstpersönlich die Augenlider für immer zu schließen und ihr den Respekt zu erweisen, alles Notwendige für eine ehrenvolle Bestattung in die Wege zu leiten. Es war schon schlimm genug, dass seine älteste Tochter Rora sie hatte tot vorfinden müssen. Er hatte sogleich Lucil angerufen, um nach all dem, was er verbockt hatte, zu verdeutlichen, dass er so ein wenig seine dreckigen Hände reinwaschen könne. Er sollte sich darum kümmern, bis Baris von dem Einsatz zurück war. Immerhin konnte es nicht lange dauern.

„Los, los, wo bleibt ihr alle? Es geht los!"

⚘

Orelia war übermüdet und dennoch ruhelos. Die Träume häuften sich und machten durchgehenden und erholsamen Schlaf unmöglich. Vor allem seit dem Gespräch mit Silena liefen die Gedanken im Kreis und ließen sie im Bett wie aufrecht stehen. Ja, sie hatte von dem Kind geträumt und ja, sie freute sich darüber. Aber um ehrlich zu sein, hatte Orelia keine Bilder gesehen, in denen sie das Neugeborene glücklich in den Händen wog. Sie sah sich nie die kleinen Finger ihres Enkels in den ihren halten oder das Lächeln des aufwachsenden Lebens. Als würde sie niemals die Chance erhaschen, diese Glücksmomente auszukosten. Und das machte ihr Angst. Sie hatte Silena bei ihrem Besuch natürlich nichts davon erzählt. Sie wollte sie nicht unnötig beunruhigen, denn immerhin konnte es sein, dass sie tatsächlich gewöhnliche Albträume mit möglichen Zukunftsvisionen vermischte oder verwechselte. Zumindest redete Orelia sich das ein. Und wer konnte heute schon sagen, welche und ob sich Träume überhaupt noch bewahrheiten würden oder doch alles nur reiner Zufall war?

Aber nun war auch diese innere Hellhörigkeit gewachsen, seit sie die durchsichtige Flüssigkeit vor Silenas Augen getrunken hatte. Sie hatte zwar für ihre Schwiegertochter die Starke gemimt, jedoch war sie dies im Inneren ganz und gar nicht. Sie wollte Silena nur die Sorgen abnehmen. Da Orelia ihre eigene Reflexion in der Welt ohne Gewandelte gesehen hatte, vertraute sie darauf, dass, egal was in dieser Ampulle war, es sie nicht niederstrecken würde. Folglich konnte Silena auch nicht an dem Verschwinden der Mutationen schuld sein. *Etwas anderes muss dazu führen*, war sich Orelia sicher. Dennoch fühlte sie immer in ihren Körper hinein und lauschte auf Veränderungen oder beunruhigende Anzeichen. Als wäre diese sich entwickelnde Fähigkeit der Vorhersage nicht schon schlimm genug.

Und als Krönung war ihr letzter Albtraum so furchterregend und realistisch gewesen, dass sie es selbst in ihrem Bett nicht mehr ausgehalten hatte. Ein unbeschreiblich erschreckendes und vor allem hässliches Wesen war hinter ihr her gewesen. Es war drei Köpfe größer als sie und fasste mit tentakelähnlichen, blauen Rauchschwaden nach ihr. Die restlichen Konturen waren verschwommen, doch die goldenen, glühenden Augen hatten sich in ihrer Netzhaut festgebrannt und sie würde sie nie wieder vergessen.

Und so schlich Orelia erneut durch die Gassen von Toa, eine Angewohnheit, die sie lieber ablegen wollte, wenn es ihr möglich wäre. Denn genau so war es unvermeidlich, dass sie erneut über Schreie stolperte zu einer gottlosen Zeit, in der um sie herum alles ausgestorben schien. Die Gerüchte eines Virus hatten gestreut, die Bevölkerung war verunsichert und somit konnte Orelia auch nachvollziehen, dass sich jeder in Sicherheit wiegen wollte. Doch diesmal wollte sie nicht so zögerlich sein und rascher agieren. Immerhin war das letzte Opfer nur ein paar Sekunden nach ihrem Eintreffen gestorben. Vielleicht konnte ihr Erscheinen den Täter oder die Täterin diesmal abschrecken, sodass er von seinem Vorhaben Abstand nehmen würde. *Wie naiv bist du nur, Orelia?*, beschimpfte sie sich selbst und fluchte vor sich hin, als sie wie beim Déjà-vu um die Ecke blinzelte, aus der die schmerzzerreißenden Schreie kamen.

Baris überwachte durch sein Okular den rot pulsierenden Standort des Notrufes und schlich schnellen Schrittes mit geduckter Haltung und geladener Laserkanone voran. Acht seiner Soldaten hatten die Koordinaten nun von verschiedenen Positionen eingekreist und huschten synchron wie er selbst zu diesem verheißungsvollen roten Punkt. Baris hielt vor Spannung den Atem an und der Schweiß floss ihm in Striemen über den Rücken. Sein böses Knie beschwerte sich bereits und der beißende Geruch von Abfall war allgegenwärtig.

Und erneut saß Orelia bei einem Menschen, gekleidet in der Ratsmontur. Seine Augen sahen anteilslos ins Leere und sein ganzer Leib zitterte, als würde er einen schweren Schock erleiden. Sie versuchte, ihn zu beruhigen, hielt seine Hand und strich ihm über die schweißnasse, kalte Stirn. Erhabene blaue Adern pulsierten wild von der Schläfe hinab zu seinem Kinn und ließen das Antlitz des jungen Mannes noch blasser wirken. Ängstlich sah Orelia um sich, doch keine Bewegung deutete auf einen Täter hin.

„Wer hat dir das angetan? Sag es mir, dann kann ich es melden und vielleicht retten wir weitere Leben. Bitte hilf mir, dir zu helfen.“

Die Augen des Soldaten wandten sich langsam zu ihr, jedoch fokussierten sie nicht ihr Gesicht, sondern blickten an einen Punkt direkt hinter ihr. Er riss die Lider auf und sein Mund versuchte vergeblich eine Antwort zu liefern … die Orelia bereits erahnte. Sie betete in sich hinein und schloss die Augen, als könnte sie sich wegwünschen, um an einem sicheren und vor allem viel freundlicheren Ort wieder aufzutauchen. Doch eine Kälte strömte ihr über den Nacken und verursachte ihr Gänsehaut. Ihr Instinkt warnte sie, sich nicht zu bewegen, aber ihre Furcht ließ sie einen Blick über ihre Schulter riskieren. Und was sie sah, war ihr zum Leben erwachter Albtraum.

„Jetzt!“, schrie Baris in seinen Comlink und alle ums Ziel positionierten Soldaten sprangen mit ihm zeitgleich in die Gasse. Die entsicherten Laserkanonen zielten auf etwas Bewegliches, Undefinierbares, als ein Soldat nervös wurde und das Feuer eröffnete. Die anderen Laserkanonen legten los und malten bunte Strahlen gegen die enge Hausmauer, bis Baris sich lautstark zum Stoppen äußern konnte. Er war vor so viel törichtem Ungehorsam beschämt und wollte am liebsten jeden auf einmal eins reinwürgen. Doch dann fiel sein Blick nur auf einen bewegungslosen Körper am Boden im Zentrum des Angriffes. Ansonsten waren sie allein. Aber vor allem … sie kamen zu spät.

31 | Änderung mit Lichtgeschwindigkeit

Der Hoverlader schwebte holprig über den Sandboden. Trotz der guten Sicht bei Tage waren das Tempo und die schwere Ladung nicht die besten Voraussetzungen rechtzeitig auszuweichen, wenn kleine Felsbrocken im Weg lagen. Yven war bereits lästig genug mit seinen Warnungen, dass Edrian den Raumanzug von GOYA nicht einfach in der Wüste hätte stehenlassen dürfen und dass er mit seiner Fahrweise nicht nur die wertvolle Fracht, sondern ihrer aller Leben gefährden würde.

„Wenn du den Lader zu Schrott fährst, wirst du nie bei Silena ankommen, ergibt das Sinn für dich?", stichelte Yven, dem offenbar bei Edrians Fahrweise übel wurde, denn seine Gesichtsfarbe ließ ihn zartblau wirken anstatt weiß.

„Und wenn du deinen Mund halten würdest, könnte ich dir auch versichern, dass du dieses Gefährt lebend überstehst, egal ob es in Einzelteilen in Toa ankommt oder unversehrt." Kurz schenkte Edrian Yven sein sarkastischstes Lächeln und erntete einen emotionslosen Blick. Doch zumindest hatte es gesessen und es wurde ruhig um sie. Oder auch wieder nicht.

„Ähm, ich möchte ja nicht stören, aber seht ihr das merkwürdige Licht da vorne am Himmel? Das sieht mir nicht gerade vertrauenserregend aus." Und der Sympathisant, dessen Namen Edrian genauso schnell vergessen hatte, wie er ihn bei der ersten Erwähnung interessiert hatte, lag richtig. Über ihnen parkten urplötzlich Lichter, deren Herkunft einem kleineren Flugobjekt zuzuordnen war, das Edrian nicht kannte. Und ehrlich gesagt auch nicht kennenlernen wollte. Jeglicher Versuch, dem Lichtkegel in Zick-Zackform auszuweichen, wurde von dem geschickten Objekt vereitelt. Edrian schob das Steuer immer fester gegen die aktuelle Richtung, sodass die Fliehkräfte nicht nur ihn energisch in den Sitz beförderten, sondern auch die Personen im Hoverlader unsanft umherwürfelten. Nur die heikle Fracht war sicher angebunden. Yven schrie in seiner Verzweiflung nach vorne. Ihm musste nun das letzte gebratene Federvieh aus dem Magen geflüchtet sein, so sehr stank es.

„Bist du von Sinnen, Edrian? Das klappt nie und nimmer! Du kannst ihnen nicht entkommen, und wenn sie das Gefährt entmobilisieren wollen, können sie das jederzeit gegen unseren Willen."

„Entmobilisieren? Entmobilisieren! Was verflucht noch mal soll das heißen?", brüllte Edrian zurück, während er nun mehr nach oben als nach vorne sah. Doch er musste schneller feststellen, was Yven gemeint hatte, als die Antwort folgen konnte. Ein greller Lichtkegel fraß sie plötzlich buchstäblich auf, wodurch Edrian vor Schmerz die Arme um seine Augen legte, um diese zu schützen. Er hatte nicht einmal Zeit, vom Gas zu gehen.

„Ahhhhaaaa!", war in allen Tonlagen im Hoverlader zu hören, bis im nächsten Moment wieder die gewöhnliche Sonne durch die getönte Scheibe schoss. Kein Flugobjekt war weit und breit mehr zu sehen.

Die Crew riss panisch die Türe auf, sogar die Vampire bevorzugten die Sonne als noch eine Sekunde länger Edrians Fahrkünsten ausgesetzt zu werden. Doch alle staunten nicht schlecht, als einerseits GOYA in voller Montur direkt vor ihrer Nase stand und andererseits hinter ihm die Mauern von Toa ihre Ankunft bestätigten.

Das erste Mal in seinem Leben fiel Edrian nichts dazu ein. Er war geschockt, dass es eine Technologie gab, die ihnen so viel Zeit ersparen konnte. Oder besser gesagt, hätte ersparen können.

„Ich fasse es nicht!" Edrian riss beinahe die Türe des Laders aus seiner Schiene, als er mit wackligen Beinen ausstieg und im Sand versank. Er steuerte direkt auf GOYA zu. „Warum ist es dir erst jetzt eingefallen, uns so rasch von A nach B zu befördern? Wir hätten uns so viel Ärger erspart, du hohle Glasmurmel!"

Yven lief mit erhobenen Händen vor ihn.

„Bitte, Edrian! Beruhige dich!"

„Das ist wieder ein Indiz mehr, dass ihr mich von Silena bewusst fernhalten wolltet. Und du!" Edrian packte nun Yven am zu groß geratenen Shirt. „Ich werde diese Frage nur einmal stellen, du von ISAYs Logbuch verseuchter Parasit."

„Moment mal, du gehst zu weit. Deine Ausdrucksweise ist unnötig und unpassend." Es klang geradezu empört in Edrians Ohren.

„Hast du von dieser Möglichkeit zu reisen gewusst oder nicht, Yven?"
Edrian starrte unmissverständlich in diese weißen Pupillen, die nervös
zwischen seinem linken und rechten Auge wechselten, so dicht waren sich
ihre Gesichter. „War ich undeutlich?", ergänzte Edrian außer sich.

„Ich wusste davon … Aber ich hätte nie gedacht, dass sie uns
entgegen ihrer Mission so behilflich sein würden. Das war nicht zu
erwarten", stammelte er, während Edrian bereits das Interesse an ihm
verloren hatte. Er ließ los, griff in die Luke des Laders, um nach seinem
Bündel zu greifen, und drehte der Reisegesellschaft den Rücken zu. Er
hatte beschlossen, dass er nun raus war, und ihn interessierten keine
Proben und selbst die Bedenken und Drohungen des Wächters nicht
mehr. Auch war ihm egal, wo GOYA so rasch hergekommen war. Alles,
was zählte, war Silena.

Tadeo blickte zu der Vampirin hinab, über die er fast gestolpert wäre,
hätte er nicht noch ein Regal zu fassen bekommen. Schon nach zweimal
Zwinkern erkannte er Kasia, die sich zuerst vor einem Aufprall mit beiden
Armen schützte, dann zwischen ihren Fingern nach oben lugte. Ihr
Gesichtsausdruck wechselte von alarmiert zu wütend.

„Va-folgst du mis?", kam nun genervt zurück und wurde von ein paar
Federn in ihrem Mund zu diesem Gebrabbel. Kasia spuckte ungalant die
Federn aus und Tadeo musste schmunzeln.

„Ich erleide wohl gerade ein Déjà-vu", lachte er und lehnte sich gegen
das Regal, um direkt zu ihr hinabzustieren.

„Hast du nicht schon genug angerichtet? Musst du mich nun hier in
meiner einzigen Zufluchtsstelle auch noch lächerlich machen?", blaffte sie
ihn an.

Tadeo wurde hellhörig. „Deine einzige Zufluchtsstelle? Wenn ich
mich nicht irre, hast du mein Blut unter all den hier in Toa verfügbaren
Köstlichkeiten in nur einer Millisekunde erkannt. Das heißt, du bist
wohlhabend und müsstest dich doch hier einkaufen wie sonst kein
anderer. Du hättest als Sympathisant das reine Schlaraffenland zur

Verfügung. Also, warum verkriechst du dich ausgerechnet in dem dunkelsten, dreckigsten und, nimm es mir nicht übel", Tadeo fischte völlig ungeniert eine Feder aus ihren rot glänzenden Locken und kassierte dabei einen Schlag auf seine Hand, „den am schlimmsten stinkenden Raum, den es hier gibt."

„Lass deine Drecksgriffel bei dir, Mensch!", fauchte Kasia ihn an.

„Wow, so schnell bin ich wieder das Vieh?", gab dieser belustigt zurück.

Kasia zog ihre Beine an und umarmte sich selbst. Sie atmete viel zu rasch und eigentlich hatte sie keine Lust mehr, erneut in die bunte Hölle auszuweichen, nur um Tadeo loszuwerden. *Immerhin war ich als erste hier!* Andererseits konnte sie auch nicht vergessen, wie sie sich vor einem Tag unnötig und unterwürfig vor seine Füße geworfen hatte. Wie er sie dabei demütigte und ablehnte. Allein der Gedanke schmerzte von neuem.

„Okay, ich entschuldige, dass du mich gebissen hast. Kann ich mich für ein paar Minuten hinsetzen und wie du verkriechen? Bitte?"

Ohne dass Kasia darauf antworten konnte, wagte er es doch tatsächlich, sich neben ihr abzusenken, sodass sein Körper direkt an ihrem lehnte. Sie rückte sofort ein paar Zentimeter weg, um ihre Meinung zu seiner Präsenz zu verdeutlichen. Dann sickerte es ein und sie sah ihn unmittelbar an.

„Ich brauche mich nicht zu entschuldigen! Du hast mein Zuhause verwüstet! Und nur zu deiner Information, viel Verwertbares habt ihr nicht übriggelassen. Also so viel zu wohlhabend! Nicht zu vergessen diese herablassende Art zum Schluss!" Kasia bemühte sich, nicht ihre Verletzung durchklingen zu lassen, doch womöglich war ihr genau das misslungen.

Tadeo hob seine Augenbrauen und sah sie kalkulierend an.

„Aber ich atme noch und vielleicht bist du eines Tages dankbar dafür."

Das wird ja immer schöner! Kasias Wut brodelte von neuem auf und sie versuchte, ihn zu ignorieren.

„Gut, da du scheinbar nie ein gutes Benehmen gelernt hast und zudem nachtragend bist, werde ich es dir brav vormachen: Liebe Kasia, ich habe einen Fehler gemacht. Ich hätte nicht aus Angst zu sterben den Notfallknopf drücken dürfen und mich von dir leertrinken lassen sollen."

Kasia konnte als Antwort nur laut durch die Nase prusten.

„Okay. Spaß beiseite. Es tut mir wirklich leid. Hörst du? Dass meine Kumpel ein paar Tiere und Schmuck mitnehmen, wäre vielleicht noch tragbar gewesen. Jedoch alles zu verwüsten, was du seit deiner Kindheit gesehen und lieben gelernt hast, hätte niemals passieren dürfen. Es ... es hat mich offen gestanden getroffen ..."

Kasia war verwundert. Diese Worte klangen alles andere als sarkastisch oder bösartig. Langsam drehte sie sich zu ihm und sah, dass Tadeo sich mit den Händen durch das Haar fuhr, während er stur geradeaus blickte und redete.

„... Sie sind zu weit gegangen, aber mal ehrlich, wir haben uns wohl beide nicht an die Abmachung gehalten. Fakt ist, ich habe keine Angehörigen, okay? Ich weiß, das ist keine Entschuldigung. Ich habe nie eine Familie gehabt und diese Rowdys sind alles, was mir offen stand. Da ist man dankbar für alles. Es ist schlimm genug ... Ach, Mist. Was tu ich da? Warum erzähle ich ausgerechnet dir, was mich innerlich zerfrisst? Vergiss es einfach."

Als er gerade aufstehen wollte, packte Kasias Hand wie automatisch seinen Oberschenkel, um ihn vom Vorhaben abzubringen.

„Bitte ... bitte bleib. Um ehrlich zu sein, ist mir deine Gesellschaft lieber als die irgendeiner anderen Person da draußen. Du musst nicht reden, wenn ich der falsche Gesprächspartner bin, aber bitte ... geh nicht."

Tadeo war verwundert. Er sah sie an, sie ihn, und als er tief in sich hineinhorchte, wollte er auch viel lieber bei ihr da drinnen als bei der wütenden Meute da draußen sein.

„Wir sind schon ein seltenes, komisches und verkorkstes Paar, nicht wahr?", ließ er lapidar fallen und musste wieder lachen. Er blieb sitzen und lehnte sich gegen das Regal, ohne Kasia dabei anzusehen.

194

„Wir sind kein Paar", korrigierte sie ihn und Tadeo glaubte zumindest, ein kurzes Auflachen zu hören. „Aber eines würde mich nun brennend interessieren", schloss sie an und Tadeo sah, wie ihre Zehen sich vor Anspannung streckten und dann einrollten. Er sah sie erwartungsvoll an, während Kasia fein säuberlich ihr Kleid länger über die Knie strich.

„Du bist doch ein Mensch. Eigentlich müsste dieses Domizil genau nach deinem Geschmack sein. Also, warum willst du dich ausgerechnet hier mit mir verkriechen? Was ist da draußen vorgefallen?"

Tadeo musste tief Luft holen, da es ihm schwerfiel, darüber zu reden.

„Ich weiß nicht, ob du es verstehen würdest … aber egal, wo ich versuche, Anschluss zu finden, ich werde ausgeschlossen, bloß geduldet oder gemieden." Er versuchte in ihrem Gesicht zu lesen, was bei dieser Offenbarung wohl in ihr vorging. Sie runzelte leicht die Stirn und Verwunderung sprang ihm entgegen.

„Das verstehe ich nicht. Wie meinst du das? Du bist ein Mensch, du siehst wie einer aus, du riechst definitiv nach einem und du gehst wie einer."

Tadeo versuchte kurz, unbemerkt an seinen Achseln zu schnüffeln, da er sicherstellen musste, dass Kasia damit keinen muffigen Geruch meinte.

„Nimm es mir nicht übel, aber da ich der erste Mensch bin, mit dem du dich intensiver befasst hast, kannst du da wohl keinen Unterschied machen. Streng genommen habe ich dich menschlich entjungfert." Tadeo konnte nicht anders, als einen Mundwinkel hochzuziehen. Er sah, wie in ihrem Gesicht gespielte Bestürzung zu sehen war und dann ein kurzes Schmunzeln aufleuchtete. Ein Schmunzeln, das ihr unheimlich gut stand.

„Okay. Dann klär mich bitte auf." Ein bisschen Hochnäsigkeit hing in den Worten, aber Tadeo nahm es ihr nicht krumm. Sie kam nicht so leicht aus ihrer Haut.

„Meine Truppe sieht mich als unfähig an, da ich ihre Werkzeuge nicht nutzen kann. Weil ich noch nie in meinem Leben Waffen eingesetzt habe und ohne ihre Erfahrung auf den Straßen allein verloren wäre. Sie gaben mir diesen Notfallring, der mit Quecksilber gefüllt ist. Und das nur, weil sie bereits ahnten, dass mein Notruf wohl zu spät kommen würde und ich ihn gegen dich einsetzen müsste."

Tadeo zeigte ihr seinen unscheinbar wirkenden Ring, der mittig eine Glasoberfläche trug, die bei Bewegung eine silberne Flüssigkeit preisgab. Dabei reichte ein kurzer Knopfdruck auf ebendiesen Stein, um dem Empfänger seine Position anzugeben und bei Dringlichkeit zu handeln. Wenn man ihn aufbrach, konnte die Flüssigkeit gut eingesetzt Vampire zumindest kurzfristig fernhalten.

„Wie weise. Quecksilber erzeugt schwere Ätzungen an der Haut von Vampiren. Und weiter?", drängte Kasia nun.

„Tja, auch die Menschen hier haben in nur ein paar Minuten herausgefunden, dass ich ein verhätscheltes, gut genährtes Wirtstier war. Was bedeutet, dass ich viel besser als sie gelebt habe und niemals um mein Leben hatte fürchten müssen. Ich wurde nicht wirklich gequält, gefoltert oder unter minimal hygienischen Bedingungen gehalten, so wie die meisten von ihnen. Und das haben sie mich bei der Begrüßung spüren lassen. Ich schätze … ich werde nie irgendwo dazugehören oder für irgendjemanden nützlich sein. So, jetzt weißt du es und du kannst dich zur Abwechslung mal über mich amüsieren." Doch als Tadeo in Kasias Augen blickte, las er nur Betroffenheit und Mitleid. Etwas, das er überhaupt nicht sehen wollte.

„Ach, kein Ding. Ich bin erwachsen und werde meinen Weg noch machen. Und wenn ich mir einen eigenen Ort zum Glücklichsein bauen muss", räumte er ein. Mit diesen Worten setzte er einen zuversichtlichen Ausdruck auf, wobei er sich wohl damit mehr selbst überzeugen wollte als sie.

Kasia sah ihn nun mit ganz anderen Augen. Er suchte nach Anschluss und einem Stück Normalität. Einer Existenzberechtigung als gleichwertiges Mitglied der Gesellschaft. Und wenn sie es recht bedachte, suchte er genau wie sie einen Platz im Leben, wo er hineinpasste und in Frieden gelassen wurde. Niemals hätte sie es für möglich gehalten, dass ein Mensch die gleichen Ziele verfolgen würde wie sie. Sie hatte den starken Impuls seine Hand zu berühren, doch diesem Impuls wollte sie auf keinen Fall nachgeben. Sie musste stark sein.

„Und du? Hast du dich nur hier zurückgezogen, weil du keine Option mehr hast, gegen Blut zu tauschen?" Seine Augen waren voll Hoffnung, dass sie nun Nein sagen würde, da sein schlechtes Gewissen offenbar an ihm nagte.

„Na ja. Es hätte noch ein paar versteckte Wertgegenstände in meinem Haus gegeben. Doch um ehrlich zu sein, hätte ich früher oder später ohnehin nicht so weitermachen können. Die Tiere haben mich nicht wirklich gesättigt. Ich wusste nicht, wo oder wie ich meinen Schmuck in Geld hätte wechseln können, und auf dem Schwarzmarkt hätte ich mich nicht sicher gefühlt."

„Und als Sympathisant durchzugehen, käme für dich und deine Weltanschauung nie in Frage …"

Kasia musste laut schlucken. Als sie nun in Tadeos dunkle Augen blickte, wurde sie nervös. Der Ausdruck war so intensiv und eindringlich, dass sie froh war, dass sie bereits saß. Es schien, als könne er in ihr lesen oder sie besser verstehen, als sie ihm zugetraut hätte. Doch zugestehen wollte sie es nicht, zumindest nicht verbal, und daher nickte sie nur.

Dann machte es sich Tadeo bequemer und überkreuzte seine Beine. Ein betörender Duft kam von seiner Seite und prickelte auf ihrem Gaumen. Erst jetzt wurde sie dessen gewahr. Kasia musste wieder an sein herrliches Blut denken und konnte nur mit Anstrengung diese Gedanken beiseiteschieben. Sie fragte sich unvermittelt, wie seine Haut noch mal geschmeckt hatte, wie sich wohl sein Haar anfühlen würde oder seine Hände auf ihrer …

Reiß dich zusammen, Kasia! Vergiss nicht, wer du bist, und vor allem, wie er dich bei der Haustür brühwarm abgelehnt hat!

„Weißt du, irgendwie mag ich das an dir. Du willst dich nicht verbiegen, bist stolz und ich schätze, egal was du tust, du tust es mit voller Hingabe und ohne zu zögern. Das ist sehr selten. Die Menschen, die ich kennengelernt habe, wollen immer zu jemandem gehören, jemanden beeindrucken oder imitieren. Oder sie versuchen etwas darzustellen, was sie nicht sind, nur weil sie nicht zu sich selbst stehen können. Da bist du eine wunderschöne Abwechslung. Ohne dir zu nahe zu treten, versteht sich!" Er riss beim letzten Satz die Augen auf, als würde er sein Lob schmälern wollen, um nicht übers Ziel hinauszuschießen.

„Danke. So etwas … so etwas hat noch nie jemand zu mir gesagt." Sie war berührt von seiner Ansprache. Kasia konnte nicht anders, als ihn anzustarren. Es war das erste Mal, dass sie sich für so eine lange Zeit nicht dazu zwingen musste, ihr Gegenüber anzusehen, um damit Respekt oder Höflichkeit auszudrücken. Im Gegenteil. Sie sah ihn unheimlich gerne an. Jedes Detail seines Gesichtes wurde von ihr aufgesogen und gespeichert, so faszinierend anders wirkte er auf sie. Diese Barthaare, die Vampire nicht hatten, die buschigen und zerzausten Augenbrauen, diese sinnlichen Lippen und die Art und Weise, wie er sich durch das kurze Haar strich. Plötzlich mochte sie auch dieses schelmische Grinsen, das sie zu Beginn so aufgebracht hatte.

„Ist alles in Ordnung? Du starrst mich so eigenartig an", warf er nun belustigt ein und fuhr nun ebenfalls jedes Detail ihres Portraits ab.

Kasia war völlig aus dem Konzept und blinzelte ein paar Mal, um wieder in die Realität zu kommen. *Sag etwas Normales, Unauffälliges!*

„Es ist sicher merkwürdig, aber es lässt mir keine Ruhe. Darf ich dieses Haar in deinem Gesicht berühren?" *Oh nein! hast du das jetzt wirklich laut gesagt? Für das hast du so viele Bücher gelesen über eloquenten Ausdruck und Kommunikationstechnik? Und von wegen Unauffälliges! Schande!*

Tadeo musste unverblümt lachen. Kasia presste ihre Augen zusammen und ihre Lippen bewegten sich, als würde sie still in sich hineinfluchen. Das war ihr eindeutig entglitten.

„Es tut mir leid, dass war unpassend", stammelte sie. Kasia legte gerade ihre Hände auf den Boden, als hätte sie vor, der unangenehmen Situation zu entfliehen. Diesmal war Tadeo es, dessen Hand auf ihren Oberschenkel drückte, um sie vom Aufstehen abzuhalten.

„Hey! Wo willst du so schnell hin? Das ist wirklich kein Problem. Natürlich darfst du das, aber nur unter einer Bedingung."

Sie rollte kurz mit den Augen, da es sie offenbar an ihr Quid-pro-quo-Spiel aus ihrem Haus erinnerte.

„Nicht schmollen. Es ist nur eine Kleinigkeit. Eine simple Frage. Warum trägst du eigentlich keine Schuhe? Das muss doch unbequem sein?"

Kasia schien erleichtert zu sein, dann kämpfte sich hinter ihrer Kontrolle ein kurzes Lachen hervor. Tadeo konnte nicht anders, als sie zu mustern. Ihr rotglänzendes Haar funkelte und ihre helle, zerbrechlich wirkende Haut leuchtete direkt. Er versuchte sich daran zu erinnern, ob sie weicher war als jene einer Frau. Unweigerlich drängte sich auch das Bild ihres nackten Körpers zurück in seine Erinnerung. Es war unverkennbar ein Moment gewesen, der ihn sprachlos hinterließ, weil er es ihr niemals zugetraut hätte. Bis zu diesem Zeitpunkt hätte er sie als etwas prüde und zurückhaltend eingestuft, doch danach war alles anders gewesen.

„Eigentlich kam diese Frage wohl sehr spät", zwinkerte sie ihm zu. „Man sieht es mit freiem Auge nicht wirklich, aber meine Füße sind unterschiedlich groß. Daher haben mich Standardschuhe meist gedrückt. Meine Mutter hatte mir zwar mit der Zeit welche maßanfertigen lassen, doch ich habe mir rasch angewöhnt, barfuß zu laufen. Ich habe diese Freiheit immer genossen und es als das einzige rebellische Feature an mir gesehen. Verrückt, nicht wahr?" Als Demonstration ließ sie ihre perfekten Zehen vor seinen Augen rollen und tanzen. Dieses kleine Schauspiel wirkte so verführerisch auf Tadeo, dass er ungeniert die linke Hand nach ihrem rechten Fuß ausstreckte. Er war wie in Trance, bis Kasia kurz zusammenzuckte.

„Oh, entschuldige. Ich wollte dich nicht erschrecken." Er sah sie analysierend an und sie schien ihm nicht böse zu sein, sondern eher verwundert. Womöglich hatte sie nie damit gerechnet, dass er schamlos ihre Nähe nutzen würde. Vor allem nach dieser unvergesslichen Ablehnung, die ihn schwermütig werden ließ.

„Das steht mir nicht zu, Verzeihung. Vor allem … du weißt schon … nach dieser Sache, die ich gesagt habe, nachdem du dich vor mir entblößt hast." Bei diesen Worten machte sie sofort wieder dicht und wandte sich verlegen ab. Tadeo konnte den raschen Atem sehen und sie zupfte nervös an ihren zarten Locken. Er wusste nicht, wie er aus der Situation rauskommen oder sich dafür entschuldigen sollte. Es musste Ablenkung her.

„Ke-kein Problem", erwiderte sie indes. Doch gerade diese Verunsicherung oder Verletzlichkeit einerseits und die Neugier, die vor wenigen Sekunden noch in ihren Augen abzulesen gewesen war, andererseits, stachelten ihn an, einfach ihre rechte Hand uneingeladen auf sein Gesicht zu legen. Tadeo setzte alles auf eine Karte. Entweder sie würde ihm einen Schlag verpassen und gehen oder sie wäre so überrascht, dass sie diese schmerzenden Worte für einen Augenblick verdrängen würde. Tadeo musste um jeden Preis ihre Reaktion sehen. Als sie ihn nun wieder anblickte, konnte ihre Mimik die Überwältigung nicht verheimlichen. Ihr Tastversuch war zuerst verhalten. Doch dann vergaß sie ihre Scham und lehnte sich näher zu ihm, um auch die andere Hand auf seinen Dreitagebart zu legen. Und Tadeo genoss es. Sie roch unwiderstehlich gut, und obwohl sie so kühl wirkte, erzeugten ihre Finger Hitze an seinen Wangen, die sich elektrisch in seinem Körper verteilte. Er musste nicht raten, denn sein Instinkt bestätigte, dass sie alles andere als eine Jungfrau war. Wenn sie einmal Hunger hatte, würde Kasia sich gnadenlos nehmen, wonach ihr dürstete. Immerhin hatte er das bereits am eigenen Leibe erleben müssen. Dennoch reizte ihn dieser Gedanke. Es war eine brenzlige, prickelnde und gefährliche Neugier, die ihn da trieb, und er wusste es. Niemals zuvor wäre er in der Nähe eines Vampirs so auf Tuchfühlung gegangen.

Das zarte Kratzen beim Auf-und Abstreichen faszinierte Kasia und sie hätte so gerne dem Impuls freien Lauf gegeben, ihre Wange daran zu reiben.

„Das ist unglaublich!", rutschte ihr verzückt heraus.

„Ach, wirklich? Du hast ja gar keine Ahnung, wo mir überall Haare wachsen und wie lästig es sein kann, sich zu rasieren."

Mit dieser Anspielung ließ sie sofort von ihm ab, da ihre Fantasie gerade ein genaues Bild von ihm in ihrem flauschigen Handtuch einspielte. Ihr wurde heiß und sie war froh, dass sie der Vampir war und nicht er. Sonst hätte Tadeo ihre Erregung gerochen und ihren rasenden Puls gehört.

„Ich weiß, was du jetzt gerne hättest. Und ich schätze, irgendwie bin ich es dir auch schuldig." Seine Augen sahen feurig aus und machten sie noch hibbeliger. Kasia bekam augenblicklich Schnappatmung. *Kann er meine Gedanken lesen? Er kann doch nicht wirklich?* Sie wollte wieder fliehen, als Tadeo ihr einfach so sein Handgelenk vor die Nase hielt.

„Aber diesmal kein Mordversuch. Verstanden?"

32 | Intimer Feind, alter Freund

Edrian schob alle Leute zur Seite, die ihm im Weg waren. Alles, was ihn interessierte, war Silenas Aufenthaltsort. Nachdem er bereits auf eine verschlossene und leere gemeinsame Wohnung gestoßen und auch seine Mutter nicht anzutreffen war, verlor er die Geduld. Zum Glück konnte er zumindest das Signal ihres Comlinks orten und war daher nicht mehr zu bremsen.

Wenn ich gewusst hätte, dass sie sich nun ebenfalls in Lucils Labor befindet, wäre ich mit der Karawane gleich weitergezogen. So habe ich unnötig Zeit verloren.

Wieder und wieder versuchte er sie anzurufen, aber das Signal riss immer ab.

„Verdammt!"

Plötzlich die Wende, Silena ging ran.

„Edrian? Endlich! Ich hab mir solche Sorgen gemacht. Wo bist du?", erklang ihre Stimme.

„Geht es dir gut? Ich habe gesehen, dass du in Lucils Bürokomplex bist. Ich komm gerade beim Haupteingang rein. Wo finde ich dich?" Edrians Schritte wurden schneller. Die Leute, die ihm im Weg standen, sprangen bereits willig zur Seite.

„Magnus und ich sind in einem Besprechungsraum in der ersten Ebene. Zimmer 1.08."

Nach diesen Worten legte er auf. *Magnus also.* Wut stieg in ihm auf. *Was hat der wieder im Rampenlicht verloren? Warum kann er nicht endlich aus unserem Leben verschwinden?*

Als Edrian ohne Vorwarnung die Tür aufriss, war Silena zwiegespalten. Sie wollte nur auf ihn zulaufen, ihn anspringen und nicht mehr loslassen. Doch sein Gesichtsausdruck sah alles andere als freundlich aus. Langsam erhob sie sich, derweil er auf sie und Magnus zukam, welcher wie sie vom Besprechungstisch aufstand.

„Was will ER hier, Silena? Setzt er dich in irgendeiner Weise unter Druck?"

„Gut, ich lasse euch zwei Turteltauben mal allein. Ihr habt gewiss viel zu besprechen", offenbarte Magnus, während er sich bereits zur Tür begab.

„Aber wage es nicht, vor der Tür zu verschwinden. Ich möchte das noch geklärt haben."

Magnus sah ihn nun mit einer hochgezogenen Augenbraue und abschätzender Miene an. „Ich werde sehen, ob es sich einrichten lässt."

Silena erkannte, wie Edrian vor Wut rot anlief, doch scheinbar lagen seine Prioritäten woanders. Seinem Blick nach zu urteilen scannte er Silenas Körper und betrachtete ihre Gesichtszüge, während sich die Türe lautstark hinter ihnen schloss.

Jetzt wird er es herausfinden. Wie soll ich es ihm nur erklären? Silena musste sich fassen, um keine feuchten Augen zu bekommen.

Yven hatte recht behalten. Edrian konnte eine leuchtende Blase in ihrem Unterleib erkennen mit einem eigenen Blutkreislauf und einem rasch pochenden Herzen. Ihre Hormone hatten sich umgestellt und auch ihr Geruch war süßer. Sie. War. Schwanger. Beiläufig schüttelte er den Kopf, bis er nicht mehr anders konnte, als sie an sich heranzuziehen und fest zu umarmen. Eine Erleichterung schwemmte seine Wut und seine Besorgnis hinweg. Edrian küsste Silena sanft auf den Kopf.

„Wie ist das nur möglich? Wie konnte das passieren? Aber vor allem, wie konnte ich es übersehen?"

Er spürte, wie ihre Finger über seinen Rücken strichen und sich immer wieder festkrallten.

„Na ja … ich kann dir genau zeigen, wie das passiert ist," flüsterte sie und rieb ihren Unterleib zart an seinem, was seinen Lenden neues Leben einhauchte.

Edrian drückte sie etwas von sich, um sie beim Gespräch direkt anzusehen.

„Das meinte ich nicht." Er musste schmunzeln, als er sah, wie breit sie lächelte. „Ich meine, ich bin ein Gewandelter und du … Wie konntest du schwanger werden? Aber was mich noch viel mehr trifft, warum hast du es mir verheimlicht nach alldem, was wir durchgestanden haben?" Er strich eine Haarsträhne hinter ihr Ohr und sah, wie verunsichert sie wurde. Es fiel ihr schwer, ihm direkt in die Augen zu blicken.

„Ich bereue es zutiefst. Es war ein Fehler, Edrian. Ich hatte solche Angst, wie du auf die Nachricht reagieren würdest. Wir hatten eine Familienplanung doch nie angesprochen und ich dachte, du ziehst das nicht in Erwägung." Ihre Finger fummelten nervös an seinem V-Ausschnitt, bis er die Hand nahm und zärtlich einen Kuss darauf setzte. Er wollte unbedingt, dass sie ihn wieder ansah.

Bei seiner Berührung und der gewechselten Stimmung fasste sie Mut und blickte ihn an. Silena versuchte, in seinem Ausdruck zu lesen, ob ein gemeinsames Kind sein Wunsch war oder er sich erst damit auseinandersetzen musste. Doch als er vor ihr glasige Augen und ein Strahlen aufzog, machte ihr Herz einen Sprung und sie tat es ihm gleich. Er streichelte ihr über die Wange und sie hatte den Eindruck, er wäre stolz. Dann sah sie, wie seine rechte Hand sich auf den Weg zu ihrem Bauch machte.

„Darf ich?", wollte er wissen und starrte nun auf ihren leicht geschwollenen Unterleib. Silena nickte nur hastig und stand unter Strom, als seine Finger vorsichtig über das wachsende Kind strichen.

„Ich bin vielleicht nicht der Vorzeigevater, doch ich kann mir nichts Schöneres vorstellen, als das mit dir gemeinsam zu erleben." Mit diesen Worten fiel sie ihm erleichtert in die Arme und ließ ihren Tränen freien Lauf, denn es waren Tränen der Freude.

„Bitte verzeih mir, Edrian. Ich war mit der Situation überlastet und dann noch dieser Auftrag, Magnus' Fähigkeit, Orelia … Es gibt so viel, das du erfahren musst, Edrian."

Edrian ließ sie erneut los und hatte mehr Ernst im Ausdruck.

„Bitten wir Magnus hinzu, denn du wirst Vater einer sehr talentierten Tochter. Und niemand Geringerer als er kann dir davon berichten", erklärte sie und überforderte ihn offensichtlich zusätzlich.

❧

Zuerst wollte Lucil seinem alten Freund Yven um den Hals fallen. Bis er an seine Fersen geheftet ein Wesen sah, das er bisher nur aus Erzählungen kannte. Die Helferlein brachten indes die Kühlboxen ins Labor, welche hurtig von den Assistenten in Empfang genommen wurden.

„Was will ES hier?", fragte Lucil nervös und dachte an die letzte Meldung von Yven, in der dieser befürchtet hatte, niemals in Toa anzukommen. Immerhin hatte Lucil gedacht, er könne ohne Verzögerung die verbreitende Seuche ansprechen und mit Yven an die Lösung gehen. Doch mit einem Wächter im Schlepptau gingen bei ihm Alarmglocken an. *Weiß er womöglich davon?*

„Das ist GOYA. Er ist ISAYs Nachkomme und vom Mutterschiff zur Beobachtung und Unterstützung entsandt worden."

Lucil konnte in Yvens Augen exakt die stille Warnung erkennen, nichts Unüberlegtes zu tun. Vor allem nicht über die verheimlichten Experimente mit Silenas Blut zu sprechen. Es blieb ihm nichts anders übrig, als auf das Wesen zu starren, das sein Verhalten imitierte.

„Ich danke dir, GOYA, aber hier wird keine Unterstützung von dir benötigt. Wie du dir sicher vorstellen kannst, sind wir im Zeitdruck und Stress, die gelieferten Proben zu sichten und die Züchtungen zu beginnen. Es wird also gearbeitet …" *Und du störst*, ergänzte Lucil mental. Doch der Wächter machte keine Anstalten, dass er der Bitte nachgehen würde. Im Gegenteil. Als hätte er ein genaues Bild über die Abläufe und wo welche Gerätschaft lag, folgte er schnurstracks den Assistenten. Diese waren vor wenigen Augenblicken durch die rechte Schleuse in den Kühlraum und anschließend in den versiegelten Laborraum geschritten.

Panisch lief Lucil ihm nach, gefolgt von Yven.

„Was soll das werden? Du hast hier keinen Zutritt!", schrie er GOYA wütend hinterher, da er nichts Gutes befürchtete.

„Lucil, stopp! Du kannst dich nicht mit ihm anlegen!", hörte er Yven rufen. Er spürte, wie der Vampir seinen rechten Arm versuchte zu packen, um ihn zu bremsen, doch er zog ihn mit Mühe weiter hinter GOYA her.

„Spricht das Ding auch? Kann es kommunizieren? Sag ihm, er hat nicht die Befugnis, hinter diese Tür zu treten. Sie ist hermetisch verschlossen und darf nur mit sterilem Outfit von geschultem Personal betreten werden. Sonst machen mir die Sympathisanten, die hier seit Wochen an Lösungen gegen", Lucil korrigierte sich rasch, „Ich meine, die hier arbeiten, das Leben zum Albtraum. Alles würde zunichtegemacht werden! Mach schon Yven!"

Sie waren nun bei der Schleuse angekommen, wo GOYA plötzlich ausharrte. Er blickte durch ein transparentes Bullauge in den Laborraum, wo zwei Sympathisantinnen die Proben mit Handschuhen, Mundschutz und Kittel vorsichtig aus den Boxen holten. Doch seine Aufmerksamkeit schien woanders zu liegen. Sofern Lucil den Bewegungen des transparenten Kopfteils des Anzuges folgen konnte, inspizierte der Wächter die Kühlfächer. Lucil bekam Gänsehaut.

„GOYA kann uns verstehen, also hört er dich. Er hat nur beschlossen, nicht darauf zu reagieren. Leider kann ich ihn nicht hören. Das können nur Gewandelte oder Hybriden."

„Gut, wenn er mitbekommt, was von ihm verlangt wird, ist das zumindest ein Anfang." Lucil schob sich zwischen Schleusentüre und Anzug. Er sah nun zu dem drei Köpfe größeren Wesen empor. Sein Herz pochte ihm bis zum Hals. „Wenn du Fragen hast, hole ich einen Spezialisten. Zudem einen Gewandelten als Dolmetscher, aber dir ist der Zutritt zu diesem Labor verweigert."

Das erste Mal blickte das Wesen nun auf ihn hinab und er sah diese starren, goldenen Augen. In seinem Anzug waren Ansätze von rauchartigen, blauen Tentakeln, die sich ab und zu in der transparenten Kopfbedeckung wanden, um danach wieder in den Anzug zurück zu kriechen. Ein Schauer überkam Lucil und er versuchte, einen Kloß weg zu schlucken.

ISAYs DNA liegt hier verborgen und daher habe ich Zutritt.

Yven konnte nicht rasch genug reagieren. GOYA gab Lucil einen festen Hieb mit einem Arm, sodass dieser wie eine halbe Portion durch den Raum gefetzt wurde und lautstark gegen die nächste Wand prallte. Natürlich kam keine Regung mehr, doch die Sympathisanten im Labor wurden durch das Geräusch hellhörig und drückten den Alarm. Eine laute Sirene heulte auf, die Schleuse vor ihnen begann zu rauchen und rotes Warnlicht trat hervor.

„Warnung! Warnung! Dieser Bereich wird aus Sicherheitsgründen abgeriegelt. Ein Entweichen von bedrohlichen Substanzen oder Lebewesen soll verhindert werden! Suchen Sie den Ausgang auf", kam ein automatisches Tonband über die Mikrofone.

Yven musste eine Entscheidung fällen. Nach Lucil sehen und erste Hilfe leisten oder GOYA vom Eindringen im Labor abhalten?

Magnus, Edrian und Silena hörten entfernt einen Alarm angehen. Und das gerade, nachdem Edrian die Nachricht erhalten hatte, dass Silena heimlich Tropfen verteilt hatte und Magnus die Gedanken seines ungeborenen Kindes lesen konnte. Er war völlig überfordert. Diese Ereignisse wirkten so unglaubwürdig, dass er alle Mühe hatte, nicht ständig „WAS?!" zu sagen und zwischen den beiden hin und her zu blicken.

„Da bin ich einmal ein paar Tage weg und erneut bricht hier das Chaos aus. Ich verstehe das nicht. Und was soll der Alarm nun?"

Magnus' erste Handlung war, per Comlink Lucil zu kontaktieren. Er wollte sicherstellen, dass es nur ein Fehlalarm war oder sie in dem Gebäudekomplex, in dem sie sich gerade befanden, nicht betroffen waren. Doch der Mensch ging nicht ran. *Merkwürdig.*

Mit einem Mal sah er Aurora wieder wie eine Vision vor sich.

„Magnus, präge dir das ein. Es ist lebenswichtig."

„Was?", rutschte ihm heraus.

Edrian und Silena sahen ihn skeptisch an.

„Ich meine diesen Alarm. Hörst du ihn etwa nicht?" Edrian sah ihn mit hochgezogener Augenbraue an, als würde er an seinem gesunden Verstand zweifeln.

Magnus versuchte das mentale Bild, das sich gerade vor das Pärchen schob, kurz zu ignorieren.

„Natürlich höre ich das. Es ist nicht zu überhören." Es fiel ihm so schwer zu lächeln, dass es für die beiden gewiss wie eine furchterregende Fratze aussehen musste.

Warum tut sie mir das auch immer an? Alle müssen denken, ich bin vollkommen bescheuert! Magnus ärgerte sich und ließ nun Auroras zwanghaften Versuch, ihm etwas zu zeigen, ungehindert zu. Indes konzentrierten die anderen sich offensichtlich wieder auf die aktuelle Lage.

Magnus sah nur die Buchstaben ‚Hg' vor sich in der Luft tanzen und verzog das Gesicht. *Was soll das bloß bedeuten? Geht es noch kryptischer?*

„Präge dir das ein, es ist wichtig."

„Schon gut, verdammt!"

Erneut erntete Magnus verwunderte Blicke, während Silena Edrian etwas zuflüsterte:

„Es geht scheinbar schon wieder los. Aurora spricht mit ihm."

Magnus winkte rasch ab und zwinkerte ihnen zu. Er wollte es – was auch immer diese Information bedeutete – vorerst für sich behalten.

„Na gut, dann werde ich nun sicherheitshalber nach dem Rechten sehen. Der Alarm geht viel zu lange. Bleibt ihr lieber hier", hörte er Edrian sagen, während Silena aufsprang und ihn zurückhielt.

„Ich kann sehr gut auf mich alleine aufpassen, und wo du hingehst, werde ich auch hingehen. Wir waren schon zu lange voneinander getrennt …"

„Keine Widerrede! Die Situation hat sich grundlegend geändert. Du hütest unser Kind unter deinem Herzen und trägst daher nun für zwei Verantwortung. Ich könnte mir nicht verzeihen, wenn euch etwas zustößt."

Magnus sah den bestimmenden Blick und wollte gerade vorschlagen, dass alle zur Sicherheit hierbleiben sollten, als Aurora erneut mit Bildern um sich warf. Darin fielen wieder wahllos Gewandelte um und verstarben. Magnus blickte scharf auf deren Gesichter, in der Hoffnung, sein eigenes Ebenbild nicht zu erkennen, während er hörte, wie Edrian den Raum ohne Silena verließ.

33 | Im Schutze der Nacht

Ich kann es nicht fassen, ich habe überlebt", neckte Tadeo nun Kasia, die wie er völlig außer Atem war. Sie sah ihn an und rollte mit den Augen, während sie sich vorgelehnt auf den Knien abstützte. Als sie im Zuchtraum des Federviehs von einer unbekannten Person auf frischer Tat ertappt und aufgescheucht worden waren, waren beide nur ihrem Fluchtinstinkt gefolgt. Tadeo war aus der Tür rechts abgebogen und so zielstrebig losgerannt, dass Kasia das Gefühl gehabt hatte, er wisse, wo es langginge. Doch weit gefehlt. Beide irrten in dem Gang umher und öffneten wahllos Türen, in denen ihnen überraschte, große Augen entgegen stierten. Scheinbar dürften hier die Quartiere der Menschen und Sympathisanten sein und keiner sah es als notwendig an, sich einzusperren. Die „Entschuldigung, falsches Zimmer"-Floskel kam schon wie automatisch. Bis sie in den nächsten Stock hocheilten und dort eine Art Bibliothek vorfanden, die wie ausgestorben wirkte. Altmodische Literatur war offenbar nicht jedermanns Sache und es wurde eher auf Hologrammbänder und Tablets umgestiegen.

Tadeo und Kasia waren beide gegen die Tür gelehnt gewesen, hatten den Atem angehalten und gelauscht, ob jemand ihnen folgte. Bis Tadeo der Meinung war, den steckenden Schlüssel in der Tür für mehr Intimität zu benutzen.

Nun schnauften sie hier um die Wette, was kein gutes Bild auf ihre Kondition warf. Kasia hatte Seitenstechen und blickte auf Tadeo, der etwas blass wirkte.

„Ich schätze, du hast dem Störenfried dein Leben zu verdanken", zog sie nun wiederum Tadeo auf. Beiläufig wischte sie sich das Blut von den Lippen und leckte jeden einzigen Tropfen der Köstlichkeit auf. Dabei erinnerte sie sich, dass Tadeo noch nicht versiegelt war, und biss sich selbst ins Handgelenk, um ihm die Narbenfreiheit und rasche Heilung zu ermöglichen. Dieser lächelte sie an und fuhr mit seinem rechten Zeigefinger über ihre Bisswunde, um seine Verletzung zu benetzen.

„Aber mal ehrlich? Hättest du aufhören können? Du wirktest so in Ekstase …"

Kasia war peinlich berührt, da ihr nicht entgangen war, dass sie während des Trinkens zweimal laut aufgestöhnt hatte. So eine Wohltat war es für ihren Gaumen und ihren dürstenden Körper gewesen.

„Ich … um ehrlich zu sein, weiß ich es nicht." Sie sah ihn offen an, weil sie der Meinung war, sie müsse zu ihrem Verhalten stehen und er hätte die Wahrheit verdient.

„Aber vielleicht wird eines Tages doch eine Sympathisantin aus dir." Er zwinkerte ihr frech zu, um ihr zeitgleich wie ein Kind die Zunge zu zeigen. Sie war völlig überrascht und konnte sich ein Kopfschütteln nicht verkneifen.

„Das kannst du vergessen." Dann überlegte sie, was da gerade passiert war. „Tadeo, warum hast du mir freiwillig dein Blut zur Verfügung gestellt, ohne Aussicht auf eine Gegenleistung? Noch dazu mit dem Wissen, dass es hätte schiefgehen können."

Sie beobachtete, wie sein Gesichtsausdruck ernst und nachdenklich wurde. Tadeo schritt zu den Fenstern in einer kleinen Nische. Die Bücherregale waren dort als Zwischenwände bis zur Decke aufgestellt. Schwere dunkelblaue Vorhänge waren an den Seiten angebracht und wirkten so staubig, als wurden sie nie zugezogen. Am Boden lagen bunte und mit Gebrauchsspuren versetzte Sitzkissen verteilt, die an den Rändern mit goldenen Quasten verziert waren. Sie wurden offensichtlich gerne zum Herumlümmeln verwendet. Warum auch nicht? Sie schienen sehr gemütlich, wodurch Kasia es Tadeo nachsehen konnte, dass er sich gleich über drei gleichzeitig legte. Mit verschränkten Armen im Nacken blickte er die Fenster hinaus, die eine Schutzfolie besaßen. Die Sonne ging gerade unter und die Szenerie wirkte friedlich.

„Warum ich dir freiwillig mein Blut gegeben habe? Das ist schwer zu beschreiben. So viele Dinge sind mir in den Kopf geschossen."

Kasia machte es sich nun ebenfalls auf einem der übrigen Sitzkissen bequem und stierte ihn neugierig an.

„Na ja, es hätte natürlich so viele andere spannende Dinge in dem Raum zu tun gegeben wie ein Wettlauf mit dem Federvieh, das Zählen der Regale, …"

Kasia rollte mit den Augen und setzte kurz einen hochnäsigen Ausdruck auf.

„Nein, Spaß beiseite. Ich hatte nie die Wahl, mein Blut herzugeben. Nun hatte ich sie. Es war schön, meinen freien Willen zu äußern. Es gab mir das Gefühl der Selbstbestimmtheit."

Tadeo konnte die Veränderung in ihren Augen sehen.

„Dann musste ich an die Verwüstung in deinem Haus denken und an unsere Neckereien, die teilweise sehr amüsant waren."

Kasia prustete kurz durch die Nase und zog belustigt einen Mundwinkel hoch. Sie legte ihr Haar nun über die Schulter nach vorne und es glänzte. Tadeo fand dieses Bild von ihr so malerisch. Sie war eine grazile Hochwohlgeborene, die keine Sekunde schlampig saß oder sich gehen ließ, bis auf den Moment, wenn sie sein Blut kostete.

„Aber vor allem habe ich mich schäbig gefühlt, dich so beleidigt zu haben. Ich hätte nicht deinen verzweifelten Kuss beurteilen sollen."

Nun runzelte sie die Stirn und schien auf weitere Erklärungen zu warten.

„Das war nicht so gemeint. Wirklich."

Kasia blickte nun zu Boden.

„Nein, du hattest recht. Es war beschämend. Ich habe mich dir an den Hals geschmissen und gedacht, meine weiblichen Reize könnten dich unmündig machen und überzeugen. Es ist mir furchtbar peinlich. Lass uns bitte nicht mehr davon anfangen."

Tadeo überlegte, ob er ihr die Wahrheit sagen sollte.

„Streng genommen hast du mich bereits in deinem Bett, als du mich festgebunden hast, mit deinen weiblichen Reizen fast um den Verstand getrieben." Er wollte sie nun nicht aus den Augen lassen. Für sein Ego musste er in ihrer Gestik erkennen, dass sie ihm auch nicht abgeneigt gewesen war. Er schluckte einen Frosch in die Flucht und die Nervosität legte sich in Form von kleinen Schweißperlen auf seine Handflächen.

Blitzschnell hing ihr Blick wieder auf ihm und löste Hitze in ihm aus.

„Warst du …" Kasia wirkte kurz verunsichert, bis sie ihren Hals straffte und fortfuhr: „… warst du in deiner Gefangenschaft gezwungen, einer Vampirin beizuschlafen?"

Kasias Herz raste vor Aufregung. *Warum hast du diese Frage nur gestellt? Worauf zielst du ab?* Sie war wie gefangen von seinem Blick, der selbst bei dieser sehr privaten Frage nicht von ihr abließ. Je länger er sie so intensiv betrachtete, desto heißer wurde ihr.

„Keine Vampirin hätte es gewagt, sich mit dem Vieh zu vergnügen. Behauptet man zumindest offiziell. Aber um ehrlich zu sein, kam es nie zu Sex. Ich wurde eher an jeglichen Regionen meines Körpers vernascht und gebissen. An absolut jeder."

Kasia zog rasch ihre Beine näher zu sich heran. Der bloße Gedanke, seinen nackten Körper unter sich zu haben und ihn an jeglicher erdenklichen Stelle zu liebkosen, ließ sie feucht werden. Und irgendetwas sagte ihr, Tadeo nutzte diese unausgesprochenen Fantasien bereits gegen sie aus. Beinahe unbemerkt rutschte er samt den Kissen nun näher an sie heran. Dann lehnte er sich zur Seite, um verführerisch zu ihr aufzusehen. Diese langen, dichten Wimpern, diese dunklen Augen und der leicht geöffnete Mund waren zu einladend, sodass Kasia sich selbst dabei ertappte, wie sich ihre Fingernägel fest in das Kissen unter ihr gruben.

„Falls es insgeheim deine Frage war: Nein, ich bin keine Jungfrau. Jedoch habe ich bei den Menschenfrauen in der Blutfarm weder die Wahl gehabt, mir zu nehmen, was mir gefällt, noch durfte ich vorher ein annäherndes Gespräch mit ihnen führen. Von mir wurde verlangt zu funktionieren. Es ging damals lediglich um die Zucht. Auch etwas, das ich gerne einmal ändern würde. Ich hätte lieber Freude daran, mit jemandem intim zu werden, der es genau so leidenschaftlich wünscht wie ich."

Plötzlich legte Tadeo seine linke Hand vorsichtig auf Kasias Wade und strich diese entlang hoch. Er schob dabei das Samtkleid immer weiter hinauf, wodurch ihr Puls zu explodieren drohte. Ihre schnelle Atmung war nicht mehr zu bändigen, geschweige denn zu vertuschen.

„Was-was tust du da?" Kasia biss sich auf die Lippen, da das Stammeln alles andere als sexy war.

„Tja, wonach sieht es denn aus? Ich möchte meinen Fehler wiedergutmachen und deine Kussfähigkeiten von neuem austesten." Mit diesen Worten stemmte er seinen Oberkörper auf und zog unvorbereitet ihr Sitzkissen samt Kasia zu sich, sodass sich ihre Gesichter nur noch wenig Zentimeter trennten.

„Ich kann nicht vergessen, wie du deinen Körper auf meinen gepresst hast, dich an mir gerieben und im Blutrausch gestöhnt hast." Kasia war wie gelähmt und wollte schlucken, doch ihr Mund war staubtrocken. Kein Wunder auch. Jegliche Flüssigkeit staute sich gerade in ihrem Unterleib und ihre Lider schlossen sich bereits, in der Hoffnung, er würde einfach gnadenlos über sie herfallen. So sehr turnte sie dieses Gespräch an. Selbst wenn ihr hochnäsiges Ego das nicht so haben wollte. Sie öffnete einladend ihren Mund, obwohl sie innerlich verängstigt war, was bei der ersten Berührung über sie hinwegfegen würde. Sich jedoch gegen Tadeos Avancen zu wehren, war ein Ding der Unmöglichkeit.

Tadeo lehnte sich nun seitlich zu ihrem Ohr, um ihr zuzuhauchen: „Vielleicht bilde ich es mir auch nur ein, weil ich noch nie mit einer Vampirin intim geworden bin. Aber es hat für mich den Anschein, als ob dich dieses Gespräch mehr als nur erregt."

Dann sah er sie an und setzte alles auf eine Karte, um mit seinem linken Zeigefinger ihre Lippenkonturen nachzuzeichnen. Lustverhangen blickte sie nun zu ihm. Ihr Mund öffnete sich mit dieser Zeichenbewegung noch mehr, als bettle sie bereits innerlich, dass er den ersten Schritt wagen würde. Doch er hatte sich geirrt. Offenbar konnte sie nicht mehr warten. Kasia warf sich auf ihn, eine Hand rutschte in seinen Nacken, die andere hinter seinen Rücken. Sie packte verlangend zu, sodass er sich eingestehen musste: Vampirinnen waren viel stärker als Frauen. Doch es war ihm egal. Selbst wenn es blaue Flecken, Kratz- und Bissspuren kosten würde, die Erfahrung war es wert.

Gierig strich er nun ihr Kleid hoch, um seine Hände über die Oberschenkel zu ihrem Po zu führen, der knackig und angespannt auf ihm lag. Er musste stöhnen, als sie durch seine Berührung ihr Becken über ihn schob und nun ohne Vorwarnung ihre Zunge direkt in seinen Mund gleiten ließ.

Wahnsinn!

Ein Sog an Lust zog ihn mit. Kasia schmeckte wie die Droge, die nicht erfunden worden war. Wie das Lieblingsessen, das es nicht mehr gab. Gepaart mit ihrem Geruch konnte er keinen klaren Gedanken fassen und wurde selbst zum Tier. Er zerrte an ihrem Kleid, um es über ihren Kopf zu ziehen, was Kasia mit abwechselnden Hervorziehen und Strecken ihrer Arme unterstützte. Tadeo entwich ein lautes Stöhnen direkt in ihren geheiligten Mund, als er ihre kleinen, festen Brüste zu fassen bekam. Die Knospen waren hart vor Erregung und durch seine Berührung drückte Kasia sich noch williger gegen ihn.

„Lass mich nicht mehr warten. Ich brauch dich so sehr", befehligte sie ihn.

Wow! Das kam völlig überraschend. Eigentlich hätte er es gerne lange hinausgezögert und ausgekostet, doch wohlgemerkt war auch sein Hunger nicht zu zügeln.

Sie musste ihn unbedingt in sich spüren. *Und zwar jetzt!*

Kasia richtete sich auf und riss unkontrolliert Tadeos Shirt mittig durch. Bei dieser Überreaktion erschrak sie bereits selbst, doch beim Anblick seiner Haut und der gespannten Brustmuskulatur zuckte ihre Vagina hungrig zusammen. Gerade, als sie sich wieder auf ihn herablehnen und küssen wollte, schob sie Tadeo bestimmend von sich, um sich um seinen Gürtel samt Hose zu kümmern. Sie tat es ihm gleich, indem sie ihre schwarze Unterhose runterzog, und als er sie nun von unten bewunderte, bekam sie weiche Knie. Seine Hände strichen langsam von den Waden hoch, während sie mit gespreizten Beinen über ihm stand. Sie genoss diesen hungrigen Blick, diese Leidenschaft, die ihn zur Urgewalt machte.

„Was machst du nur mit mir?", flüsterte sie, indes er ein schelmisches Grinsen aufsetzte und sich sein Gesicht ihrem Unterleib näherte. Kasia wollte sich so gerne fallenlassen, doch seine Hände hielten sie verlangend und gnadenlos fest.

„Denkst du denn, ich möchte meinen Durst nicht auch stillen?"

Mit diesen Worten fühlte sie den Kontakt seiner Lippen auf ihren Schamlippen. Wie eine Explosion fuhr die Hitze in sie und sie musste laut stöhnen. Aus Ekstase ließ sie ihren Kopf in den Nacken sinken, schloss die Augen und versuchte nicht umzukippen, so sehr prickelte ihr gesamter Leib.

„Bitte … bitte hör niemals auf, das zu tun", stammelte sie und biss sich dabei in die Unterlippe. Kurz verkrampfte sich ihr Körper, als der Reiz näher zu ihrem Höhepunkt kam. Sie wurde getrieben von Lust und Emotionen, die sie nicht kannte.

Tadeos Zunge kreiste abwechselnd über ihre Lustknospe, dann über ihre Schamlippen. Jedes Mal deutete er dabei an, in sie einzudringen, nur um stattdessen leicht an ihr zu knabbern. Es trieb ihn in den Wahnsinn, wie die Muskeln zwischen seinen Händen um Erbarmen zitterten, ihr Stöhnen immer heftiger und lauter wurde und der Saft sich in seinem Mund sammelte. Ein Machtgefühl überfiel ihn, das er noch nie zuvor gespürt hatte. Er besaß in diesem Moment eine Vampirin, die darum bettelte, von ihm genommen zu werden, und es fühlte sich so einzigartig an. Sie roch und schmeckte ganz anders, als er es dieser Spezies zugetraut hätte. Es war ihm schier unbegreiflich, wie er sich bisher mit Menschenfrauen hatte zufriedengeben können.

„Bitte! Tadeo!", kreischte sie ihn nun an und er vernahm, wie ihre Beine immer mehr zitterten. Einerseits vor Erregung, aber auch aufgrund der unangenehmen Position. Doch er konnte nicht aufhören. Stattdessen positionierte er seine Hände nun neu, sodass die Linke ihr beim Gesäß als Stütze diente und die Rechte sich zwischen ihre Beine schob. Ohne zu zögern, stieß er nun seinen Zeigefinger in sie, was sie zum Aufschreien brachte. Kurz hielt er inne, da er nicht wusste, ob er nun eine Schmerzgrenze überschritten hatte.

Weiter kam er jedoch nicht, als Kasia nun wie eine Raubkatze nach vorne stürzte und sich auf ihn legte. Sie küsste ihn gierig und rieb ihre feuchte Scheide an seinem Glied, das bereits vor Schmerz und Verlangen pochte. Geschickt packte sie nun zu, was Tadeo den Atem anhalten ließ, da er Angst hatte, sie würde etwas zerbrechen. Doch in der nächsten Sekunde führte sie sich sein Glied ohne zu zögern bis zum Ansatz ein, was sie beide zum Stöhnen brachte.

Als Kasia nun seine Lippen freigab, ihre Nägel über seinen Brustkorb kratzten und sie begann, ihre Hüfte auf ihm zu kreisen, musste er sich eingestehen, dass er das Zepter soeben abgegeben hatte.

Kasia wurde durch elektrische Impulse getrieben. Sie hatte Muskelkontraktionen, die sie beutelten. Dennoch wollte sie nicht innehalten, so intensiv und gewaltig fühlte er sich in ihr an. Sie konnte nur die Augen schließen und ihrem Körper freien Lauf lassen. Sie hatte ohnehin nichts mehr zu melden.

Sie wusste nur eins. Sie war unheimlich glücklich. Und sie wollte nie wieder damit aufhören.

Aufzeichnungen:
Der Ursprung der Seuche ist nun bekannt. ISAYs Fehler kann behoben werden. Da für die Reinigung nicht alle Ziele markiert wurden, muss ein anderer Weg eingeschlagen werden.

༉‑ও

Als Edrian in den Labortrakt kam, wurde die Sirene lauter. Geschäftige Personen liefen mit gehetztem Blick an ihm vorbei, während von hinten Soldaten der Ratsgarde an ihm vorbeistürmten. Das war Einladung genug, ihnen rasch zu folgen. Die Gänge wirkten bedrohlich durch das pulsierende rote Licht und die glatt polierten Böden und Wände. Alles war so steril, dass er sich in seine Laborzeit in Stratus zurückversetzt fühlte. Was auch immer es war, aber er nahm sich vor, in Zukunft nie wieder einen Fuß in ein Labor zu setzen. Es langte nun für die restliche Lebenszeit.

Als sie in den Vorraum einer der Laborräume mit riesigen Kühlschränken ankamen, fand Edrian ein Chaos vor. Lucil lag in den Armen einer verzweifelten Sympathisantin und rieb sich seinen Schädel. Blut lief ihm aus der Nase und er wirkte benommen. Yven fuchtelte zwischen GOYA und den Soldaten herum und versuchte Frieden zu stiften, während die Garde gleichzeitig die Laserkanonen anlegte und auf den Wächter zielte. Im Hintergrund hörte er die Sympathisantin rufen: „Kann mir jemand helfen, Lucil rauszubringen? Er ist verletzt und muss dringend behandelt werden."

Dieser Raum muss zerstört werden. Hier wird Blut von Apo.LYps gespeichert. Es ist die Ursache für unerlaubte Experimente. Euch zu strafen allein, zeigt keine Wirkung.

Urplötzlich sackte der Raumanzug GOYAs in sich zusammen. In der nächsten Sekunde kreischten die Assistenten im versiegelten Laborraum, die sich bis zu diesem Zeitpunkt nach der offensichtlichen

Notverriegelung durch das Alarmsystem wohl in Sicherheit gewogen hatten.

Edrian lief zu den Glasfenstern entlang des Laborraumes. In ebendiesem Raum sah er GOYA mit seinen Rauchtentakeln, der begann um sich zu schlagen, die Stahlregale abzuräumen und die Schränke umzuwerfen. Mit einem blauen Feuerball zündete er Reagenzbehälter an, die beschriftet und fein sortiert auf den Tischen standen. Indes schoben die Assistentinnen die Kühlboxen so weit wie möglich von ihm weg, um dabei nicht Ziel GOYAs Angriffes zu werden.

„Wie ist das nur möglich?", stammelte Edrian, lief zur Schleuse und machte sich nun daran zu schaffen. Zeitgleich sprangen die aufgescheuchten Mitarbeiter zum Bullauge und trommelten wild dagegen, während ihnen die blanke Panik aus dem Gesicht flog.

„Wie bekommt man das auf?!", wollte er herausfinden.

Yven sah entsetzt aus. „Er teleportiert sich. Für eine kurze Zeit kann er der Atmosphäre trotzen, aber es ermöglicht ihm in jeder Sekunde überall zu sein. Ich hätte es wissen müssen. Er hat nach der Quelle des Virus gesucht und wir haben ihn direkt hierher gebracht." Edrian sah, wie Yven sich die Haare raufte und auf die nächste Sitzgelegenheit plumpsen ließ.

„Welcher Virus?"

„Lucil hat mir gerade gebeichtet, mit Silenas Blut Supersoldaten gezüchtet zu haben. Die Nebenwirkungen wurden jedoch nach und nach invasiv und streckten die Wirten reihum nieder."

„Und dann hat es die gewöhnliche Bevölkerung befallen, ohne ersichtlichen Grund. Es war nicht über die Luft oder Speichel übertragbar", ergänzte nun die Sympathisantin, die Lucil beschwerlich vom Boden hoch half.

„Nun wissen wir, wie es sich verbreitet hat. GOYA hatte bewusst Druck ausgeübt, um den Ursprung der Experimente orten zu können. Er hat selbst nachgeholfen, Unschuldige mit den gleichen Symptomen verenden zu lassen, und als er über das Telefonat mit Lucil misstrauisch wurde, ist er ohne zu zögern mit uns gekommen." Yven sprach mehr zu sich selbst, als er die Lösung erkannte.

Ein lauter Knall ließ den Boden plötzlich beben. Als Edrian in den Laborraum sah, waren nur blauer Nebel und kleine lodernde Feuerstellen verteilt zu sehen. Als sich der Rauch lichtete, lagen die drei Assistentinnen regungslos am Boden.

„Verflucht! Wie bekommen wir das auf?", erfragte Edrian erneut und blickte in die Runde der Anwesenden.

„Basis, bitte kommen. Das Gebäude muss evakuiert werden!", funkte nun ein Soldat der Garde, während er sich zu Lucil begab und sich unter seine Armhöhle fädelte, um ihn zu stützen.

Und als wäre das Chaos nicht bereits komplett, erspähte Edrian soeben niemand geringeren als Silena, Magnus und einen weiteren Soldaten – womöglich deren Anführer – höchstpersönlich durch die Türe schreiten.

„Ich sagte doch, du sollst dort auf mich warten, Silena!"

Plötzlich erfolgte eine weitere Detonation, die diesmal auch die Schleuse des Labors aus der Verankerung riss. Edrian konnte die Druckwelle nur mit Mühe halten und schob die Türe zur Seite. Zwischen dem Rauch war nun zu sehen, dass beide Kühlschränke zerstört waren und nur noch ein paar der heiklen Kühlboxen von der Expedition kreuz und quer herumlagen. Dann tauchten die blauen Tentakel vor ihm auf, die die letzten Regale von den Wänden schleuderten.

„Aurora hat uns gezeigt, dass wir hier benötigt werden," rief Silena.

„WER?" Edrian bekam die Krise.

„Na, unsere Tochter!", brüllte Silena zwischen der Sirene zurück.

„Yven … gibt es kein Mittel oder eine Waffe, die wir gegen … GOYA nutzen können?" Diesmal versuchte Lucil mit letzter Kraft zu sprechen, bis die Sympathisantin dem helfenden Soldaten ein Zeichen gab, dass sie rasch verschwinden mussten.

„Ich …" Yven sah nun starr zu Edrian. „Die Wächter sind natürliche, verletzliche Wesen wie wir. Aber durch die Fähigkeiten und die blaue Macht gibt es nur wenig, das wir gegen sie ausrichten können."

Silena schrie aus voller Lunge. Edrian war abgelenkt und blickte zu Yven, als GOYA plötzlich durch den herausgebrochenen Zugang kam und mit einem Tentakel Edrians Hals packte.

„Nein!!!" Silena bemühte sich, ihre Energie in ihre Hände zu leiten, formte einen kopfgroßen Energieball und schoss damit auf den Wächter.

Dieser wich jedoch geschickt aus, als hätte er die Attacke vorausgesehen. Indes versuchte Edrian, dem Wesen mit den Beinen einen Tritt zu verpassen. Aber durch den Abstand der Tentakel zum Hauptkörper kam er nicht nahe genug heran. Ihm blieb bereits zu lange die Luft weg. Dennoch schien er Plan B zu fahren, als sich zwei Tische aus dem Laborraum plötzlich wie von Geisterhand erhoben und durch die transparenten Sichtfenster durchschossen. Direkt auf GOYA. Doch dieser wehrte die metallenen Fluggeschosse mit Leichtigkeit ab, während nun Baris' Laserkanone ohne Pause auf den Wächter schoss und eine schwarze, rauchende Wunde hinterließ. Edrian wurde dadurch zur Seite gestoßen und GOYA suchte nun sein nächstes auserkorenes Opfer.

Silena blickte sich um, natürlich war von Magnus weit und breit keine Spur. Er hatte sich gewiss in einer gut überschaubaren Position verschanzt, dabei hätte seine Fähigkeit womöglich von Vorteil sein können.

So ein Mistkerl! Wie soll ich nun wissen, was ich tun soll? Bitte hilf mir, Aurora. Was siehst du in der Zukunft?

Dass ausgerechnet die Mutter ihre Tochter um Unterstützung bitten musste, war grotesk, doch Silena wusste sich nicht mehr anders zu helfen.

GOYA setzte nun seinen Pfad der Verwüstung fort und richtete seine volle Aufmerksamkeit auf … Silena selbst.

Oh nein!

Sie konzentrierte erneut einen Feuerball vor sich, diesmal größer. Die blaue Energie tanzte über ihre Arme und brachte ihre Haare zum Wirbeln, als ausgerechnet Baris sich zwischen sie stellte.

„Damit bringt ihr nur uns alle um und zerstört die letzten Kühlboxen da drinnen. Ist es das alles wert? Also, Yven! Überleg schneller! Gibt es eine Wunderwaffe gegen ihn oder nicht?", brüllte Baris, während er seine Laserkanone einsetzte.

Edrian sprang nun GOYA auf den Rücken und schlug mit beiden Fäusten auf dessen Schädel, sodass dieser kurz benommen wirkte. Doch dann leuchteten die goldenen Augen auf und in der nächsten Sekunde war der Wächter unter ihm verschwunden. Edrian knallte unvorbereitet zu Boden, als GOYA nun direkt vor Silena erschien.

Ich bin mit meiner Mission noch nicht fertig.

Mit diesen Worten packte er Silena und zog sie mit sich.

Für Edrian spielte sich die Szene wie in Zeitlupe ab. Mit ausgestrecktem Arm hatte er versucht, Silena zu erreichen, während Baris erneut seine Laserkanone in den Rücken von GOYA gelenkt hatte. Auch die anderen Soldaten schossen, indes sich Yven auf den Boden geworfen hatte und in eine Ecke gekrochen war. In dieser einen Sekunde, in der so viel passierte, packte der Wächter ungehindert nach der Liebe seines Lebens und verpuffte in Luft, ohne nur ein einziges Haar von ihr übrigzulassen. Als der Rauch und der Nebel sich legten, das Feuer allmählich erstickte, man der schrillen, roten Sirene wieder gewahr wurde und die Laserkanonen kein Ziel mehr zum Anvisieren hatten, mussten alle feststellen, dass GOYA Silena mit sich genommen hatte.

35 | Neuen Nutzen verdienen

„Hörst du das?", fragte Kasia skeptisch, während sie nackt nebeneinander zusammengekauert lagen. Sie waren noch immer außer Atem und ausgelaugt, aber ihr breites Grinsen war nicht aus den Gesichtern zu wischen.

Tadeo fuhr sich mit dem kleinen Finger in die Ohrmuschel und schüttelte sie frei.

„Nachdem du mir so erfolgreich mehrmals ins Ohr geschrien hast, hab ich wohl einen Tinnitus", scherzte er und schlang seine Arme erneut um sie, um Kasia so nahe wie möglich bei sich zu haben.

„Sehr witzig. Ich meine das ernst." Sie sah ihn nun mit einem tadelnden Blinzeln an.

„Was? Ich meine es auch ernst." Doch er konnte sich ein Lachen offenbar nicht verwehren. Dann küsste er sie an die Schläfe, um in der nächsten Sekunde seine Nase in ihr Haar zu tauchen. „Du riechst nach purem Sex, weißt du das?"

Kasia musste grinsen und es fiel ihr schwer, vernünftig zu bleiben.

„Stopp, du machst mich schon wieder hibbelig, dabei könnte ich schwören, dass man entfernt eine Sirene hören kann. Sollen wir nicht lieber nachsehen, was es ist?"

Sie vernahm, wie er nun die Magie ihres Zusammenseins tief durch die Nase blies. Er hatte sich Mühe gegeben, den Augenblick festzuhalten. Kasia würde lügen, wenn sie ihre Umgebung nicht vorzugsweise ignorieren und die Zweisamkeit mit ihm weiter in Ruhe oder auch in Unruhe genießen wollen würde. Doch es konnte auch bitterer Ernst sein.

„Ist das nicht ein Alarm?", fragte Kasia hartnäckig.

Tadeo setzte sich nun auf und hielt den Atem an.

„Vielleicht hast du recht. Wir sollten mal einen Blick vor die Türe wagen. Nur für alle Fälle."

☙❧

„Wo sind sie hin? Hat GOYA sie aus dem Gebäude befördert?"
Rastlos lief Edrian im verwüsteten Raum hin und her, während die
Soldaten nach Lebenszeichen bei den Assistentinnen suchten. Die
Alarmsirene und das rot pulsierende Licht wurden deaktiviert, indes Yven
in dem Chaos umherlief, um unversehrte Reagenzgläser und Proben
einzusammeln.

„Was soll das noch bringen?", fragte Edrian genervt, als er dessen
hektisches Treiben erkannte.

„Egal wo GOYA ist, jedes Wesen auf diesem Grund und Boden, das
in irgendeiner Weise mit Silenas Blut in Berührung gekommen ist, ist nun
dem Tode geweiht. Ich versuche, in den letzten von Lucils Testreihen den
Fehler zu erkennen, um zumindest ein Gegenmittel für den Virus zu
finden. Wenn wir das rechtzeitig verabreichen können, gehen wir zum
nächsten Schritt."

„Und der wäre? Willst du das Blut aus unseren Genen saugen? Wie
stellst du dir das bitte vor?" Edrian schlug ungeduldig auf einen bereits
demolierten Tisch. „Wir sollten eher eine Waffe gegen die Wächter
finden! Und wenn jemand ihre Schwachstelle kennt, dann du, Yven! Also,
spuck es aus!" Gerade als Edrian nach Yven packen wollte, schob sich
eine Schulter schützend dazwischen. Ausgerechnet die verhasste Visage
von Magnus erschien in seinem Sichtfeld.

„Mir scheint, du bist wieder besonders produktiv, Edrian."

Eine Ader begann wild an Edrians Stirn zu pochen und er verspürte
einen immensen Drang, Magnus eine zu scheuern.

„Was ist denn hier passiert?", hörte Magnus nun eine Stimme hinter
sich und drehte sich zeitgleich mit Edrian zum Ursprung. Kasia stand vor
ihnen mit einem ihm unbekannten Mann, der das Wort hatte. Sie zupfte
an seinem zerrissenen Shirt, als wollte sie den Menschen dazu bewegen,
rasch den Raum wieder zu verlassen. Doch dieser machte keine Anstalten,
zu gehen.

„Je weniger Angriffspunkte wir haben, desto eher wird alles friedlich
gelöst. GOYA versucht mit allen Mitteln, von diesem Grund und Boden
Silenas experimentelles Blut reinzuwaschen", brabbelte Yven ohne Punkt

224

und Komma vor sich hin. Dann tupfte er einen Tropfen einer orangefarbenen Lösung auf ein Kunststoffblättchen und schob es unter ein noch intaktes Mikroskop.

„Ach ja? Silena wurde entführt und sie trägt mein Kind! Das ist kein Friedensangebot!", platze es aus Edrian, der offenbar durch seinen Mangel an Handlungsmöglichkeiten lieber mit Worten herumpeitschte. Dann erinnerte sich Magnus wieder an die letzten Worte von Aurora, und das Bild der Buchstaben ‚Hg' tauchte ungehindert vor ihm auf.

„*Präge dir das ein, es ist wichtig*", hallte ihre zarte Stimme in seinem Kopf.

Doch bevor Magnus das Wort ergreifen konnte, überschlugen sich erneut die Ereignisse. Eine Meldung kam durch die Lautsprecher: „Yven! Schau auf die Monitore. Die Stadt fällt!" Es war unverkennbar Lucils Stimme.

Alle Anwesenden suchten visuell den Raum ab, ob noch ein Bildschirm heil geblieben war. Jedoch erfolglos. Eine der überlebenden Laborassistentinnen versuchte mit zittrigen Fingern etwas zu deuten, aber keiner verstand sie. Außer Magnus.

„Dort im angrenzenden Raum zum Labor ist noch ein elektronischer Schreibtisch verborgen." Alle sahen ihn verdattert an. „Na los! Seht nach, wenn ihr mir nicht glaubt!"

Die Soldaten rammten die Tür, obwohl sie unverschlossen war, und es fand sich ein kleiner Computerraum mit einem Schreibtisch, dessen Oberfläche unversehrt war. Yven lief voran und betätigte eine Taste, um der Elektronik Leben einzuhauchen. Anschließend schaltete er von den Überwachungskameras im Gebäude zur Wiedergabe von Kameras in Toa. Magnus konnte genau den blanken Horror der Gesichter über dem Monitor sehen, bis er sich selbst in den Raum hineinzwängte und einen Blick auf das Geschehen werfen konnte. Yven wechselte von einer Kamera zur nächsten.

„Aurora hatte recht. Nun geht es los …", rutschte ihm heraus, als er wahllos Ausschnitte der letzten Minuten sah, auf denen Personen vereinzelt unter den Mengen wie tot umfielen. Magnus begann zu zittern. „Es sind nur Gewandelte. Alle werden sterben." Er taumelte zurück und wollte flüchten, als Edrian ihn am Arm packte.

„Woher weißt du, dass sie tot sind? Und wie willst du bei dieser Distanz erkennen, dass es sich nur um Gewandelte handelt?" Edrian rüttelte ungeduldig an ihm und Magnus hatte Mühe, seinen Blick zu erwidern. Panik kämpften sich nun in ihm hoch. Er fragte sich, ob er es hätte verhindern können, falls er nur früher davon erzählt hätte. *Warum lässt sie mich das sehen, wenn ich am Ende wie der Schuldige dastehe, der es wusste und nicht gehandelt hat?*

Alle hielten gespannt den Atem an, als Edrian Magnus in die Mangel nahm. Etwas musste passieren, und zwar sofort. Edrian konnte die Angst in seinem Antlitz sehen, was ihm nicht gerade Hoffnung machte. Ihm gegenüber handgreiflich zu werden, würde sie nicht weiterbringen. Daher ließ er Magnus los und richtete ihm seinen Stehkragen, der schlampig runterhing wie seine Laune, und hoffte, dass nun Magnus' Zunge lockerer werden würde.

„Danke."

Magnus strich sich sein zerzaustes Haar zurück.

„Deine Tochter Aurora hat mir diese Bilder bereits vor ein paar Tagen gezeigt. Ich habe sie nicht ernst genommen. Ich konnte sie auch nicht wirklich verstehen."

Edrian hatte Probleme, seine Wut hinunterzuschlucken, als die Stimmen nun hinter ihm losgingen. Etliche Fragen bombardierten Magnus, der mit kleinen Schritten rückwärts versuchte auszuweichen.

„Wer tut das, Magnus? GOYA?"

„Das Raumschiff?"

„Wie konnten sie die Gewandelten von den anderen isolieren?"

Magnus hob die flache Hand vor sich.

„STOPP!! Ich weiß es nicht. Alles, was ich sagen kann, ist, dass Silena gezwungen wurde, allen Gewandelten eine transparente Lösung zu verabreichen. Diese sollte verhindern, Fähigkeiten weiter auszuprägen und eine Vermehrung der Gewandelten zu ermöglichen. Das wurde ihr zumindest so verkauft. Und ihre ungeborene Tochter hat darauf bestanden, dass ich mir die Buchstaben ‚Hg' merke. Was auch immer das bedeuten soll. Ich schwöre, mehr weiß ich nicht!"

„Der Hybrid ist schwanger?!", kamen nun hysterische Rückmeldungen durcheinander, bis Edrian einmal kurz laut „Ruhe!" brüllte. Ihm pochten die Ohren. Magnus' Worte spielten sich unentwegt in seinem Kopf ab.

„Heißt das, wir beide sind auch davon betroffen? Sie würde niemals … ich meine, sie hat mir nichts …" Edrians Stimme brach, da er versuchte, die wenigen letzten Augenblicke mit Silena Revue passieren zu lassen. Könnte es eine Sekunde gegeben haben, in der sie ihm etwas verabreicht hatte? *Sie würde das niemals tun, oder?*

Magnus klopfte ihm plötzlich freundschaftlich auf die Schulter.

„Bei mir hat sie es zumindest versucht und ist gescheitert. Bei dir kann ich es nicht sagen, aber ich schätze, sie wollte dich als Letzten dafür aufsparen."

„,Hg'? … Hmmm, da war etwas", brabbelte Yven indes vor sich her und stieß dann alle zur Seite, um aus dem Raum wieder ins Labor zu gelangen. „Wie konnte ich das nur vergessen? ,Hg' ist die chemische Bezeichnung für Quecksilber. Es ist einer der giftigsten und aggressivsten Stoffe, die wir auf diesem Planeten haben. Wenn wir es direkt in den Organismus eines Wächters einschleusen können, wäre es womöglich um ihn geschehen. Aber sicher wissen wir es nicht. Magnus, hat … Aurora?", Yven sah Magnus fragend an, während dieser nickte, „Hat Aurora dir noch etwas zu ,Hg' gesagt? Warum du dir gerade das merken sollst und wie wir es einsetzen müssen?" Edrian konnte genau sehen, wie Magnus die Bilder vor seinem inneren Auge abspielen ließ und dann zu aller Enttäuschung verneinte.

„Ich müsste diesen Stoff auch irgendwo hier eingesperrt haben, falls er das Wüten von GOYA überstanden hat. Quecksilber ist ätzend für Vampire. Wir konnten nie viel damit anfangen", erklärte Yven und zog wahllos offene Schubladen komplett heraus bei seiner verzweifelten Suche.

„Und was bedeutet das nun, Yven?", wollte Edrian noch immer von dieser Nachricht verstört wissen.

„Dass ich erstens glaube, ein Gegenmittel zum Virus gefunden zu haben. Ich bräuchte nur noch ein Versuchsobjekt, um es zu testen. Und zweitens: Dass wir GOYA ein Ende setzen können, sollte er zurückkommen und dieser chemische Stoff tatsächlich Wirkung zeigen. Was wir nicht sicher wissen." Die Euphorie schlug in Yvens Satz allmählich in traurige Realität um, dennoch wollte sein Kampfgeist offenbar nicht aufgeben.

„Also, Baris, wie sieht es aus? Hast du Lust auf Heilung?", wollte Yven erfahren und blickte in ein selbstsicheres Gesicht des Gardeleiters. Der Vampir war gezeichnet von den Explosionen, sein Haar war zerzaust, Rußspuren besudelten sein Antlitz und seine helle Kleidung. Dennoch demonstrierte er optimistisch seine selbsterzeugte Errungenschaft in einer durchsichtigen Ampulle und strahle dabei so viel Zuversicht aus.

Tadeo war kurz versucht, seine Hand freiwillig zu heben, als Yven nach einem Versuchsobjekt in den Raum fragte. Er sah sich am Ziel, endlich für die Allgemeinheit nützlich zu sein. Zu beweisen, dass er nicht nur ein verwöhnter Blutsklave war, der keine Werkzeuge nutzen oder selbstständig überleben konnte. Er würde den Mut aufbringen. Doch als automatisch Baris aufgerufen wurde, war sein Traum, noch bevor er als gefeierter Held auferstehen konnte, schon wieder geplatzt.

36 | Tödliches Unwissen

Silena musste mit ansehen, wie vor ihren Augen einer nach dem anderen in der Bevölkerung von Toa umfiel. Jedes Gesicht erkannte sie als jenes wieder, das sie mit dieser ungefährlich wirkenden Lösung vorab beglückt hatte.

„Was hab ich nur getan? Nein, nein, … bitte nicht", stammelte sie, während ihre Knie begannen weich zu werden. Sie wollte nur zu Boden sinken und mit diesem für immer verschmelzen.

Sie blickte auf die endlos große Oberfläche in dem vermeintlichen Mutterschiff direkt vor sich, in das sie von GOYA unfreiwillig mitgerissen worden war. Niemand außer dem Wächter und ihr selbst befanden sich in dieser ganz persönlichen Hölle. Dabei hoffte sie inständig, dass insgeheim andere des Schiffes von dem morbiden Plan von GOYA Wind bekamen, eine reifere Philosophie zur Rettung von Spezies lebten und rechtzeitig eingreifen würden. Doch was war rechtzeitig? Nur mit einem einzigen geschickten Griff auf dem leuchtenden Steuerpult vor sich hatte der Wächter den Befehl zum Tode still, heimlich und unwiderruflich getätigt. Dabei hatte Silena seelenruhig danebengestanden, ohne die Konsequenzen zu kennen. Bis jetzt. Vor ihren Augen flohen Menschen, Vampire und Gewandelte vor der Ungewissheit, wo die unsichtbare Hand als Nächstes zuschlagen würde. Es war für die Fliehenden nicht greifbar, wer angriff und wer die Ziele waren. Daher flohen sie ziellos kreuz und quer in naheliegende Häuser, Gebäude oder Lokale. Verschanzten sich in dem Glauben, sie wären dort sicher. Doch sie waren es nicht. Und Silena wusste dies nicht nur, sondern sah es auf diesem Bildschirm, der markierte Ziele, sei es bewegte oder stillstehende, zu Fall brachte. Eine Markierung, die diese Personen ausgerechnet Silena zu verdanken hatten. *Was hab ich nur getan? Und dann auch noch Orelia?*

Silena spürte die ersten bitteren Tränen über ihre Wangen laufen. Sie musste tätig werden, egal wie. Sie konnte nicht weiter zusehen. Daher stürzte sie auf das Steuerpult, das GOYA kurzzeitig freigegeben hatte, um ein Auge auf das Werk vor sich zu werfen. Sie versuchte wahllos darauf zu schlagen, zu drücken, doch es reagierte nicht auf ihre Finger, als könnten nur die Finger der Wächter darüber walten.

„GOYA! Stopp das auf der Stelle! Du kannst nicht einfach Unschuldige niedermetzeln. Das war so nie ausgemacht!"

Vor uns liegt sehr viel Arbeit. Du warst leider unfähig in der Erfüllung deines Auftrages. Viele unreine Individuen müssen wir manuell aufspüren und finden. Vor allem in den anderen Kolonien.

„Ich werde dir nicht dabei zusehen, geschweige denn helfen!" Silena ließ ihre gesamte Wut in Energie umwandeln und leitete sie in ihre Hände. Da GOYA bereits Wunden trug, hoffte sie, ihn mehr zu schwächen. Strahlend blaue, elektrische Impulse entleerten sich aus ihr, um direkt auf den Wächter einzuwirken, der jedoch rasch mit einem unsichtbaren Schild dagegenhielt. Er gab ihr damit das Gefühl, nur ein lästiger Parasit zu sein, bei dem er sich nicht einmal kratzen wollte.

„Du feiges Individuum! Kämpfe wenigstens für deine Überzeugung!"

Das brauche ich nicht. Du bist die Einzige, die diese Reinigung überstehen wird, da du bedeutend und kostbar bist. Du trägst die Zukunft in dir und kannst sie daher sehen.

„Und auch hier irrst du dich. Womöglich tötest du mehr Fähigkeiten, die die Wächter für die Zukunft dringend benötigen würden und sich gerade erst entwickeln. Und nur damit du es weißt, es gibt zumindest zwei Personen, die die Zukunft sehen können. Orelia und mich." Silena war stolz auf sich, da sie tief im Inneren das Gefühl hatte, den wunden Punkt des Wesens getroffen zu haben. Selbst wenn dessen Gestik und Mimik nichts davon preisgab.

Nein. Es existiert nur noch eine.

„Ich fühle mich wirklich privilegiert, als Erster dein neues Gegenmittel zu testen. Aber dennoch muss ich passen."

Alle blickten nun gebannt zwischen Baris und Yven hin und her. Denn damit hatte niemand gerechnet. Natürlich hätte Yvens Mittel ein reines Husch-Pfuschmittel sein können, dessen Auswirkungen katastrophal enden würden. Doch Yven tat alles mit äußerster Präzision, daher war Verwunderung in den Gesichtern abzulesen. Schließlich hatte Baris immer so rasch wie möglich eine Heilung herbeiführen wollen. Nun war die Erlösung zum Greifen nahe und er verschmähte sie.

„Versteh mich nicht falsch, aber meine Tochter Seyla und meine Frau sind kürzlich verstorben und meine ältere Tochter Rora zählt nun auf mich. Sie ist erst zehn Jahre alt, und falls bei diesem Experiment nun was schiefgehen würde, hätte sie niemanden mehr. Das kann ich ihr nicht antun. Ich war ohnehin kaum für sie da und nun braucht sie mich mehr denn je. Daher muss ich dein Angebot leider dankend ablehnen. Sobald eine Heilung damit gewiss ist, bin ich dein Mann."

„Ich würde mich sofort freiwillig melden!", kam nun eine aufgeregte Stimme von hinten, deren Aufmerksamkeit nun sicher war.

Tadeo kämpfte sich zwischen den Vampiren, Menschen und Gewandelten hindurch, während Kasia ihn am Oberarm festhielt und ihm zuflüsterte: „Bist du von Sinnen? Warum willst du dich opfern? Du hast gar nichts mit dem Problem gemein. Sei nicht dumm, es könnte dich das Leben kosten."

Doch Tadeo war sich so sicher wie noch nie zuvor in seinem Leben.

„Ich meine es ernst. Ich würde alles tun, um behilflich zu sein, und in dieser Situation könnt ihr jede Hilfe gebrauchen. Habe ich nicht recht?"

Dieser Wissenschaftler Yven, der das Wundermittel angepriesen hatte, trat nun näher, um ihn zu mustern.

„Du bist ein Mensch. Wie heißt du?"

„Ich bin Tadeo."

„Sag mir, bist du infiziert? Du scheinst nicht aus der Ratsgarde zu stammen. Trägt dein Körper bereits Anzeichen?"

Tadeo wurde sein Fehler nun bewusst. Er würde wohl durchfallen, da es nichts zu testen gab, wo keine Krankheit herrschte. Da waren keine blauen Adern.

Yven blickte in diese mutigen Augen, die plötzlich erkannten, dass sie nicht die nötigen Voraussetzungen innehatten. Er legte nun die wertvolle, orangefarbene Ampulle vor sich auf den derangierten Tisch. Die leuchtende Lösung wirkte so mächtig.

„Dein Einsatz ist sehr löblich, doch sofern du die Krankheit nicht hast, wäre es pure Zeitverschwendung. Selbst wenn wir hier in diesem Geröll noch eine unversehrte Ampulle mit Silenas Blut finden würden, die Zeit würde nicht ausreichen, damit die Symptome streuen. Und der geringe Anteil an ihrem Blut in dieser Ampulle ist bereits zum Gegenteil gekehrt. Es tut mir also leid. Du kannst nicht helfen."

Yven sah Tadeo nur enttäuscht nicken und zu Boden blicken. Er konnte nicht verstehen, warum dieser fremde Mensch so erpicht darauf war, sein Leben zu opfern. Daher machte er sich erneut auf die Suche nach Quecksilber und zog vehement an der letzten Schublade in dem Raum, die ebenfalls nichts zu Tage förderte.

„Das sieht nicht gut aus", seufzte er und stand nun aus der Unordnung, die er zusätzlich hinterlassen hatte, auf. „Sollte GOYA noch mal auftauchen, müssen wir uns überlegen, wie wir ihn anders bezwingen können. Ich kann kein Quecksilber finden. Er wird gewiss versuchen, wieder in seinen schützenden Anzug zu kriechen. Uns bleibt also nur ein kurzes Zeitfenster."

ও∞ও

Bittere Tränen liefen über Silenas Wange. *Orelia ist tot?* Schwäche drang in jede Phase ihres Körpers und machte es ihr unmöglich, noch einen Angriff gegen GOYA zu starten. Das, obwohl sie wusste, dass viel mehr Energie bei dem richtigen emotionalen Input aus ihr herausströmen könnte. *Was soll ich nur tun?*, fragte sie in sich hinein, als plötzlich GOYA vor ihren Augen verschwand und sie zurückließ. Sie drehte sich rasch um ihre eigene Achse. Doch alles, was zu sehen war, waren schwarze, kalte Wände in merkwürdiger Bauweise, mit Rillen, Einkerbungen und hie und da leuchtend blauen Schriftzügen wie jene, die ihren Rücken zierten. Sie war alleine.

Silena lief zu einer offensichtlichen Tür, schlug mehrfach dagegen und begann zu rufen. Sie wollte um jeden Preis Aufmerksamkeit erlangen.

Dann trieb sie sich mental selbst dazu an, wieder Kontrolle über ihre Emotionen zu gewinnen, um mit geladener Energie ein Riesenloch in diese Türe zu befehligen. Doch ihr Versuch endete ganz anders, als erwartet.

ༀ

Wie aus dem Nichts war das Alien vor Baris aufgetaucht und seine Tentakel zogen ihm die Luftzufuhr zu. Vor Schreck fiel ihm die Laserkanone aus der Hand und er versuchte, seine lebende Schlinge loszuwerden.

Die Soldaten richteten ihre Gewehre erneut auf das Wesen, zögerten jedoch, da ihr Anführer in dessen Fängen hing. Edrian musste leider feststellen, dass GOYA ohne Silena zurückgekehrt war.

Du bist unrein und musst eliminiert werden.

Edrian konzentrierte sich auf GOYAs scheibenförmigen Kopf und übte mental Druck darauf aus. Doch wie er feststellen musste, ging sein Plan nach hinten los. Der Wächter schien Edrians Energie zu bündeln und nun gegen Baris' Schädel einzusetzen, der mit einem Mal wie eine reife Frucht vor allen Augen zerplatzte.

Ein Kreischen folgte dem Massaker und die einzig überlebende Assistentin, eine Vampirin und zwei Soldaten flüchteten aus dem Kampfgebiet. Dicht gefolgt von Magnus, der noch nie so schnell mit seiner Gehstütze unterwegs war wie soeben. *Dieser elendige Feigling*, brodelte es nun in Edrian, der nur eines aus dem Wächter herauszwingen wollte: was er mit Silena getan hatte und wo sie war.

Tadeo wurde von den laufenden Personen beinahe überrannt. Zum ersten Mal sah er mit eigenen Augen, um welches Monster es sich handelte, von dem alle gesprochen hatten. Einem Wesen, das nicht von dieser Erde stammen konnte.

Die Schreie der Fliehenden waren ohrenbetäubend und im Augenwinkel sah er Kasia, die ihm beim Ausgang flehend herbeiwinkte.

Sie wollte offenbar nicht ohne ihn fliehen, doch er konnte nicht. Wie in Zeitlupe passierte nun alles um ihn herum. Tadeo musste wieder auf diese orangefarbene Flüssigkeit blicken. Yvens Worte gingen ihm nicht aus dem Kopf: „*GOYA versucht, mit allen Mitteln von diesem Grund und Boden Silenas experimentelles Blut reinzuwaschen.*" Das Elixier vor seinen Augen leuchtete förmlich. „*... der geringe Anteil an ihrem Blut in dieser Ampulle ...*" Tadeo aktivierte schleunigst sein Gehirn. *Wenn da noch dieses vom Alien verhasste Blut drinnen ist, wird er jede Verbreitung verhindern. Aber damit kann ich ihn nur ablenken, nicht töten. Denk nach, Tadeo, denk nach. Warum gibt es dafür keinen Notfallknopf?* Und mit diesem Stichwort kam Licht in die Dunkelheit. Tadeo fasste all seinen Mut. Vielleicht würde er nur diese eine Chance bekommen, einmal etwas Glorreiches zu tun. Daher schnappte er sich eine am Boden liegende, verpackte Spritze und befreite sie, um die Injektionsnadel in den durchlässigen Deckel der orangefarbenen Ampulle zu rammen. Sein Herz sprang ihm fast bis zum Hals und unentwegt blickte er nun zu Yven. Dieser schüttelte energisch den Kopf, krabbelte aber dann in Richtung der Kühlboxen, um diese in Sicherheit zu bringen. Tadeo zog die Spritze auf und vergewisserte sich immer wieder, dass das Wesen unverändert den Rücken zu ihm hielt und beschäftigt war. Er wollte verhindern, dass es zurück in seinen Raumanzug kroch, der nur wenige Meter von ihm am Boden lag.

Magnus wollte nicht erneut vor der Gefahr feige flüchten. Er war ohnehin nur noch ein halber Gewandelter, würde nie wieder laufen können und womöglich nie wieder die Freuden der Vereinigung mit einer Vampirin erleben, geschweige denn erfolgreich eine ganze Kolonie führen. Dafür gab es zu viele ehrgeizige Individuen da draußen, die jederzeit bereit waren, über Leichen zu gehen. Und er war müde davon. Daher scheuchte er Kasia und die anderen vor sich weiter, kehrte wieder um und stand Sekunden später aufrecht, mit stolzem Haupt vor diesem Wesen. Er konnte sehen, wie es den leblosen Körper des Gardeleiters abfällig entsorgte und nun direkt in Richtung seines Anzuges schritt. Die Haut des Alien bekam augenscheinlich Falten, die Adern traten erhaben hervor. Offensichtlich inhalierte es mehr der hiesigen Atmosphäre in seinen Organismus, als ihm noch guttat.

Magnus schritt hinter dem Wesen her, während Edrian erneut einen Tisch auf ihn katapultierte.

„Wo ist Silena!?"

Doch der Wächter ließ sich nicht beirren und streckte einen Rauchtentakel nach seinem Anzug aus, als …

„Willst du es nicht verhindern, du unfähiges, abgrundtief hässliches Ding aus dem All?"

Magnus und Edrian starrten gebannt auf diesen Tadeo, der sich gerade die orangefarbene Flüssigkeit in die Vene jagte. Und es schien zu wirken.

Du unwürdiger Parasit hast einen Fehler begangen.

Als Tadeo ihm und Edrian zuzwinkerte und dieser Mensch offenbar hinter seinem Rücken etwas versteckt hielt, tauchte Magnus in dessen Gedanken ab. Schlagartig konnte er eins und eins zusammenzählen.

37 | Die Macht der Zukunft

Silena berührte ihren Bauch, der unvorbereitet von innen grell zu leuchten begann. Zeitgleich kam ein schriller Ton zustande, der mit Sicherheit das gesamte Raumschiff erfasste. Die Wände starteten daraufhin zu vibrieren und Silena bekam es mit der Angst zu tun. Sie taumelte weg von der Türe.

„Aurora? Bist du das?", flüsterte sie verunsichert, während der Ton stetig lauter wurde. Sie war gezwungen, die Hände schützend über die Ohren zu legen, da ihr Trommelfell zu platzen drohte. Dann sah sie die vermeintliche Schiebetüre nach links in der Wand verschwinden. Durch den freigelegten Gang drangen etliche Wächter ein. Mitten unter ihnen unverkennbar der Anführer. Gerade als Silena versuchte, sich auf einen neuen Energieball zu konzentrieren, blieben alle Wächter zeitgleich regungslos vor ihr stehen. Sie wirkten wie ferngesteuert.

„Was tust du da, Aurora?", wollte sie mehr als alles andere wissen. Ihr war die ganze Sache nicht geheuer. Vor allem, als nun der Anführer vor ihren Augen die Kraft verließ und auf seine Knie sackte.

An der großen Leinwand wurden plötzlich Bilder abgespielt, die Silena nichts sagten. Es sah wie eine andere Welt aus, auf einem ganz anderen Planeten.

Und Magnus erkannte, dass der Plan aufgehen würde, als GOYA die Energie ausging, um ans andere Ende des Raumes zu Tadeo zu gelangen. Wie erwartet dematerialisierte er sich, um eine Sekunde später vor diesem langsam wieder Form anzunehmen. Und genau in diesem Augenblick schlug Magnus zu. Er stieß das Wesen direkt in Tadeos ausgestreckten Arm, in dem Wissen, dass dort die nötige Waffe gegen GOYA lauerte.

Edrian verstand nicht, warum Magnus den törichten Selbstmord des Menschen auch noch unterstützte. Doch er vertraute darauf, dass nun seine Ablenkung gefragt war. Er griff nach seiner Laserkanone und schoss GOYA in den Rücken, während dieser wild zu zappeln begann.

Tadeo musste fasziniert feststellen, dass sein Arm mit Formvollendung des Wesens tatsächlich in dessen Körper war und es bisher nichts verspürte. Oder besser gesagt, andere Schmerzen ertragen musste. Daher versuchte Tadeo in dieser undefinierbaren Masse seinem Daumen den Befehl zu geben, die Schutzkappe zum Quecksilber einzudrücken. Doch er fühlte nichts mehr. Es war eher, als wäre sein eigener Körper mit jenem des Wesens verschmolzen. Dieses Wissen löste Panik in ihm aus und er ließ einen Schreckensschrei los.

Magnus hörte Tadeos Gedanken und wusste, dass Plan A fehlgeschlagen war.
„Edrian! Versuch deine Kräfte auf die Körpermitte des Wesens zu lenken. Gib so viel Druck, wie du nur kannst!"

Als Tadeo nun nach oben blickte, sah er in diese emotionslose Fratze. Seine eigene Angst spiegelte sich in diesen goldenen, glattpolierten Iriden wider. Er hatte keine Zweifel mehr, dass er da nicht lebend rauskommen würde. *Ich hätte dich gerne noch einmal wiedergesehen, Kasia …*

Während Edrian unwissend, worauf diese Aktion hinauslaufen sollte, vertrauensvoll all seine Konzentration auf die Körpermitte des Wächters richtete, nutzte GOYA erneut exakt diese Energie, um sie auf den Kopf des Menschen zu lenken. Ein herzzerreißender Schmerzensschrei füllte den Raum, der selbst Edrian an die Nieren ging. *So viel Schmerz kann keiner lange durchstehen.* Doch mit einem Mal veränderte sich der Rücken des Wächters. Blaue Adern zogen ihre Bahnen über blasser werdende Haut, die in sich zusammenfiel. Die Statur des Wesens schrumpfte merklich, und als es sich nun langsam in Edrians Richtung wandte, konnte er trübe Augen sehen, die Risse bekamen.

„Das Quecksilber ist nun in seinem Kreislauf! Es hat geklappt!" Magnus schlug wie von Sinnen auf das Wesen ein, das den toten Menschenkörper losließ und wenige Sekunden später der Schwerkraft erlag. Er konzentrierte seine gesamte Wut, die gesehenen Bilder, die Angst in seine Schläge, während das Gewebe des Wesens plötzlich trocken und leer wirkte.

GOYA war gegangen. Doch stattdessen war jemand anderes erschienen.

Edrian glaubte es kaum. Vor seinen Augen stand niemand Geringerer als Silena. Ihr Bauch glühte förmlich und die Spuren von Tränen an ihren Wangen waren unverkennbar. Rasch lief er zu ihr, um sie fest in den Arm zu nehmen.

„Ich bin so erleichtert. Geht es dir gut? Und dem Baby?" Wieder und wieder küsste er ihre Stirn und streichelte ihr durchs Haar, das noch nie zuvor so gut gerochen hatte.

„Ich bin wohl zu spät gekommen. Viel Leid hätte erspart werden können", stammelte sie.

Er hörte sie schluchzen und ihr Schmerz war auch seiner. Edrian blickte sie nun direkt an und tröstete sie.

„Du hast alles in deiner Macht Stehende getan, Silena." Als er gerade nachfragen wollte, wie sie an diesen Ort gelangt war, konnte er Schatten hinter ihr erkennen, die näher kamen. Es war eine Schar von Wächtern in ihren Schutzanzügen, die nun wortlos an ihnen vorbeischritt, um Tadeos Körper aus den Überresten von GOYA herauszulösen und ihren Abgesandten einzusammeln.

„Was ist passiert, Silena? Haben die Wächter ihre Meinung geändert?"

Diesmal erschien ein kleines Lächeln auf ihren Lippen, dann blinzelte sie auf ihren Bauch, der nun pulsierend leuchtete.

„Was ...? Ist das normal?"

„Nichts im Zusammenhang mit Aurora ist normal", bestätigte Silena und hinterließ vorerst ein Mysterium.

38 | Bereinigung

Mit Auftauchen von Silena begannen die Bilder sich vor Magnus' geistigem Auge erneut abzuspielen. Er sah, wie die Gewandelten mit ihren Habseligkeiten im Bauch des Mutterschiffes aufgenommen wurden. Er wurde nervös, da ihm klar wurde, dass dies gewiss dann auch für ihn gelten würde. Daher platze es während der Zusammenkunft von Edrian und Silena ungeduldig aus ihm heraus: „Das ist ja rührselig, ihr beiden. Aber so, wie ich das von Aurora gerade signalisiert bekomme, sind wir Geschichte auf Perlon 2 oder wie ist das nun gemeint?"

Edrian sah Silena geschockt an und trat einen Schritt zurück.

„Wie meint Magnus das?"

Ihm war nicht entgangen, dass Silena an ihrer Unterlippe knabberte und ihre Finger nervös in ihrem Shirt kneteten.

„Also liegt er richtig?"

Dann sah sie ihn mit solch einer Gewissheit an, dass es schmerzte, denn dieser Ort war seine Heimat gewesen. Immer schon. Und er wollte hier auch alt werden. Edrian verband die Wüste, die zwei Monde und selbst den schwülen Dschungel als sein Zuhause. Zudem jenen Ort, der sie zusammengebracht und an dem er Silena lieben gelernt hatte. Nie hätte er für möglich gehalten, dass er das alles eines Tages aufgeben müsste. Es war auch eine absolut hirnverbrannte Idee ... oder etwa nicht? „Aurora ermöglicht uns eine andere Zukunft. Einen Neuanfang auf einem anderen Planeten. Sie hat die Wächter mental durch ihre Visionen überzeugt, dass die Auslöschung der Gewandelten keine Bereinigung der Rassen bewirken soll, sondern dass eine diplomatische Lösung herbeigeführt werden muss."

„Tadeo? Wo ... nein ... nein ... das darf nicht wahr sein!!!"

Edrian sah, wie die braunhaarige Vampirin zurückkam, um nach dem Rechten zu sehen. Magnus verhinderte gerade, dass sie an den geschundenen Leib von dem Menschen rankam, was offen gestanden ein guter Gedanke war. Denn er sah nicht mehr nach dem Mann aus, an den man zurückdenken wollte.

„Kasia! Nein! Tu dir das nicht an. Hängt dein Herz tatsächlich an … an einem Menschen?" Magnus war entrüstet und versuchte mit allen Kräften, ihrer Herr zu werden. Kasia schlug um sich und wollte sich aus seiner Umklammerung befreien.

„Das geht dich überhaupt nichts an, Magnus! Lass mich zu ihm!"

Dann wirbelte er sie herum und legte fest seine Hände um ihr Gesicht, um sich ihrer Aufmerksamkeit sicher zu sein.

„Hör mir zu. Du kannst ihm nicht mehr helfen. Er hat uns alle gerettet. Verstehst du mich? Er war der Held dieser Geschichte und ohne seinen Einsatz wären wir alle tot. Und falls du auf jemanden für dieses Unglück sauer sein willst, dann auf mich. Niemand anderer als ich hat sein Vorhaben unterstützt und ihn in den Tod gestoßen."

Magnus wusste nicht genau, warum er ihr die Wahrheit unterbreitet hatte und ihre Trauer in Wut auf ihn selbst umlenkte. Doch er wollte ihr keine Albträume bereiten. Was auch immer zwischen den beiden gelaufen war – so genau wollte Magnus sich das gar nicht ausmalen –, er wollte, dass sie diese hoffentlich schönen Momente an diesen Mann festhalten würde. Nicht ein zerfetztes Gesicht und deformierte Arme, die man nicht wiedererkennen würde.

Kasias Augen wurden vor ihm stockstarr. Sie hörte auf, sich gegen ihn zu wehren. Ihre Gliedmaßen wurden lasch und ihre Lippen bebten.

„Sag mir, dass das nicht wahr ist, Magnus. Bitte."

„Ich weiß, du wirst mich ewig hassen, doch glaub mir, dort wo ich hingehe, werde ich dafür büßen. Jeden verdammten Tag lang. Aber ich will dir auch sagen, er hätte sich von niemandem davon abbringen lassen. Selbst von dir nicht. Und er war der Einzige, der rasch genug die Chance am Schopf gepackt hat. Es. Tut. Mir. Leid. Kasia. Von ganzem Herzen."

Magnus sah, wie sich ihr Brustkorb schnell hob und senkte, und ihre Augen wurden erneut unruhig. In der nächsten Sekunde fing er von ihr eine feste Ohrschelle ein und dann verschwand sie genauso rasch, wie sie erschienen war.

Silena sah das Desaster und hatte alles um sich herum vergessen. Ihr fiel ein, dass auch Edrian noch nichts über ihren gemeinsamen Verlust wusste. Orelia ... Sie schloss kurz die Augen und sammelte ihre Kräfte, denn es gab viel zu tun.

„Silena? Hörst du mir überhaupt zu? Von welcher diplomatischen Lösung sprichst du?" Edrian hielt sie an den Schultern fest und starrte sie mit Nachdruck an.

„Sofern der neu gegründete Rat damit einverstanden ist und ausnahmslos alle Gewandelten sich daran halten, werden die Wächter keinen Fuß mehr auf Perlon 2 setzen. Das Wissen und die Technologie um die Züchtung der Spezies unserer Planeten werden hinterlassen und der Frieden muss eigenständig bewahrt bleiben. Dafür wird den Vampiren und Menschen das Leben auf diesem Planeten weiterhin erlaubt. Mein Leben und jenes der Gewandelten werden nur durch die Fähigkeit des Kindes, in die Zukunft zu blicken, verschont. Es hat den Wächtern ihre Zukunft offenbart: einen neuen Planeten, um ihre Spezies niederzulassen. Danach haben sie so lange gesucht. Es ist ein Tausch, Edrian."

Sie blickte Edrian traurig an, denn sie erkannte, er verstand, wie die diplomatische Lösung aussah.

„Die Gewandelten dürfen leben, aber nur weil die Wächter die Ausnahme machen und diese vermischte Hybridkolonie auf einem neuen Planeten dulden. Kein weiteres Leben wird mehr zu Schaden kommen, wenn der Rat das Abreisen der Gewandelten beschließt und durchsetzt."

Edrian strich ihr eine Haarsträhne aus dem Gesicht und er wirkte nachdenklich.

„Und was, wenn wir uns weigern oder ein paar der Gewandelten in den Kolonien dagegen stimmen?", wollte nun Magnus wissen, der sich seinen Kiefer rieb.

Doch Silena konnte nur verlegen zu Boden blicken. Ihr Bauch hörte auf zu leuchten und sie streichelte sanft darüber. Insgeheim war sie dankbar, dass dieser Embryo zumindest EINE Lösung für sie geschaffen hatte. Eine weitere Option stand ihnen zum Überleben nicht offen. Dabei war das alles nie ein Fehler der Spezies oder der hier anwesenden Personen gewesen.

„Sehr beruhigend. Gut, dann werde ich mein Bestes geben, um mich mit den anderen Ratsmitgliedern zu besprechen. Ich kann aber nichts versprechen. Und, ach ja ... Silena? Ich werde zur Überzeugung Auroras und Yvens Unterstützung benötigen."

Silena nickte rasch und blickte dann erneut zu Edrian. Sie wusste, sie musste es ihm sagen. Aber würde er einen weiteren Niederschlag hintereinander so gut wegstecken?

„Edrian? Da ist noch etwas, das du wissen musst ..."

Im Hintergrund hörten sie Magnus in den Comlink brüllen: „Was soll das heißen, er ist verschwunden? Irgendwer muss doch gesehen haben, wo Lucil hin ist? Er kann sich nicht aus der Verantwortung stehlen. Er ist amtierendes Ratsmitglied von Toa!"

Kasia fühlte einen Druck in ihrer Körpermitte, der sie wütend zu den Wohnbereichen laufen ließ. Ihr tanzten Tadeos Worte immer und immer wieder durch den Kopf, denn nun wusste sie, woher dieser Irrsinn herrührte. Er wollte Anerkennung, ein Teil der Gemeinschaft sein, was er bis zuletzt nicht geschafft hatte. Nur deshalb hatte er sein Leben gelassen.

Als sie in der großen Halle, die zu allen Gängen der Zimmer, den Lagern, der Bibliothek et cetera. führte und die sichtlich als pulsierendes Zentrum der Begegnung und des Austausches diente, ankam, blieb sie mittig stehen. Um sie herum spazierten die Menschen und Sympathisanten, lachten, diskutierten und tauschten Gegenstände. Immerhin war der Alarm wieder erloschen und die Wände standen aufrecht. *Welch ein Desinteresse herrscht hier eigentlich?* Sie alle schienen unberührt von dem kleinen Krieg zu sein, der wenige Meter von ihnen entfernt im Labor stattgefunden hatte. Sie lebten ungeniert ihr Leben weiter. Kasia hätte am liebsten jedem von ihnen die Kehle allein mit ihrem starken Kiefer herausgerissen. Egal, ob sie dies zum raschen Tode geführt hätte. Sie alle hatten es in ihren Augen verdient.

„Ihr verdammten Heuchler!", brüllte sie drauf los.

Alle blieben stocksteif stehen und richteten ihre Aufmerksamkeit auf sie. Sie verstanden offenbar die ganze Aufregung nicht.

„Während ihr hier zufrieden schlemmt, schlaft, Witze reißt und euch gegenseitig jegliche Freuden des Lebens schenkt, vergesst ihr wohl, dass da draußen ein kaltherziger Krieg tobt. Oder besser gesagt, getobt hat! Aber was interessiert es euch? Nicht wahr?"

„Wovon zum Teufel sprichst du?"

„Was soll die Unruhe!?", brüllten unbekannte Stimmen aus der Menge und schienen genervt von ihrer Ansprache zu sein. Doch Kasia interessierte es keine bisschen. Der Ärger musste raus, und zwar jetzt!

„Ihr Menschen, ihr Vampire – egal ob Sympathisant oder nur verkappter Sympathisant –, denkt ihr, nur die Gewandelten und Hybriden sind Ziel der Aliens da oben? Und daher geht euch das da draußen nichts an? Zu eurer Information: Der Krieg scheint vorbei zu sein und ausgerechnet einer von euch hat sein Leben dafür geopfert, obwohl er nicht Inhalt dieses Krieges war. Ein Mann, den ihr wie Abschaum behandelt habt, weil er nicht zu euch und euren werten Vorstellungen gepasst hat!" Kasia spuckte demonstrativ auf den Boden.

„Ein einfacher Blutsklave mit blauem Label. Jawohl! Sein Name war Tadeo!" Mit Aussprache seines Namens verließ sie die Kraft. Es offen auszusprechen, machte es viel zu realistisch und der Schmerz bohrte sich tief in ihr Herz. Daher setzte sie flüsternd fort, denn es wagte ohnehin niemand, sie zu unterbrechen. Stattdessen blickten nun einige betroffen zu Boden. Ob sie sich nun fremdschämten oder über ihr eigenes Fehlverhalten nachdachten, konnte Kasia nicht unterscheiden.

„Ja. Ihr habt richtig gehört. Tadeo. Schämt euch alle zusammen, dass er es zu Lebzeiten nicht wert war, mit gleicher Voraussetzung an eurer Seite zu stehen. Ihr habt ihn verstoßen, als dumm und unwürdig verkauft. Dabei kann niemand etwas für seine Herkunft und wie er aufwächst. Oder hat einer von euch als Säugling aufgezeigt und geschrien, ich will bitte kein Blutsklave sein? Oder, ich will lieber kein Menschenblut trinken? Also feiert nur weiter euer nichtiges Leben. Tut so, als wäre nie etwas passiert, denn ihr seid ja keine Gewandelten. Ich für meinen Teil werde ihn niemals vergessen." Kasia legte ihre Hand aufs Herz, weil sie sich das in diesem Moment selbst schwor. „Denn er war mehr Mensch, tapferer, strebsamer und belustigender als ihr alle zusammen. Ihr seid Abschaum! Und ihr hättet euch glücklich schätzen dürfen, ihn näher kennenzulernen. So wie auch ich mir wünschte, das erlebt zu haben."

Kasia war nun ausgelaugt, ihre Arme hingen schlaff an ihrer Seite und ihr Körper war erschöpft. Die Trauer durchlief jede ihrer Venen, da Tadeos Blut noch in ihr pochte, während er die Augen für immer geschlossen hatte. Sein toter Leib würde wohl für den Großteil nur ein Körper ohne Namen bleiben, der in dieser Sekunde weggeräumt wurde. Und das schmerzte am meisten. Denn er hatte mehr verdient.

Als sie nun still durch die Menge schritt, kam sie an diesem Anführer Derwin vorbei, der zumindest den Anstand hatte, ihr in die Augen zu blicken. Doch es kam keine dumme Bemerkung, kein zynisches Lächeln, sondern nur ein verständnisvolles Nicken.

39 | Letzter Eintrag

Aufzeichnungen:
GOYAs verdeckte Niederschriften wurden gefunden. Weitere Ansteckungen der Menschheit waren nicht sein Auftrag.

Dem Vampir Yven wurden jegliche Aufzeichnungen für die Aufzucht der Urrassen der Planeten Huratus und Erde übergeben. Zur Sicherheit vor weiteren unerlaubten Experimenten mit DNA und Gerätschaften der Wächter wurde das gestrandete Relikt ISAYs für immer vernichtet.

Das erzeugte Gegenmittel konnte die letzte Ausuferung der Erkrankung durch Apo.LYps' Blut in der Rasse der Menschen beheben.

Magnus saß vor dem Monitor, der alle Ratsmitglieder der fünf Kolonien in einer Konferenzschaltung miteinander vereinte. Mit Hilfe von Yvens bildlicher Darstellung, Magnus' visuellen Reize und Auroras Bildern in seinem Kopf war es ihm möglich, den politischen Oberhäuptern zuerst die Wahrheit über seine errungene Fähigkeit zu demonstrieren und dann Bilder des künftigen Planeten, der als neues Zuhause dienen sollte, vorzustellen. Er erklärt den Ratsmitgliedern, dass sie zwar die Wahl hätten, aber diese ohne Ausnahme mit dem Tod verknüpft sei. Dass ihm bewusst wäre, dass Freundschaften, aufblühende Familien und Liebe dadurch gespalten oder für immer zerrüttet werden würden. Doch die Bande nach einem kurzen Jahr seit der Wandlung in manchen Fällen noch zart seien. Dass er den Visionen des ungeborenen Kindes, welches den Neuanfang einläutete, vertraue und die Gewandelten mit Aurora als Schlüssel eine gute Zukunft haben könnten. Dass das Kind dies bereits ankündigte und somit versprach. Er erinnerte daran, dass bereits viele Gewandelte brutal aus dem Leben gerissen wurden und dass auf Hass und Wut kein Leben aufgebaut werden könne. Denn immerhin gäbe es jeden einzelnen auf Perlon 2 nicht, hätten die Wächter von

Beginn an auf eine Sammlung und Rettung von Spezies verzichtet. Die Aliens hatten somit schon weit vor diesem Rat das Leben aller in ihren Händen getragen.

Magnus schloss seinen Vortrag mit den eindringlichen Worten, dass diese gezeigten Bilder direkt aus seinem verbundenen Geiste mit Aurora stammten. Unverfälscht, lebenstreu und ehrlich.

Niemals würde Magnus diese Ansprache vergessen. Die Ansprache seines Lebens, die über so viele ihm unbekannte Namen und Personen richtete. Die ihm eine Verantwortung aufhalste, die schwer wog, doch ihm bewusst machte, dass es immer dieses Ziel in seinem Leben war. Ein Ziel, das sich in diesem Augenblick aber nicht mehr so rühmlich, einfach und schön anfühlte, wie er es sich vorgestellt hatte. Kein bisschen.

Dann gab er den versammelten Ratsmitgliedern aller fünf Kolonien Bedenkzeit für ihre Stimmen.

Magnus sah Silena dankbar an.

„Danke, dass du mir in diesem Punkt Ruhe verschaffen willst."

„Dank nicht mir. Aurora entscheidet selbst, ob und was sie dir aus der Zukunft offenbaren will. Ich bekomme davon ohnehin nichts mit", erklärte Silena und streichelte ihren Bauch.

„Bitte zeig mir, dass Kasia eine gute Zukunft hier haben wird, wenn wir gehen. Wird sie glücklich sein? Es ist mir wichtig, es zu wissen." Magnus konnte nicht glauben, was er da trieb. Immerhin könnte sie ihm nach der Trennung vollkommen egal sein. Doch nach ihrem zerbrechlichen Zustand und dem Verlust dieses Menschen war er schwer angeschlagen.

Und Aurora gab ihm die Antwort in Form von Bildern.

Kasia passte Magnus vor dem Ratsgebäude ab. Sie wirkte zögerlich. Womöglich tat ihr ihre Ohrschelle jetzt wieder leid, obwohl er es mehr als nur nachvollziehen konnte. Selbst als Vampir war es möglich die Kontrolle zu verlieren und umgeben von einer emotional geprägten Rasse wie den Menschen ahmte man rasch Gefühle nach. Zumindest war dies seine einleuchtende Erklärung.

Magnus erkannte, dass es hier um den Abschied ging, denn immerhin war es nicht zu übersehen. Ihre blau leuchtenden Ringe würden diesen Boden nicht verlassen, während seine goldfarbenen die Reise antreten mussten. Dennoch fiel Kasia unübersehbar das Lebewohl trotz allem Geschehenen schwer. Und ihm wohlgemerkt ebenso. Kasia war die einzige Person, die er noch mit seiner Vergangenheit mit positivster Erinnerung verknüpfen konnte. Und nun wünschte er sich, es wäre alles anders verlaufen. Doch sie trug schwarz und trauerte vor Magnus um einen Menschen, den sie kaum gekannt haben konnte. Ihr essentieller Wunsch, ein Kind zu gebären wie die einzig verständliche Aufgabe und Botschaft des Lebens, waren mit diesem Mann womöglich für immer mit untergangen. Mit Tadeo, dem Freigeist, der die Freiheit genoss wie kein anderer.

„Tja, ich habe das Urteil gehört", sprach sie leise aus.

„Es spricht sich wohl rasch herum", versuchte Magnus mit einem gestellten Lächeln zu erwidern.

„Ich weiß, es ist viel zwischen uns vorgefallen. Aber in Anbetracht der Umstände muss ich dennoch offen zugeben, dass mir der Hass zu dir fehlen wird. Er war so berauschend", erklärte sie unmissverständlich.

Nun mussten beide auflachen und Magnus war versucht, ihr kurz über die Wange zu streichen. Tat es dann doch nicht. Jedoch musste Kasia es gespürt haben, denn sie nahm ihn unvorbereitet in den Arm und es fühlte sich gut an. In diesem Augenblick wollte er ihr so vieles sagen, das so oft hätte ausgesprochen werden sollen, und auch, was Aurora ihm gezeigt hatte. Doch die Zeit und der Mut fehlten einfach. Aber im Stillen wurde oft mehr gesagt als mit Worten …

❧

Als Kasia an dem ihr zugeteilten Zimmer im Wohntrakt von Lucils Bürokomplex ankam, staunte sie nicht schlecht. Vor ihrer Tür waren brennende Kerzen, duftende Blumen, glänzende Schüsseln, Gläser, Schmuck und Dekogegenstände aufgebahrt.

„Was? Was soll das sein?", stellte sie sich selbst die Frage, hockte sich zu den Gaben und strich mit ihren Fingern vorsichtig darüber. Mit einem Mal erkannte sie darunter auch einen wertvollen Bilderrahmen, der ihr nur allzu bekannt war. Er stammte aus ihrem verwüsteten Familienhaus. Plötzlich hörte sie ein Räuspern und blickte empor.

„Ich schätze, ein paar von uns ist deine Ansprache schwer an die Nieren gegangen. Das soll unsere Anteilnahme ausdrücken. Vielleicht kannst du ja etwas Positives damit bewirken."

Es war dieser Derwin und hinter ihm standen eine Frau und ein Vampir, die in ihren Händen weitere Geschenke zu bringen schienen.

„Das ändert wohl nichts an der Tatsache", fuhr er fort, „aber womöglich ist es ein Neuanfang."

Aufzeichnungen:

Die Gewandelten meldeten am heutigen Tage die Zustimmung für ihre Verschiffung. Die Vorbereitungen laufen. Mit Hilfe von Aurora werden wir nach sieben Jahrhunderten wieder eine eigene Heimat kultivieren, was uns bisher verwehrt war. Diese Welt entspricht unseren genetischen Voraussetzungen und wird unseren Fortbestand sichern.

Epilog

Silena und Edrian hielten sich eng umschlungen und sahen aus dem Fenster, das streng genommen keines war. Vor ihnen wurde der Planet, den sie nur von unten kannten, immer kleiner und dieser Anblick erzeugte bei Edrian eine Gänsehaut. Keiner von beiden wollte es laut aussprechen, aber die angetretene Reise ins Ungewisse lastete schwer auf ihnen und sie hatten Angst. Edrian streichelte sanft Silenas Bauch, als würde er mehr die beiden als sich selbst damit beruhigen wollen, und dieses Wissen ließ Silena schmunzeln.

„Bist du noch verunsichert, mir näher zu kommen? Jetzt, wo du weißt, Aurora sieht und weiß mehr als ein gewöhnliches Kind?", neckte sie Edrian und sah zu ihm auf.

„Ich könnte das jetzt sehr zweideutig verstehen", erwiderte er amüsiert und entlockte ihr ein kurzes Lachen.

„Du bist unmöglich. Könntest du wenigstens versuchen, anständig zu sein?"

„Würde mir im Traum nicht einfallen, jetzt, wo ich nichts mehr vor ‚IHR' verheimlichen kann." Edrian küsste sie sanft in den Nacken und erzeugte dadurch ein wohliges Kribbeln in ihr. Doch dann wurde Silena wieder ernst.

„Es tut mir so leid wegen deiner Mutter. Ich hätte mir gewünscht, sie hätte Aurora in den Armen gehalten und mit uns großgezogen. Dabei war sie sich durch ihre Träume so sicher gewesen, dass ihr Leben nicht so schnell verwirkt wäre."

Edrian seufzte leise. „GOYA hat einen Zeugen mehr vernichtet und dafür gebüßt ..."

„Ich frage mich nur, was er mit ihrem Leichnam getan hat."

„Grübeln wir nicht länger nach und halten sie in Ehren. Versuchen wir, Aurora so viel von Orelia, den Gebräuchen und Erzählungen aus ihrem Leben und der Vampire mitzugeben wie nur möglich."

Silena musste darüber nachdenken, was die Wächter ihr damals vor dem Auftrag gesagt hatten. Nun konnte sie diese einschneidende Frage beantworten. Nach all dieser Zeit und den Strapazen. Ja, sie war bereit, die Bürde für das Leben der anderen zu tragen. Denn immerhin trug sie die Zukunft und den Anfang unter ihrem Herzen. Mit der Entscheidung auszuwandern, tat sie also genau das.

Doch Silena wollte diese traurige Stimmung nicht beibehalten. Es war schon schlimm genug, alles, was man zu kennen glaubte, aufzugeben und ein neues Leben in Ungewissheit zu beginnen. Daher wollte sie an ihr Bekanntes anknüpfen. Silena lächelte, drehte sich zu Edrian und warf ihm einen verruchten Blick zu. Ein Finger strich langsam über seinen Bauch abwärts und sie konnte sehen, wie nervös es ihn machte.

„Oh, ich glaub, da will mich jemand herausfordern."

Kasia sah das kleine Mädchen in einer Ecke sitzen. Direkt auf der höchsten von vier Treppen, die die Halle mit dem Gang zum Haupteingang verband. Ein Ort, der im Gegensatz zum Rest des Gebäudes kahl und düster wirkte. Und da saß sie schon seit den letzten Tagen. Sie blickte stur geradeaus auf die Eingangstür zum Wohntrakt in Lucils Domizil, als würde sie darauf warten, dass eine ganz bestimmte Person im Türrahmen erschien. Kasia wickelte ihren schwarzen Schal wie ein Kopftuch und warf die Enden nach hinten. Sie hatte oft beim Vorbeigehen überlegt, die Kleine anzusprechen, doch sie war ein Mensch und wahrscheinlich würde es aufdringlich von einem Vampir wirken. Als würde sie ihr eine Art unmoralisches Angebot stellen, das Kasia gewiss nicht vorhatte. Trotzdem ließ sie dieser traurige und hartnäckige Blick nicht los und sie hatte das Gefühl, dass ansonsten keiner Anteil an dem einsamen Mädchen nahm. Womöglich konnte sie sogar behilflich sein auf die eine oder andere Art. Mittlerweile hatte sich Kasia in Lucils Kommune eingelebt. Sie hatte ihr eigenes Zimmer eingerichtet und man hatte ihr gezeigt, wo sie ihre Habseligkeiten in Geldmittel tauschen konnte. Zwar gab sie sich seit Tadeos Ableben wieder mit Federvieh zufrieden, doch selbst wenn der Hunger sie quälte, so sehr würde erneut die Realität schmerzen, dass sie nicht sein, sondern anderes Blut auf ihrer Zunge kosten könnte. Und für sie fühlte sich das innerlich wie Verrat an, obwohl sie mit ihm nur diese wenigen unvergesslichen Stunden verbracht hatte. Die wenigen Momente mit ihm waren so viel intensiver und beeindruckender gewesen, als all jene vor ihm zusammen.

Kasia fasste sich ein Herz, setzte sich einen Meter entfernt neben das Mädchen und wartete eine Reaktion ab. Doch es kam keine. Dann rutschte sie etwas näher heran. Wie eine Verbrecherin blickte sie um sich, als würde sie etwas Verbotenes tun … *oder willst du nur nicht wieder als Sympathisantin durchgehen?*

Kasia verpasste sich mental eine Ohrschelle, denn sie brauchte ihre vollste Konzentration.

„Weißt du, ich sitze auch gerne hier, in der Hoffnung, mein Freund Tadeo würde eines Tages durch exakt diese Türe kommen. Mit einem strahlenden Lächeln auf den Lippen und offenen Armen, die mich rufen. Doch ich habe aufgegeben."

Kasia schielte etwas nach links zu der Kleinen, aber sie regte sich nicht.

„Und auf wen wartest du, falls ich fragen darf? Wäre es vielleicht in Ordnung, wenn ich mit dir warte?"

Es folgte zuerst keine Reaktion, bis das Mädchen kurz nickte, ohne sie anzusehen.

„Ich heiße Kasia. Es freut mich, dich kennenzulernen …?"

Nun blickte sie das Mädchen neugierig an. Doch ihr Ausdruck von ‚Ich bin gerade beschäftigt' wurde zu einem lauten: „Du bist ein Vampir."

Kasia war unwohl in ihrer eigenen Haut. Sie fühlte sich ertappt und zog ihr Kopftuch enger. Dabei war es nichts Verwerfliches.

„Das hast du gut erkannt, Kleines."

„Papa sagt immer, ich bin nicht mehr klein. Ich bin seine Große. Zumindest hat er das früher so gesagt."

Das Mädchen lugte kurz traurig zu ihren Füßen und zwang sich dann erneut zu der Türe zu starren, um ihren Schmerz nicht offen zu zeigen.

„Hast du vor, mich zu töten?", kam es wie aus der Laserkanone geschossen und Kasia sprang ungläubig der Mund auf.

„Ich-ich … nein, wo denkst du hin?"

„Bist du also so etwas wie ein Sympathisant?"

Ihr inneres Ego begann zynisch zu lachen und Kasia ärgerte sich darüber.

„Nein. Ich bin ein einfacher Vampir, der nur neben dir sitzt und dir niemals nach dem Leben trachten würde. Ich hatte das Gefühl, du könntest genauso jemanden zum Reden oder eine starke Schulter brauchen wie ich selbst. Aber du scheinst taffer zu sein als ich."

Und mit diesen Worten drehte sich das Mädchen mit skeptischem Blick wieder zu ihr.

„Ich heiße Rora und ich bin alleine hier."

„Das tut mir leid. Ich bin auch alleine. Aber so wie ich es sehe, muss das nicht so bleiben. Was meinst du?"

Doch Rora antwortete anders als erwartet. Sie rutschte den letzten halben Meter zu ihr und lehnte sanft ihren Kopf an ihren Oberarm. Kasia war überwältigt und traute sich keine Bewegung zu machen. In ihr wuchs ein kleiner Keim an Hoffnung, dass dieses Kind, selbst wenn es ein Mensch war, diese schmerzende Lücke in ihrem Herzen füllen könnte. Dass sie vielleicht die einmalige Möglichkeit bekam, Trost, Freundin, Schwester oder gar eines Tages Mutter für Rora zu werden, wenn sie es wollte und das Schicksal es zulassen sollte.

∾⸱⸲

Magnus stand neben einem Wächter, der ihm die aktuelle Statistik der Vampire und Menschen auf Perlon 2 sowie die Gewandelten an Bord mental meldete:

2.370 Menschen, 6.587 Huraten, 783 Gewandelte

Alle Gewandelten waren bereit, die Reise anzutreten, welche einen Zyklus, der dir von Perlon 2 geläufig ist, dauern wird. Weitere Schritte und das Verhalten an Board werden heute verkündet.

„Danke für die Information."

Magnus hatte zwar genau hingehört, doch in Gedanken war er ganz woanders. Wehmütig schloss er mit der kleiner werdenden Welt vor sich ab und ließ die Erinnerungen Revue passieren. Er musste an diesen roten Flaum am Nacken von Litta zurückdenken, die Vampirin, die ihn in jeglicher Hinsicht zur Zeit von Asrael geneckt und in den Wahnsinn getrieben hatte. Und an diese traurigen Augen von Kasia beim Abschied. Er war in den letzten Jahren ein völlig anderer geworden und er rätselte, ob er vor dieser Veränderung sogar mehr Angst hatte als der Zukunft, die vor ihm lag.

Dann dachte er an Auroras Vorhersehung, wie Kasia ihr Leben meistern würde. Er sah erneut die bewegten Bilder vor sich, in denen Menschen und Vampire ihr gemeinsam halfen, das von wem auch immer verwüstete Elternhaus instandzusetzen. Und dann später ein Bild des Gebäudes mit dem Schriftzug *'Tadeos Zufluchtsort für elternlose Kinder'*, aus dem Kasia gerade lachend heraustrat mit zwei Kindern an den Händen. Einem Menschen und einem Vampir. Sie würde also auf andere Weise das Mutterglück erfahren und hätte mit Tadeos Tod gut abgeschlossen. Diese Bilder gaben Magnus Frieden.

Folge mir, damit wir deinen Gliedmaßen wieder Selbstständigkeit einhauchen können.

Das war sein Stichwort, das ihn gerne aus den Gedanken herausreißen durfte, und so folgte Magnus schwermütig dem Wächter. Trotzdem waren da so viele offene Fragen für ihn, denn wie seine Zukunft aussehen würde, hatte ihm Aurora nicht verraten.

Lucil lief und lief, da ein ihm unbekanntes Raubtier ihm im Dschungel aufgelauert war und nun an den Fersen hing. Er bekam kaum noch Luft und die Löcher in seinen Schuhen ließen ihn im moorigen Untergrund immer öfter versinken. Er blieb überall mit seinen ohnehin schon zerfetzten Überresten, die sich Shirt schimpften, hängen. Auch seine Verbände waren mittlerweile verschmutzt und lösten sich langsam auf. Lucil bereute, dass er nicht eine Flucht mit Lathara in Betracht gezogen hatte. Die Flucht durch die Wüste mit einem Hoverglider und dann der beschwerliche Weg durch die drückende Hitze der Wälder hatten ihm ziemlich zugesetzt. Aber womöglich war noch nie jemand so tief in das Moor vorgedrungen wie er in diesem unfreiwilligen Moment. Doch das vierbeinige Biest kam auf diesem Untergrund rascher voran als er. Bis zu dem Augenblick, als er seine Beine nicht mehr aus dem Schlamm ziehen konnte und das Tier respektvoll einen Meter vor ihm stehenblieb und so versuchte, nach ihm zu schnappen. Die reißenden Zähne und die lange Zunge kamen Zentimeter um Zentimeter näher. Dennoch war das Tier intelligenter als er, denn er begann soeben im Moor abzusinken, ohne seine Beine auch nur einen Hauch zu bewegen. Panik brach in Lucil aus. Er strampelte, doch je mehr er sich wehrte, desto rascher versank er. Lucil schrie mit aller Kraft um Hilfe, aber mehr als ein Echo kam nicht zurück. Mit einem Mal wurde es noch schlimmer, als ihn das Gefühl befiel, dass etwas oder jemand nun von unten an seinem linken Bein zog und noch beim Ertrinken mithalf. Verzweifelt versuchte Lucil an robuster wirkende Grashalme um ihn herum ranzukommen und daran zu zupfen, während das Raubtier nun um ihn kreiste und jeden seiner Versuche mit einem Hinschnappen vereitelte.

„Du Mistvieh! Kannst du mich nicht in Frieden sterben lassen?!"

Und als ihm nun der Schlamm bis zur Nase stieg, schloss er seine Augen und hoffte auf ein Wunder.

An mehr würde er sich wohl nie erinnern, als er tiefer absackte und in Ohnmacht fiel.

Als Lucil sich selbst wieder bewusst wurde, wagte er vorsichtig zu blinzeln. Er lag auf dem Bauch, sein Gesicht im Dreck und es war recht dunkel. Erst als seine Augen sich an die Lichtverhältnisse gewöhnt hatten, erkannte er ein nacktes Paar Füße vor sich. Eine Erleichterung überfiel ihn. Offenbar war eine Gruppe Menschen weiter im Dschungel vorgedrungen als die Naza und hatte ihn nun gerettet. Doch als Lucil sich mit beiden Händen aufstützte und nach oben blickte, wurde ihm flau im Magen. Da war er so weit geflohen, dass er ausgerechnet in diese Fänge geraten sollte.

Vor ihm stand niemand geringerer als ein Vampir, der von knöchernen, dünnen Kreaturen mit pechschwarzer Haut umringt wurde.

„Neuzugang, mein König aus der neuen Welt", zischte eines dieser ekelerregenden Wesen und sank vor dem Vampir in die Knie.

Panisch drehte sich Lucil um, um in die entgegengesetzte Richtung zu fliehen, als er dort auf weitere Beinpaare stieß.

Diesmal eine Gewandelte. Ihre goldfarbenen Ringe um die Pupillen waren nicht zu übersehen.

„Daros, das ist ein Mensch aus der Kolonie Toa, aus der ich dank eines Laserhagels geduckt flüchten konnte. Jetzt wird mir auch klar, warum ich ihn nicht mehr als Ratsmitglied der Zukunft in meinem Traum gesehen habe."

Personenverzeichnis und Begriffsdefinition

Asrael: Halbbruder von Silena. Gezüchteter Hybrid aus Vampir, Mensch und Alien. Bereits in Teil 2 von den Wächtern vernichtet. Er hatte übernatürliche Kräfte.

Baris: Gardeleiter der Ratsgarde in Toa. Er ist ein modifizierter Mensch.

Edrian: Silenas Partner. Gewandelter durch Silenas Blut. Hat früher als Headhunter Menschen gejagt.

Gewandelte: Vampire, die durch Silenas Blut gewandelt wurden. Sie sind resistent vor der Sonne, sind übermäßig stärker, robuster und ernähren sich nur von Tierblut und menschlicher Nahrung. Sie entwickeln sich weiter, mutieren.

Huraten: Eigentliche Rassenbezeichnung der Vampire. Vampir war ursprünglich nur die einfachere Definition für den Leser und sollte verhindern, dass der Plot mit dem fernen Planeten und den Aliens in Teil 1 zu früh gespoilert wird.

ISAY: Der letzte Wächter auf dem Raumschiff, das in Teil 1 auf Perlon 2 notgelandet ist – dem Planeten, auf dem die Story spielt.

Kasia: Magnus' Exfreundin. Vampirin. Sehr traditionel.

Lucil: Früherer Anführer der Naza – einer Menschenkolonie. Wurde mit Silena groß, schätzt sie aber nicht besonders, da sie seinen Vater getötet hat. Will an die Macht und arbeitet mit Sympathisanten zusammen. Ihm ist der Fortbestand der Menschheit wichtig.

Magnus: Ehemaliger Direktor der Blutfarm in Stratus. Macht- und geldgierig. Gegen die Sympathisanten. Schätzt weder Lucil, noch Edrian, noch Silena. Es interessieren ihn nur seine Belange. Wurde von Asrael verkrüppelt und läuft nun mit einer Gehilfe.

Orelia: Edrians Mutter. Gewandelte. Gehört zu den ersten Siedlern auf dem Planeten. Ihr Mann **Daros** hat sie vor Jahren verlassen und ist seither verschollen.

Silena: Gezüchteter Hybrid der Wächter; Halb Mensch, Halb Alien; Partnerin von Edrian. Ihr Blut macht Vampire süchtig. Durch ihr Blut plus der Ernährung durch Tierblut entstehen Mutationen: die Gewandelten. Sie hat übernatürliche Kräfte.

Sympathisanten: Vampire, die Menschen nicht umbringen, sondern mit ihnen friedlich zusammenleben. Sie ernähren sich von Menschenblut nur in Kooperation und auf freiwilliger Basis.

Wächter: Rasse der Aliens, die Kolonien auf neuen Planeten ansiedeln. Sie drängen auf Reinheit und dulden kein Einmischen.

Yven: Kastins Sohn, Vampir, durch Stromschlag im Raumschiff mit ISAYs Logbuch mental verschmolzen.

Weitere Werke der Autorin CELESTE EALAIN
ISAY-Trilogie:

Fantasy, Science-Fiction, Spannung, Liebe

Enujaptas Fluch:
Science-Fiction, Spannung, Liebe … auf für Nicht-Scifi-Leser.
Als eBook und Taschenbuch erhältlich!
ISBN: 978-3845908861
Platz 1 der Scifi-Neuerscheinungen 2013 auf Lovelybooks!
Leseproben auf www.celeste-ealain.com

Klappentext:
Ein Raumschiff auf einer Mission, doch der Zielplanet Earth3 wird aufgrund von Sabotage verfehlt. Stattdessen muss das Schiff auf einem unbekannten Planeten notlanden und erleidet dabei verheerende Schäden. Die erdähnliche Atmosphäre scheint ein Überleben zu ermöglichen und schürt die Hoffnung der Besatzung das Schiff reparieren zu können. Doch rasch müssen die überlebenden Besatzungsmitglieder der Nokimis erkennen, dass sie nicht allein sind … Fabienne, getrieben von Neugier und Wissensdurst, wagt sich in verbotene Nähe zu den Bewohnern des Planeten. Lieutenant Colonel Trevor Charnsten gefällt dies überhaupt nicht, denn er hat ein ganz spezielles Interesse an ihr. Doch was keiner der Crew ahnt, sie haben den Zorn einer viel größeren Urgewalt geweckt …

Die verschollene Rasse Mensch:

Fantasy, Thriller, Liebe; Juli 2014 als eBook und Taschenbuch erhältlich!

Leseproben auf www.celeste-ealain.com

ISBN: 978-1499578829

Klappentext:

Die Menschheit versucht, alles zu verstehen und zu analysieren, sich ständig weiterzuentwickeln und jegliche Geheimnisse des Lebens zu ergründen. Währenddessen sterben Pflanzen und Tiere aus, und sämtliche Versuche, sie zu retten, schlagen fehl. Was, wenn ich Ihnen nun erzähle, dass es Rassen gibt, die noch unentdeckt sind? Und dies bereits seit Tausenden von Jahren? Doch ich muss Sie warnen, diese Rasse will sich nicht entdecken und analysieren lassen … Wenn Sie dieses Buch lesen, werden auch Sie das todbringende Tabu gebrochen haben … Sind Sie bereit dafür, diese Bürde zu tragen?

Als die 27-jährige Journalistin Linnéa von einer Ansammlung an Frauen auf einer bisher als einsam eingestuften Insel erfährt, ahnt sie noch nicht, dass dies die wahrscheinlich bahnbrechendste Entdeckung der gesamten Menschheitsgeschichte sein würde.

Werde sichtbar:
Fantasy, Drama, Thriller, als eBook und Taschenbuch erhältlich.
September 2014
ISBN: 978-1502877482

Klappentext:
Jedes Handeln hinterlässt Spuren im Leben anderer, Rädchen drehen sich in einem sensiblen Geflecht aus Geben und Nehmen. Können wir die Konsequenzen unseres Handelns erkennen? Stehen wir dafür gerade, was wir im Leben anderer anrichten?
Kilian fühlt sich sicher, da eine mächtige, übernatürliche Gabe hinter ihm steht. Unbekümmert geht er über Leichen, um seine Ansprüche durchzusetzen und seinen Mitmenschen den Geist zu vernebeln.
Doch seine Gier macht in unvorsichtig. Als er genau an die Person gerät, die man sich besser nicht zum Feind macht, nimmt seine Erfolgsstory ein jähes Ende.
Kilian wird mit einem Fluch belegt: Er wird gezwungen, selbst die Qualen zu durchleben, die er anderen verursacht hat. Kann er sich läutern und seine Untaten wieder gut machen? Ihm bleibt nur wenig Zeit ...

Zum Androiden geboren:
Fantasy, Scifi, Drama, als eBook und Taschenbuch erhältlich.
Juli 2015
ISBN: 978-1515247654

Klappentext:
Gefangen in einem fremden Körper in einer ungewissen Zeit ist eine Frau auf der Suche nach der Wahrheit. Wer ist sie, woher kommt sie und wer hat sie zu dem gemacht, was sie heute ist? In einer entemotionalisierten Gesellschaft, in der soziale Kontakte kaum noch Freundschaft, Liebe und Verständnis hervorbringen, werden unentwegt elektronische Helfer produziert, um das Leben der Menschen einfacher zu gestalten. Aber wird dieses Ziel auch tatsächlich dadurch erreicht, oder entfremden wir uns dadurch nur noch mehr? In diesem Roman werden illegale Machenschaften und Verbrechen an der Menschheit aufgedeckt, die sie sich selber zuzuschreiben hat. Fantasy stößt hier auf kalte Science-Fiction, Liebe auf metallene Grenzen. Die Frage nach dem, was menschlich ist, wird hier auf unkonventionelle, eindringliche und gerade deshalb unterhaltsame Weise aufgeworfen. Tauchen Sie ab in eine mögliche Zukunft …

Der Schicksalsträge- Teil 1 Verweigerung:
Fantasy, Liebe, als eBook und Taschenbuch erhältlich.
Juni 2016
ISBN: 978-1533188519

Klappentext:
Wenn Liebe für Liebe geopfert wird, wenn Schicksal zerbrechen muss, um Schicksale zu erfüllen, dann ist Gottes Plan durchkreuzt worden ... Cattleya ist von der Liebe ihres Lebens desillusioniert. Nun setzt sie alles daran, ihr vorbestimmtes Schicksal zu umgehen. Sie ahnt nicht, dass ein Schicksalsträger ihrem Kampf gegen ein uraltes, göttliches System entgegenwirken will. Dabei überschreitet er Grenzen, die Wellen schlagen und dadurch nicht nur ihn, sondern die gesamte Weltordnung ins Wanken bringen. Nur ein großes Opfer könnte das Gleichgewicht zwischen Licht und Schatten wieder herstellen, doch vielleicht ist es dafür bereits zu spät ... Eine packende Lovestory, wo sich jene, die zusammengehören, einfach nicht finden können oder wollen. Oder steckt doch ein größerer Plan dahinter? Zweiteiler im Genre Fantasy und Liebe.

Kurzgeschichten:

Ein Schluck Schicksal:
Horror, Thriller, als eBook kostenfrei erhältlich. Juli 2014

Dem Schicksal sei untreu:
Fantasy, Liebe, Drama. Prequel zur Schicksalsträger-Reihe. Kostenfrei nur als eBook erhältlich. April 2016

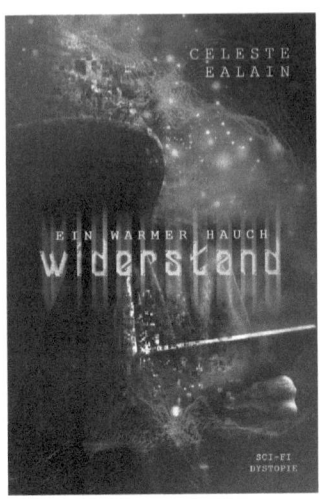

Ein warmer Hauch Widerstand:
Fantasy, Scifi, Dystopie. Kostenfrei nur als eBook erhältlich. Dezember 2017

Coming soon:
Hart erkämpfte Sehnsucht: Drama, Liebe 2018
Umgeben von Zeit: Fantasy, Thriller 2018
Vermischung / 2-Teiler: Liebe, SciFi 2018
Reihe: Die Schicksalsträger – Seelenbruch: Fantasy, Liebe, 2019

Zeitfracht Medien GmbH
Ferdinand-Jühlke-Straße 7
99095 Erfurt, Deutschland
produktsicherheit@kolibri360.de